Petite logique des forces

Paul Sandori

Petite logique des forces

Constructions et machines

TRADUIT DE L'ANGLAIS PAR ALAIN LAVERNE

Éditions du Seuil

Titre original : *The Logic of Machines and Structures*

ISBN 978-2-02-006635-8
(ISBN original 0-471-86193-6)

Pour Petra et Mark.

Préface

> Nous tenons un phénomène pour expliqué lorsque nous parvenons à y découvrir des phénomènes plus simples et déjà connus.
>
> ERNST MACH

Les principes qui gouvernent l'équilibre des forces dans les machines et les structures sont extrêmement simples et fondés sur des expériences quotidiennes communes. On peut réduire des systèmes complexes et même paradoxaux à ces faits élémentaires par le déroulement sans détour d'un raisonnement logique.

Grâce à cette simplicité des principes et à leur cadre logique, notre expérience des machines et structures simples a pu très tôt être condensée sous une forme mathématique — la mécanique en tant que science — qui a depuis servi de modèle à toutes les autres branches des sciences. Cette forme obscurcit malheureusement la simplicité de la mécanique pour ceux qui sont peu familiers des mathématiques.

Ce livre constitue une tentative d'exposer les principes de la statique dans leur simplicité originelle et de la présenter comme un exercice de logique, un raisonnement dont l'itinéraire n'emprunte pas le raccourci mathématique. Ainsi, les lecteurs sans formation mathématique pourront comprendre les machines et les structures, au sens où Mach définissait la compréhension : en termes de phénomènes familiers simples. Mais, en même temps, puisque la logique de la mécanique y est soigneusement préservée, ce livre devrait aussi aider les étudiants ingénieurs et architectes qui s'embarquent au long cours... de mathématiques, à se familiariser avec la pensée sous-jacente aux méthodes mathématiques.

Mon autre objectif est de restituer quelque plaisir dans l'étude de ce sujet. Aujourd'hui essentiellement un outil de construction, la mécanique était considérée dans son jeune temps comme « le plus noble des arts ». Pendant des siècles, quelques esprits des plus profonds ont consacré leurs meilleurs efforts à son progrès ; leurs brillantes intuitions et précoces aperçus sont présentés dans ce livre pour marquer l'évolution de la science moderne de la mécanique. J'espère que cette présentation attirera plus d'étudiants vers les sujets techniques et séduira le lecteur intéressé par l'histoire des efforts de l'humanité pour explorer et domestiquer les forces de la nature.

PAUL SANDORI
Toronto, Ontario
janvier 1982.

Remerciements

Ce livre est l'aboutissement d'un cours donné à des étudiants du département d'architecture de l'université de Toronto pendant plusieurs années. Il n'aurait jamais vu le jour sans leurs marques d'intérêt et d'estime. Je suis reconnaissant au personnel et aux étudiants de l'Institut d'histoire des sciences et de la technologie qui ont écouté mes premières idées et en ont discuté avec moi, et au Pr. P. M. Wright du département de génie civil de l'université de Toronto, qui a lu le manuscrit. Mes remerciements vont tout particulièrement à mes anciens étudiants Alison McKenzie et Ian Petroff pour leurs commentaires et encouragements, et à mon ami Ted Jeruzalski pour ses excellents croquis. Je tiens finalement à remercier les éditeurs et le personnel de production de John Wiley & Sons pour leur aide inestimable dans l'édition de ce livre.

P.S.

1. Machines et structures
Les choses sont plus simples qu'il ne semble

L'aspect intuitif — L'art de peser — Forces et équilibre — Exemple.

L'aspect intuitif

L'homme qui change la roue de son chariot (*fig. 1.1*) est confronté à un problème : avant de pouvoir enlever la roue, il lui faut soulever son lourd véhicule, mais sa force musculaire est insuffisante. Il résout le problème grâce à un dispositif familier — un *levier*. Une version plus élaborée du levier fait partie de l'équipement standard de la plupart des automobiles de nos jours et, sous des formes encore plus complexes, est un élément de diverses machines utilisées dans l'industrie pour exercer des forces et des pressions colossales.

Le modeste levier est qualifié de *machine simple* et assure la même fonction que ses dérivés plus complexes : il amplifie l'effort du bras humain pour réaliser une tâche qui lui serait inaccessible sans cette aide. Le progrès de notre civilisation est parti de dispositifs de ce genre.

Une fois étayé, le levier devient une structure. Son action n'est plus de lever la charge. Il est fixé et maintient la charge à l'encontre de la gravité. Il nous faut maintenant l'appeler une *poutre* enjambant l'espace entre ses appuis sur le sol et sur l'étançon. Levier ou poutre, il s'agit là d'un système habituel des plus simples et d'un fonctionnement facile à comprendre. Considérons maintenant quelque chose de moins familier.

Fig. 1.1. Le levier — un mécanisme et une structure.

Le pont sur le Firth of Forth en Écosse (*fig. 1.2*), terminé en 1890, parut une prouesse technique stupéfiante à l'époque de sa réalisation. Ses travées jumelles de 520 mètres chacune étaient non seulement les plus longues du monde, mais avaient également la résistance et la rigidité permettant de supporter les énormes charges des trains et du vent. Sa taille colossale ridiculisait tout ce qui avait pu être construit auparavant : dans la construction du pont entraient près de soixante mille tonnes d'acier, maintenues par six millions et demi de rivets !

Ce pont a été comparé aux pyramides d'Égypte, à cause de ses dimensions monumentales et de sa signification historique. Des foules sont venues l'admirer depuis le temps de sa construction. Cependant, sa silhouette inhabituelle l'a fait comparer à un dinosaure, et un esthète contemporain de renom, William Morris, l'a qualifié de « suprême spécimen de laideur ».

Laissons de côté l'esthétique et essayons de répondre à une question beaucoup plus terre-à-terre : comment ce pont supporte-t-il sa charge ? Quoi fait quoi dans cette structure ? Quelles raisons techniques ont dicté cette forme insolite ? A première vue, les réponses à ces questions peuvent paraître terriblement difficiles à trouver pour un profane, mais ce n'est pas le cas. La *figure*

Fig. 1.2. Le pont sur le Firth of Forth, achevé en 1890. Ses deux travées restèrent les plus longues au monde pendant une trentaine d'années.

Fig. 1.3. Un modèle vivant du pont sur le Firth of Forth, par son auteur.

1.3, une photographie prise dans une publication de l'époque, présente une analyse structurelle poussée de ce pont, mais entièrement fondée sur des connaissances intuitives.

Comme le schéma sur le mur derrière le modèle vivant l'indique, une seule des arches jumelles est représentée. L'homme assis sur le bâton au milieu du modèle tient lieu de charge sur la travée, un train par exemple. Le bâton représente la travée intermédiaire entre deux piles du pont, qualifiée de poutre suspendue. La structure de soutènement se déploie de chaque côté des piles et est représentée par les bras des hommes assis sur les chaises et par les bâtons qu'ils tiennent en main par l'une de leurs extrémités, tandis que l'autre extrémité est arc-boutée contre la chaise : une telle structure qui s'étend en porte-à-faux au-delà du support est appelée une *console.*

La charge de la poutre suspendue est reportée sur les consoles. Elle tend à faire verser les piles, mais elle est équilibrée par un contrepoids sur le côté opposé du support. Dans le modèle, ce contrepoids est constitué par un empilement de briques ; dans le pont, ce sont les massifs en maçonnerie à chaque extrémité du pont.

Ce qui se produit à l'intérieur de cette structure est aussi facile à comprendre intuitivement. Les bras des hommes et les bâtons œuvrent de concert pour résister à la charge. La charge tire sur les bras et pousse sur les bâtons. Les bras sont en *tension ;* les bâtons sont en *compression.* Dans une structure, les éléments comprimés — les bâtons — sont appelés les *étais,* et les éléments tendus — les bras — sont les *tirants.* Les corps des deux hommes sont d'autres parties de la structure évidemment en compression. Leurs épaules ont un effort à supporter exactement comme si la charge était posée directement dessus.

En examinant le pont lui-même de plus près (*fig. 1.4*), on distingue facilement les tirants des étais. Les tirants constituent le réseau à l'aspect délicat, transparent et léger ; les étais sont les gros tubes. L'expérience nous en fournit aussi la raison. Une pièce d'acier ou de bois, longue et fine, peut supporter une grande tension, mais beaucoup moins en compression. Elle se courbe sous l'effet d'une poussée relativement modérée. Ce type de comportement est appelé le *flambage.* Lorsqu'il s'agit de résister au flambage, un tube est une forme particulièrement efficace.

Le bâton sur lequel l'homme du milieu est assis n'est ni un tirant ni un étai. Rectiligne au repos, il *fléchit* sous la charge ; il joue le rôle d'une *poutre* exactement comme le levier étayé du premier exemple. La flexion est beaucoup plus préjudiciable à un membre

Fig. 1.4. Treillis diaphane et gros tuyaux — les éléments tendus et comprimés du pont.

d'une structure que la tension ou la compression. Désirant briser un bâton, on n'aurait pas une seconde l'idée de le casser en tirant ou en poussant sur ses extrémités pour engendrer une tension ou une compression. La méthode la plus facile est de le fléchir. De ce fait, on remarque dans le pont que la poutre suspendue est relativement courte et, de plus, constituée d'entretoises et de tirants tout comme le reste du pont. La flexion y est d'une certaine façon décomposée en tensions et compressions. Une telle structure est appelée une poutre en treillis. Dans les chapitres suivants, nous exposons une méthode d'analyse des structures et des machines à partir d'un nombre restreint de principes de base. Cette méthode — l'aboutissement de siècles de réflexion et d'expérience — renforce notre compréhension intuitive et pratique du fonctionnement des machines et des structures tout en nous en affranchissant.

L'art de peser

La méthode d'analyse des machines et structures que nous recherchons est née il y a bien des siècles des tentatives de compréhension de systèmes comme le levier qui, comme par magie, multipliaient la force de l'individu qui les utilisait (les structures n'étaient pas l'objet de tant d'attention : il n'y avait rien de mystérieux dans la façon dont une poutre supportait sa charge et, si elle cédait, il suffisait de la remplacer par une plus grosse). Pour celui qui est en quête d'une explication logique des machines et structures plutôt que d'une analyse technologique détaillée, il est profitable de retourner aux sources et de repartir d'où les premiers chercheurs ont démarré : avec des problèmes de base simples, dans des systèmes familiers. Nous ne discuterons ici que de textes particulièrement adaptés au but de ce livre. Présentons-en les auteurs.

En 1586, l'ingénieur et mathématicien hollandais Simon Stevin (*fig. 1.5*) publiait *les Éléments de l'art de peser,* un livre principalement consacré à l'équilibre des charges. Les raisons de choisir les travaux de Stevin comme point de départ sont multiples. Stevin unissait avec une aptitude peu commune théorie et pratique, très

Fig. 1.5. Simon Stevin (1548-1620).

probablement par nécessité professionnelle : il était ingénieur, intendant dans l'armée et inspecteur des digues et canaux des Pays-Bas, tout en remplissant la fonction de précepteur de mathématiques et de sciences pour Maurice de Nassau, prince d'Orange. Stevin était sans doute un excellent enseignant, car il avait le don d'appuyer ses explications sur des axiomes (des faits évidents), sans recours à des connaissances mathématiques préalables. De plus, dans ses discussions, il choisissait d'instinct la démarche qui, sous une forme organisée et développée, constitue la méthode moderne d'analyse.

Les travaux de Stevin sur l'art ou la science de peser n'étaient pas sans relation avec les écrits antérieurs et postérieurs de nombreux scientifiques. Nous ne ferons d'emprunts qu'à l'un d'eux : le plus illustre scientifique italien de cette période, Galileo Galilei, dit Galilée (*fig. 1.6*). Après son procès et sa condamnation par l'Inquisition romaine en 1633 pour opinions hérétiques sur le mouvement des planètes, Galilée fut forcé de prendre retraite. Il lui était interdit d'exprimer ses opinions « par écrit ou par parole ou par tout autre moyen, sur le mouvement de la terre et l'immobilité du soleil ». Au lieu de cela, il parvint à publier en 1638 un livre intitulé *Deux Nouvelles Sciences.* L'une de ces nouvelles sciences concernait les corps en mouvement accéléré ; l'autre explorait la résistance des poutres à la rupture. Pour la première fois, les structures faisaient l'objet d'un traitement scientifique.

L'eau, l'air et autres fluides sont des substances ayant à première vue peu de points communs avec les machines et les structures, aussi bien par leurs applications que par leur comportement, mais les apparences sont doublement trompeuses. Stevin a écrit un livre sur la poussée d'Archimède et les effets de la pression de l'eau, parvenant ainsi à des conclusions saisissantes. Il établissait les bases du sujet, mais son œuvre eut peu d'influence jusqu'à sa reprise par le mathématicien philosophe français Blaise Pascal qui, en 1663, publiait ses *Traités de l'équilibre des liqueurs et de la pesanteur de la masse de l'air.* Pour ce qui est de la pression de l'eau, Pascal n'allait pas beaucoup plus loin que Stevin ; mais il décrivait toutefois de nombreuses expériences et démonstrations ingénieuses couvrant le sujet de façon plus claire et systématique. Sur un point, il a apporté un progrès décisif : il a utilisé sa compréhension du comportement des liquides sous pression pour inventer une nouvelle machine, la presse hydraulique.

La pression de l'air n'a pas été abordée par Stevin. Le défrichage de ce sujet est dû à un élève de Galilée, Torricelli,

Fig. 1.6. Galilée (1564-1642), âgé de soixante-dix-huit ans.

Fig. 1.7. Otto de Guericke, maire de Magdebourg (1602-1686).

continué par Pascal (comme l'indique le titre de son livre). Pascal a montré qu'une large classe de phénomènes, que l'on pensait causés par une horreur du vide attribuée à la nature depuis Aristote, peut s'expliquer en termes de pression de l'air, montrant une ressemblance étroite avec les effets de la pression de l'eau. A peu près à la même époque, le maire de Magdebourg, en Allemagne, Otto de Guericke (*fig. 1.7*), fit de nombreuses expériences pratiques, parfois avec des résultats spectaculaires, impliquant la pression de l'air. Celles-ci stimulèrent les autres scientifiques et conduisirent finalement à l'invention de la machine à vapeur, qui révolutionna l'industrie un siècle plus tard.

Enfin, nous adopterons le travail de Stevin sur le fonctionnement d'un autre système destiné à économiser le labeur, la poulie, comme point de départ d'une approche différente des problèmes de machines et structures. On obtiendra naturellement par ce biais les mêmes réponses qu'auparavant, mais considérées d'un nouveau point de vue, offrant de nouveaux aperçus. La mise au point de cette alternative est souvent attribuée à Stevin. En réalité, il fit de son mieux pour la supprimer comme erronée.

L'objectif de cette décoction d'exemples historiques est, comme je l'ai noté au début, de présenter une logique des structures et machines qui soit intuitivement autant que rationnellement compréhensible. Il y a toutefois une autre raison. L'originalité et le pur éclat des raisonnements contenus dans les œuvres d'individus comme Stevin, Galilée et Pascal sont par eux-mêmes source de plaisir et dignes d'étude en tant que part de notre patrimoine scientifique et philosophique.

Forces et équilibre

Examinons la façon dont Stevin a appliqué son *Art de peser* à un engin, la grue à cage d'écureuil, aussi répandu dans l'Europe du XVIe siècle que dans l'Antiquité (*fig. 1.8*). Un ou plusieurs hommes en faisaient tourner la grande roue en grimpant sans fin à l'intérieur ; une corde s'enroulait ainsi autour du tambour EF et levait la charge H qui y était suspendue. Quelle charge un homme seul peut-il lever par ce procédé ?

Dans la partie théorique de son *Art de peser*, Stevin déduit d'un axiome de base ce qui était alors connu sous le nom de *loi du levier*. La charge H sur le petit bras du levier et l'effort E appliqué à l'extrémité du grand bras (*fig. 1.9*) sont dans un certain rapport qui dépend des longueurs relatives des bras de levier AG et GF. Ce rapport est donné par la loi du levier (que nous étudierons dans le chapitre 2). L'analyse que fait Stevin de cette machine consiste à montrer qu'elle fonctionne comme un simple levier coudé. En

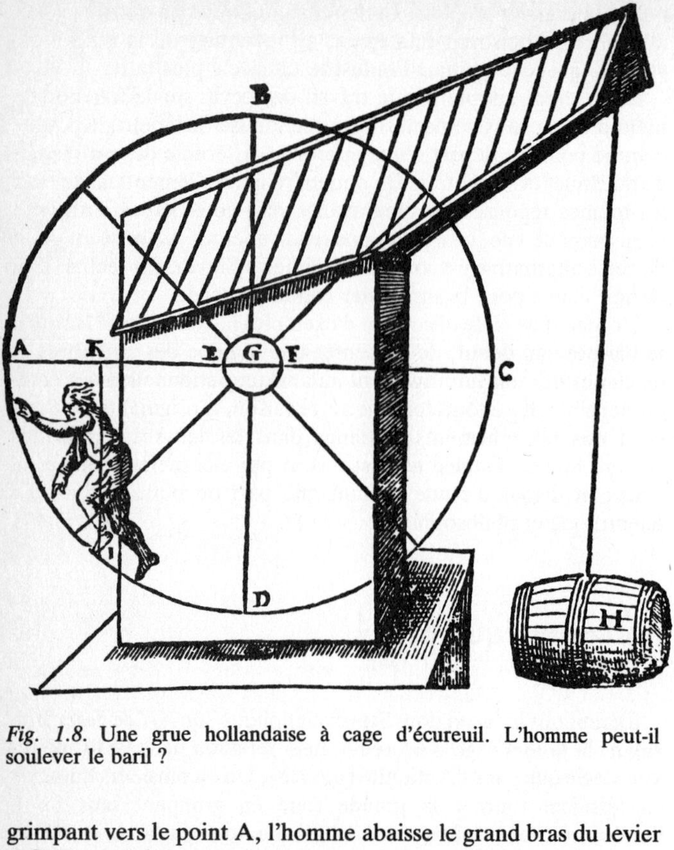

Fig. 1.8. Une grue hollandaise à cage d'écureuil. L'homme peut-il soulever le baril ?

grimpant vers le point A, l'homme abaisse le grand bras du levier AG. Le petit bras est représenté par le rayon GN du tambour sur lequel s'exerce la traction de la charge. Quiconque a maîtrisé l'art de peser et connaît la loi du levier peut alors trouver facilement la réponse au problème de la grue.

L'art de peser a disparu. Il a été remplacé par une science : la *mécanique*. Le concept de poids a perdu sa signification particulière. Le poids est l'attraction de la gravité et ne diffère en rien de la traction d'une corde ou de la poussée exercée par un homme. En mécanique, toute poussée ou traction, quelle qu'en soit la cause, est appelée *force*. Le poids de la charge à une extrémité du

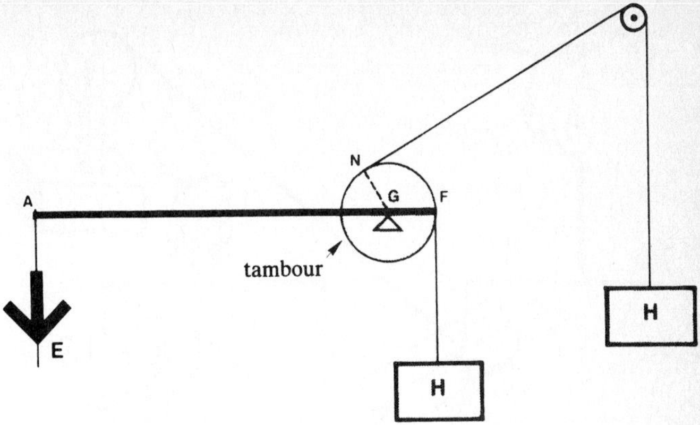

Fig. 1.9. La grue simplifiée : elle fonctionne comme un levier.

levier est une force, tout comme la poussée de l'homme à l'autre extrémité.

Prenons une autre illustration du livre de Stevin, reproduite sur la *figure 1.10*. Stevin emploie différents procédés pour indiquer les tractions exercées sur une barre. Un fil passant sur une poulie et chargé à son extrémité exerce une traction oblique. Pour une traction vers le haut, le fil est attaché à un balancier à l'autre extrémité duquel une charge est suspendue — la traction du fil vers le haut est alors égale au poids de la charge. Chaque fois qu'il est nécessaire, le ciel tend une main secourable pour tenir toute extrémité libre.

L'équivalent moderne de cette illustration, visible sur la *figure 1.11*, est moins vivant mais beaucoup plus simple. Tous les accessoires, y compris le support pyramidal, ont été éliminés et remplacés par des flèches indiquant les forces selon des règles tout à fait spécifiques que nous verrons dans un prochain chapitre. C'est l'un des inconvénients de la mécanique moderne : sa simplicité confine à l'indigence.

Les principes de la mécanique ne s'occupent plus de loi du levier ou systèmes analogues. La mécanique ne connaît que des *corps,* et tous les corps, quelles que soient leur forme, taille ou fonction, se comportent de la même façon sous l'action des forces. Un levier

Fig. 1.10. Poulies et secourables mains du ciel : un problème de l'art de peser.

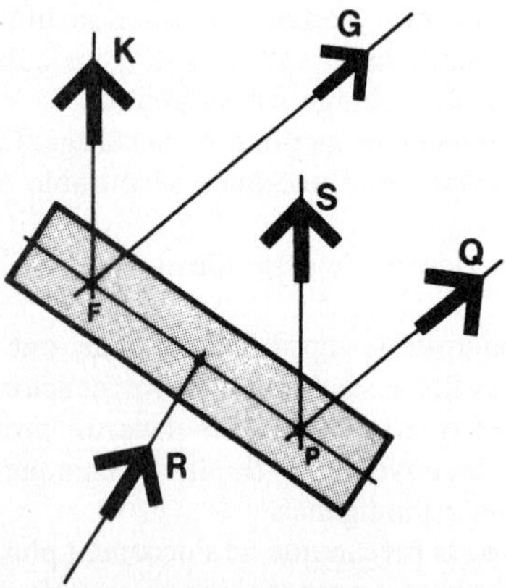

Fig. 1.11. Représentation moderne du même problème. Tous les accessoires sont éliminés.

est un corps qui, en pratique, se trouve être une machine simple ; cela ne lui autorise aucun traitement de faveur en mécanique. L'ancienne loi est déjà bien simple, mais on la réduit, ainsi que toutes autres lois et règles similaires, à un petit nombre de principes encore plus fondamentaux à propos de forces et de corps. Armé de ces principes, on procède de façon tout à fait analogue à Stevin dans son traitement de la grue. On découvre ces mêmes principes simples à l'œuvre dans tous les problèmes complexes que l'on peut rencontrer.

Les forces agissant sur un corps sont équilibrées ou non. Si elles ne sont pas équilibrées, le corps va subir un mouvement accéléré. La branche de la mécanique consacrée au mouvement accéléré s'appelle la *dynamique*. Elle a été mise au point par Newton (après les travaux préliminaires de Galilée) dans son ouvrage célèbre, *les Principes mathématiques de la philosophie naturelle,* publié en 1687. Le domaine de la mécanique qui étudie les forces à l'*équilibre* s'intitule *statique*. C'est la science qui remplace l'ancien art de peser et constitue l'objet de ce livre.

Le monde de la statique n'est peuplé que de corps rigides et de forces. Tout peut y être mesuré en deux types d'unité : les unités de force, les *newtons*, et les unités de longueur, les *mètres*. Ce sont les unités du système international d'unités métriques (en abrégé : SI), adopté en 1960 par une conférence mondiale sur les poids et les mesures. Par souci d'uniformisation, nous utiliserons les unités SI même dans des exemples qui remontent à une époque bien antérieure à l'invention du système métrique. Par sa simplicité, la statique est idéalement apte à la mathématisation, et la mécanique est en fait la première science à être entrée dans un cadre mathématique, les autres sciences s'efforçant plus tard d'approcher cet idéal.

Au cours des siècles, la présentation mathématique de la statique est parvenue à un extrême degré d'adaptation à sa fonction et s'est affinée à la perfection. Maintenant, bien des machines et structures doivent en fait leur existence non seulement au progrès de la technologie, mais aussi à la possibilité de les analyser mathématiquement. La tour du Canadien National à Toronto (*fig. 1.12*), la plus haute structure érigée au monde, en est un bon exemple : sa conception a bénéficié pour une part importante de l'aide des ordinateurs. Mais cela est une autre histoire. On peut parfaitement comprendre sans analyse mathé-

Fig. 1.12. La structure érigée la plus haute au monde : la tour du Canadien National à Toronto, 550 mètres.

matique la structure de bâtiments tels que la tour du CN. La statique offre une méthode rapide et sûre pour comprendre l'effet des forces sur les corps, ou, en termes pratiques, une *logique des machines et des structures*.

Exemple

Après avoir vu le modèle vivant de la *figure 1.3*, on comprend aisément la structure fonctionnelle du pont du Firth of Forth. Nous sentons en fait le travail attendu des différents composants structurels du pont dans nos muscles et nos os. Il n'y a pas de surprise. Après tout, la tâche remplie à grande échelle par les structures — porter et équilibrer des charges — est aussi, à plus petite échelle, le fardeau quotidien des hommes et des animaux.

Le squelette de bison de la *figure 1.13* présente une similitude remarquable avec la structure du pont du Forth indiquée en surimpression. Les os sont les éléments comprimés, tandis que les muscles et les tendons de l'animal, qui travaillent en tension, complètent la structure. On peut parier sans risque que les muscles du dos et de l'encolure du bison suivent la direction des tirants du pont, puisqu'ils ont la même fonction.

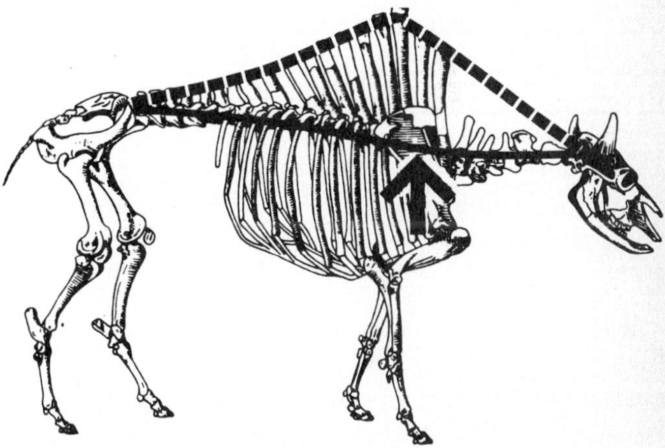

Fig. 1.13. Pas très différente d'un pont : la structure d'un bison.

Les différences entre les deux structures viennent de la nécessité de flexibilité chez l'animal (quelque chose que l'ingénieur a bien du mal à éviter dans un pont) et des exigences dynamiques de la locomotion quadrupède (totalement absentes pour un pont, bien sûr !). Cette dernière condition, par exemple, explique que la plus grande part de la structure et donc du poids du corps soit concentrée sur les pattes antérieures. Bien qu'ancrée à l'arrière, la console est équilibrée sur son support de façon à ne transmettre qu'une très petite partie de son poids aux pattes postérieures, dont le rôle est de propulser le corps en avant. Il n'y a pas d'étais dans le cou flexible, qui, pour supporter la tête massive de l'animal, est construit comme le système de bras et de bâtons du modèle vivant du pont.

2. Le levier
Un paradoxe de la nature expliqué

La loi du levier — Le moment d'une force — Le bras de levier — Machines simples — Centres de gravité — Le couple de forces — Exemple.

La loi du levier

Aristote considérait le levier comme un paradoxe de la nature. Une petite force appliquée à une extrémité, loin du point d'appui (appelé le *pivot*), l'emporte sur une force beaucoup plus grande appliquée près de ce point. Comment est-ce possible ?

Sans répit depuis l'Antiquité, des philosophes et des mathématiciens ont affronté le défi et se sont efforcés de découvrir la relation entre les forces et leurs distances au pivot. Le philosophe grec Archimède fut (à notre connaissance) le premier à trouver la bonne réponse et à la prouver rationnellement, au IIIe siècle av. J.-C. Nous commencerons toutefois par les arguments dus à son fervent disciple, Simon Stevin. Dans son ouvrage, *les Éléments de l'art de peser,* publié en 1586, Stevin commence par un axiome : une poutre rectangulaire uniforme AB (*fig. 2.1*) sera en équilibre si elle est suspendue en ligne avec son milieu T. Ce point milieu est appelé le *centre de gravité.*

La poutre représentée est constituée de six éléments identiques. Si nous la sectionnons le long de la ligne EF (*fig. 2.2*), la poutre sera divisée en deux parties inégales. Le morceau à gauche de la ligne EF est long de quatre unités tandis que celui de droite est long de deux unités. Imaginons à présent que les deux parties

Fig. 2.1. Une poutre maintenue par son centre de gravité.

Fig. 2.2. Imaginons la poutre coupée selon EF.

soient chacune suspendues par leur point milieu respectif et attachées à un levier (*fig. 2.3*). Supposons que le levier, pas plus que les fils auxquels sont suspendus les morceaux de poutre, n'a de masse. Le levier n'a qu'une seule fonction : supporter la poutre originale (maintenant sectionnée) dans sa disposition initiale, à savoir suspendue par un fil en ligne avec son point au milieu. Le centre de gravité du corps n'a pas été décalé par la coupe ou par le déplacement vertical des morceaux, aussi le levier auquel sont suspendus ces deux morceaux ne peut être qu'équilibré.

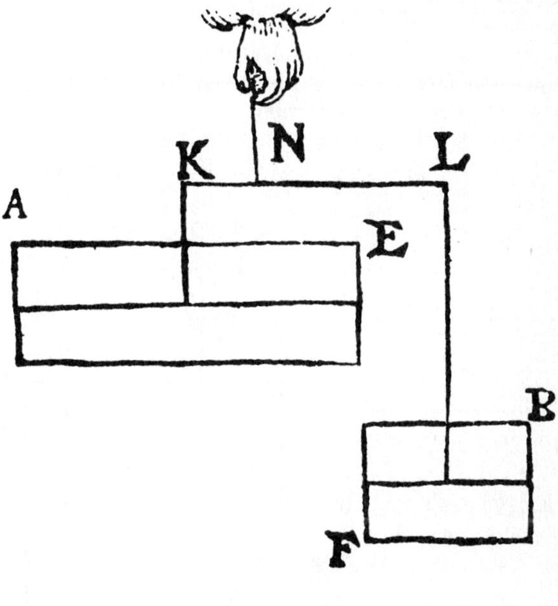

Fig. 2.3. Les deux portions de poutre sont encore équilibrées par rapport au centre de gravité de la poutre entière.

Sur la figure, nous voyons que les distances des points milieu du grand et du petit morceau au pivot sont de 1 unité (distance KN) et de 2 unités (distance NL) respectivement. Le grand morceau pèse

4 unités, le petit 2 unités. Ainsi, les forces des poids sur le levier et leur bras de levier sont dans le rapport

$$4 / 2 = 2 / 1$$

et puisque la coupure EF peut être opérée n'importe où avec des résultats semblables (ce que Stevin démontre rigoureusement), on peut dire en toute généralité que deux charges sur un levier seront équilibrées si leurs grandeurs sont inversement proportionnelles aux longueurs de leurs bras de levier respectifs :

$$A / B = NL / NK$$

C'est la *loi du levier*.

Au lieu des deux portions de poutre (A et B), deux masses de même poids que les morceaux A et B mais par ailleurs quelconques peuvent être suspendues au levier (*fig. 2.4*). Le levier va rester en équilibre, car les tractions à ses extrémités et les bras de levier n'ont pas changé. De plus, l'une des tractions, disons B, peut être exercée à la main. Le petit effort B équilibrera alors la

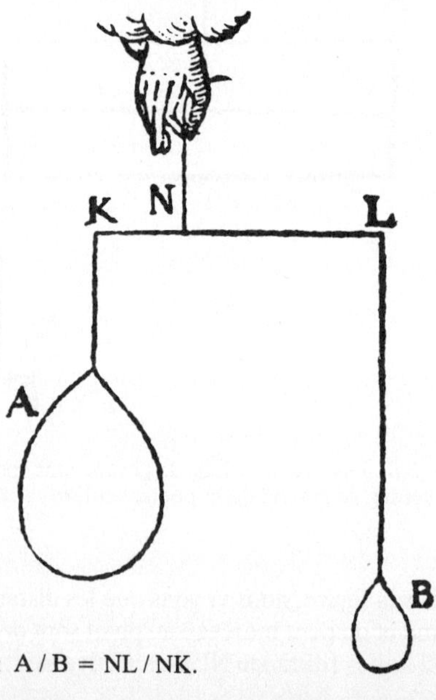

Fig. 2.4. La loi du levier : A / B = NL / NK.

Fig. 2.5. Une application pratique de la loi du levier — comment transporter un poulet volé.

traction supérieure de la charge A. Le plus minime effort supplémentaire en B suffira, dans les conditions idéales toujours supposées dans ce genre d'argument, pour soulever la charge.

Ainsi, parvenu à la loi du levier, Stevin utilise son savoir pour résoudre des problèmes pratiques et théoriques. Certaines des applications pratiques n'ont plus beaucoup d'intérêt de nos jours. La question à propos de la *figure 2.5*, par exemple, est la suivante. Quelle traction le soldat doit-il exercer sur sa lance (a) s'il porte la lance seule et (b) s'il transporte en outre un poulet volé suspendu au point K ? Nous ne nous attardons pas sur cette situation, même si elle est de toute évidence justiciable des rigueurs de la loi du levier... Dans un prochain paragraphe, nous étudierons l'application de ce principe à quelques machines simples fondées sur le levier.

Les considérations théoriques de Stevin sont axées sur la poutre rectangulaire et son équilibre. La *figure 2.6* montre une poutre

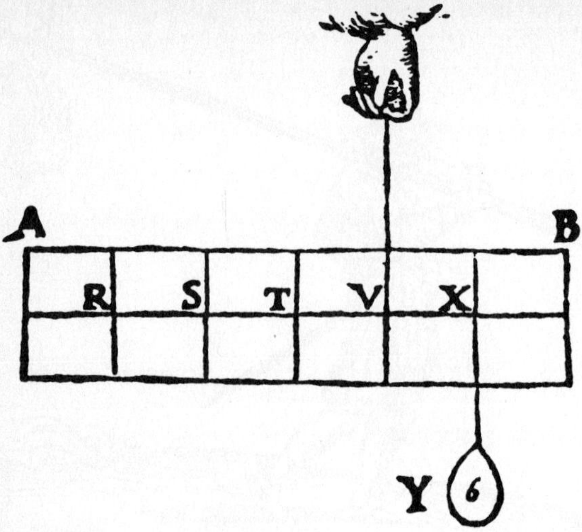

Fig. 2.6. Une application théorique de la loi du levier.

Fig. 2.7. Un problème légèrement plus compliqué.

chargée. Si la poutre pèse 6 unités et si la charge a le même poids, où le fil de suspension doit-il être attaché pour maintenir l'équilibre ? Le poids de la poutre s'applique en son centre de gravité au point T, tandis que la surcharge est suspendue au point X. On peut considérer ces deux points comme les extrémités d'un levier imaginaire ; puisque les charges sur ce levier sont égales, le pivot doit être équidistant des extrémités, à savoir au point V.

La *figure 2.7* présente un problème légèrement plus compliqué. Outre le poids de la poutre elle-même, il y a maintenant deux charges suspendues, une charge de 24 unités ayant été ajoutée au point R. Le poids de la poutre et la charge en X peuvent être remplacés par une charge imaginaire de 12 unités suspendue au point V puisque, dit Stevin, c'est la charge à supporter en ce point que l'on a trouvée dans l'exemple précédent. Le nouveau levier a maintenant la longueur RV et le pivot doit être placé au point S qui divise ce levier dans le rapport 1 / 2 (les charges étant dans le rapport 24 / 12). Ingénieux... mais pas très direct ; la section suivante esquisse une méthode beaucoup plus simple.

Le moment d'une force

Stevin exprimait la loi du levier en termes de charges équilibrées à ses extrémités, mais il va sans dire que la loi est tout aussi valide si la traction à l'une ou l'autre des extrémités est exercée à la main. Les charges n'étaient qu'une représentation commode des tractions. La *figure 2.8* montre une version moderne du levier de Stevin : dans la statique d'aujourd'hui, toute poussée ou traction, quelle qu'en soit la cause, est appelée une *force* et simplement représentée par une droite munie d'une flèche.

La droite (appelée *ligne d'action* de la force) et la flèche indiquent *direction* et *sens* de la force, tenant lieu ainsi de fil dans les diagrammes de Stevin. Que la traction de la force soit exercée sur un fil court ou long, ou même que l'on substitue une poussée à une traction n'a pas d'importance. L'effet de la force reste le même. La ligne d'action d'une force peut donc être prolongée indéfiniment d'un côté comme de l'autre, et la flèche de la force déplacée en n'importe quelle position sur cette ligne. La *figure 2.8*

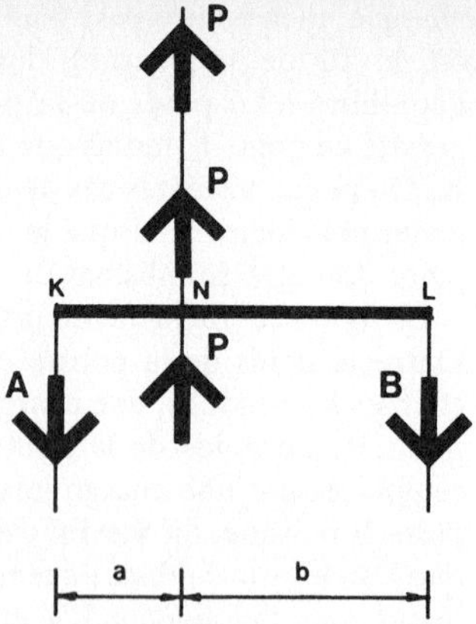

Fig. 2.8. Représentation moderne du levier. La flèche de la force **P** peut glisser le long de sa ligne d'action.

montre trois positions équivalentes pour la flèche représentant la force de suspension du levier.

Pour définir entièrement une force, il reste à indiquer l'intensité de la traction qu'elle exerce. Cette *grandeur* de la force est inscrite à côté de la flèche en unités de force appelées *newtons.* Ce ne sont évidemment pas les unités que Stevin utilisait — Newton n'était pas encore né lorsque Stevin écrivait son livre. Une grandeur inconnue sera dénotée par une lettre, comme en algèbre. La lettre P, par exemple, représente la grandeur de la force de suspension encore inconnue.

Ces deux caractéristiques, direction et grandeur, nous suffisent pour connaître une force, et sont d'ailleurs nécessaires. Une force est un *vecteur* par opposition à, disons, une masse qui a une grandeur mais pas de direction. La masse et toutes quantités similaires qui sont caractérisées par leur seule grandeur sont appelées des *scalaires*. Lorsque nous parlons de force dans ce livre, une lettre capitale en caractère gras désigne la force, en tant que vecteur, tandis que la même lettre en italique désigne la grandeur de cette force [1]. Par exemple, les deux forces de la *figure 2.9* ont les grandeurs P et Q respectivement. Dans le texte, si l'on

1. Nous suivons là l'usage typographique anglo-saxon qui donne à la ligne imprimée un aspect plus léger que la notation, plus traditionnelle en France, qui consiste à surmonter la lettre d'une flèche (*NdT*).

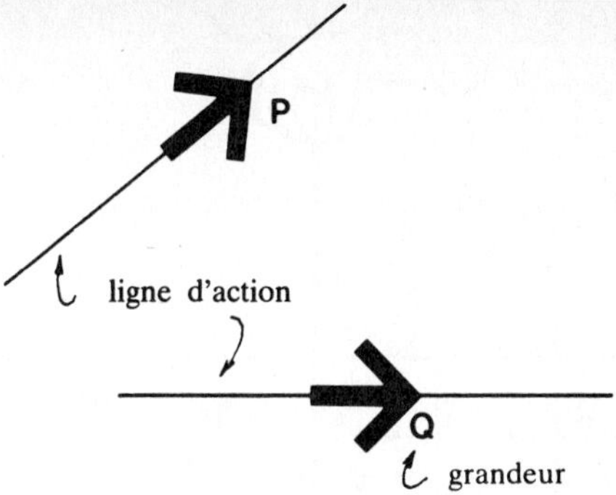

Fig. 2.9. Deux forces complètement définies : direction et grandeur sont tout ce que nous avons besoin de connaître.

veut parler de ces forces et non simplement de leur grandeur, on utilisera les lettres en caractères gras **P** et **Q**.

La loi du levier, en revenant à la *figure 2.8*, stipule que

$$A / B = b / a$$

Pendant deux mille ans, tous les auteurs à la suite d'Archimède (y compris Stevin) ont fait appel à cette proportion inverse entre forces et bras de levier, pour la simple raison que la branche des mathématiques qu'ils appliquaient était la géométrie. C'était aussi la seule branche des mathématiques suffisamment développée à leur époque. On préfère aujourd'hui convertir ce rapport en une expression mathématiquement équivalente, mieux adaptée à l'algèbre moderne :

$$A \times a = B \times b$$

Le produit (grandeur de la force) × (bras de levier) est appelé *moment* de la force, ou *couple,* et mesure son pouvoir de rotation. L'unité de moment est la combinaison de l'unité de force et de celle de longueur, c'est le *newton-mètre.* Le levier est équilibré sur son pivot lorsque les moments des deux charges sont égaux et opposés : le moment, dans le sens des aiguilles d'une montre, de la force **B** est équilibré par le moment, en sens inverse, de la force **A**. Les deux moments s'annulent mutuellement.

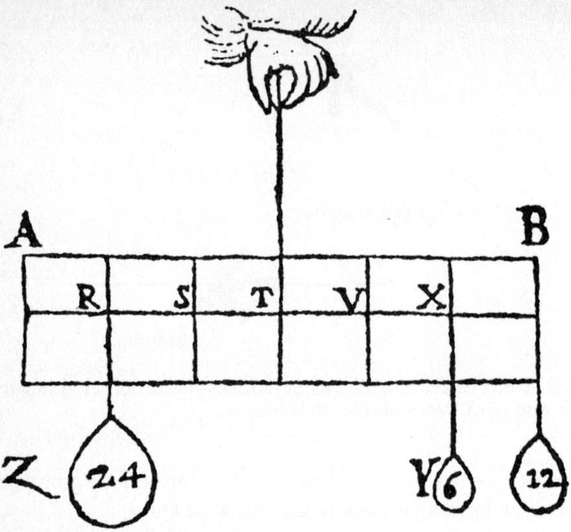

Fig. 2.10. Une poutre en équilibre. La résultante du moment des forces est nulle.

Le concept de moment ainsi dégagé de son origine, le levier simplifie bien des choses. Par exemple, la poutre représentée sur la *figure 2.10* est-elle en équilibre ? Pour le savoir, il n'est nullement nécessaire d'y chercher un levier. Les moments, dans le sens des aiguilles d'une montre, par rapport à la suspension au point T, sont de

$$6 \times 2 + 12 \times 3 = 48 \text{ newton-mètres}$$

Le moment, en sens inverse des aiguilles d'une montre, vaut :

$$24 \times 2 = 48 \text{ newton-mètres}$$

Il est égal au moment total dans le sens des aiguilles. La poutre est donc en équilibre. La force de pesanteur agissant sur la poutre elle-même en son centre de gravité n'a pas été prise en compte car son moment par rapport au pivot T est nul : les deux points sont confondus, et le bras de levier de la force est nul.

Le procédé peut être encore affiné. Les moments peuvent faire tourner le corps sur lequel ils agissent dans le sens des aiguilles d'une montre ou en sens inverse. On distingue les deux cas en affectant un signe positif aux moments agissant en sens inverse des aiguilles d'une montre, dit sens direct, et un signe négatif aux moments agissant en sens opposé, dit rétrograde. On peut ainsi ajouter ou retrancher les moments et exprimer la loi du levier encore d'une autre façon. La somme totale des moments agissant sur un corps est le *moment résultant.* Le levier est en équilibre lorsque le moment résultant par rapport au pivot est nul. Ainsi, dans la *figure 2.10*, nous avons

$$24 \times 2 - 6 \times 2 - 12 \times 3 = 0$$

Le levier est en équilibre. Supposons que nous ajoutions 2 newtons à la force qui agit au point X. Le moment résultant devient

$$24 \times 2 - 8 \times 2 - 12 \times 3 = -4 \text{ newton-mètres}$$

et le corps va commencer à tourner dans le sens des aiguilles d'une montre.

Le bras de levier

D'Archimède à Stevin, la plupart des auteurs ont considéré le levier comme une barre horizontale soumise à des forces tirant verticalement vers le bas à différentes distances du pivot. Le principe des moments est beaucoup plus général. Prenons par exemple le problème indiqué sur la *figure 2.11* où Stevin tente de répondre à la question suivante : supposons connue la force verticale I qui maintient la poutre en équilibre ; quelle est la grandeur de la force G sur le fil oblique que l'on peut substituer à la force verticale ?

Faut-il plus ou moins de force dans le fil oblique ? Et d'ailleurs, la force oblique peut-elle effectivement remplacer la force verticale ? Pour Stevin, ce n'était plus du domaine de la loi du levier : pour les forces obliques (non verticales), il faisait appel à un autre principe que nous étudierons dans le chapitre 3. Mais le problème est très facilement résolu lorsque la signification exacte du concept

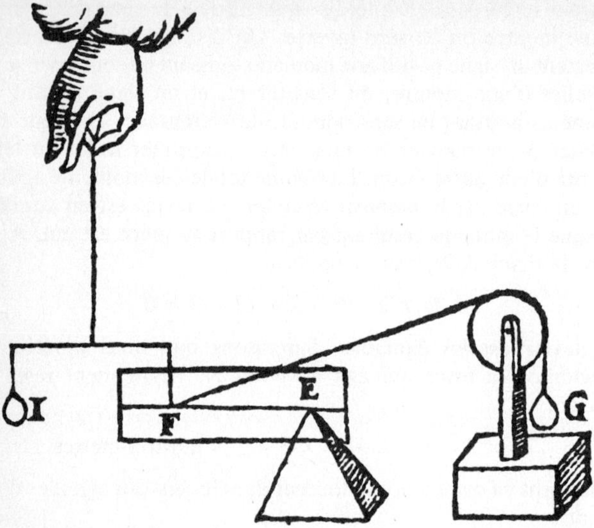

Fig. 2.11. Le fil oblique peut-il remplacer la traction verticale ?

de bras de levier est établie. Ce concept est intuitivement familier dans la pratique ; sinon, il est rapidement mis en évidence par des expériences sur des systèmes comme le treuil, illustré par la *figure 2.12.* Ce treuil appartient à la classe des machines composées d'une roue et d'un tambour, si ce n'est qu'ici la roue est plutôt réduite à des rayons.

Supposons la charge **W** sur le tambour équilibrée par un contrepoids de grandeur P suspendu à l'extrémité C du rayon horizontal (*fig. 2.13*). Le moment de la force

$$M = P \times AC$$

fait tourner la roue contre la résistance de la corde enroulée sur le tambour et tirée vers le bas par la charge. Intuitivement, il est parfaitement clair que la même force verticale **P** appliquée au point D ne produirait pas le même moment. En fait, en tournant la roue un peu plus, de sorte que le rayon soit vertical et tombe en ligne avec la force, il n'y aura plus d'effet de rotation du tout. Comme le moment ne dépend que de la grandeur et du bras de

Fig. 2.12. Le treuil.

levier de la force, et puisque cette grandeur n'a pas changé, il s'ensuit que le bras de levier a dû diminuer même si la longueur du levier (c'est-à-dire du rayon) est restée la même. Le bras de levier d'une force n'est donc pas la longueur du levier physique sur lequel elle agit.

Sur une base purement expérimentale, nous définissons le bras de levier d'une force comme la plus courte distance entre la ligne d'action de la force et le pivot. On obtient cette distance en abaissant depuis le pivot la perpendiculaire à la ligne d'action de force. L'effet tournant de la force **P** est le même, qu'elle s'applique en N ou en D. En d'autres termes, le moment de la force appliquée en D est égal à

$$M = P \times AN$$

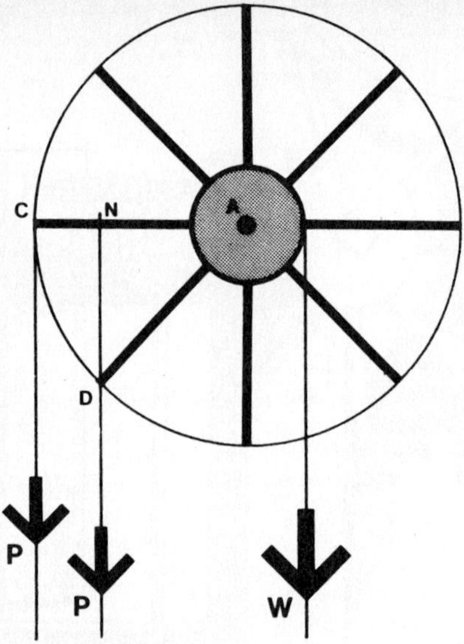

Fig. 2.13. Le bras de levier matériel n'est pas le bras de levier de la force. L'effet tournant de la force **P** décroît lorsqu'elle s'applique en D.

La distance horizontale AN, normale à la ligne d'action verticale de la force, est le véritable bras de levier de la force. Pour produire le même effet tournant qu'au point C, il faudrait augmenter la poussée exercée au point D pour compenser la réduction du bras de levier. Pour tirer le meilleur parti de son effort, un homme poussant au point D adoptera instinctivement une direction de poussée perpendiculaire au rayon. Le bras de levier de la force sera alors égal à toute la longueur du levier matériel, le rayon.

Bien avant Galilée, Léonard de Vinci avait parfaitement compris le concept de moment. Sur un croquis de ses carnets (*fig. 2.14*), il représente une tige rigide AD libre de tourner autour d'une articulation en A. Il y a deux charges **P** et **Q** à l'extrémité D de la tige. Le fil auquel est attachée la charge **Q** passe par une poulie comme indiqué. Le bras de levier des deux forces n'est pas la longueur de la tige AD, précise Léonard, mais la distance AB

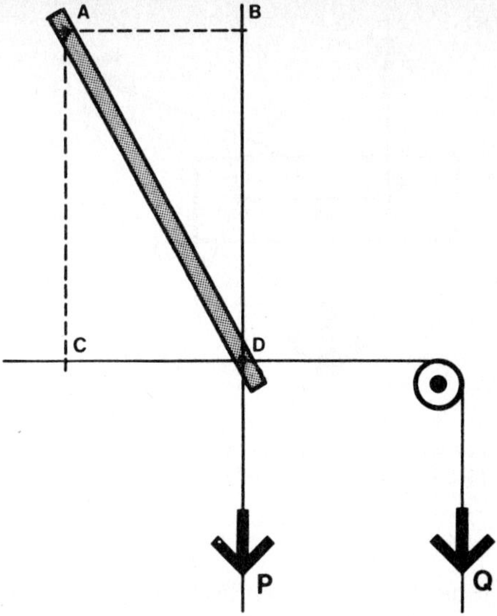

Fig. 2.14. Le bras de levier de la force **P** est la distance AB, celui de **Q** la distance AC. De ce fait : P × AB = Q × AC.

pour la force **P** et la distance AC pour la force **Q**. Remarquez la façon dont les lignes d'action des forces sont prolongées au-delà du point D pour trouver leur bras de levier. Notez également que la force **Q** n'est pas la charge suspendue à l'extrémité verticale du fil, mais la traction horizontale du fil lui-même sur la tige ! La tige sera en équilibre si

$$P \times AB = Q \times AC$$

A l'aide du concept de bras de levier, nous sommes maintenant en mesure de résoudre le problème de Stevin de la *figure 2.11* sans trop de peine. Les forces agissant sur le corps sont indiquées sur la *figure 2.15*. La force **G**, pour remplacer la force **I**, doit avoir le même moment par rapport à l'appui E, soit

$$G \times NE = I \times FE$$

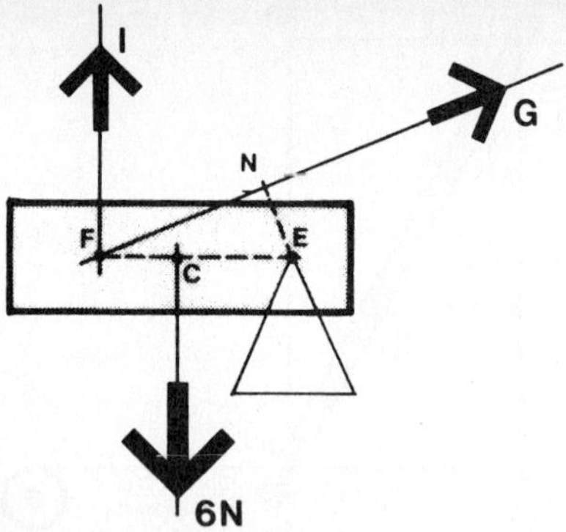

Fig. 2.15. Solution du problème de la figure 2.11 : I × FE = G × NE, donc G doit être trois fois plus grande que I.

Le bras de levier FE (mesuré sur le diagramme) est trois fois plus long que le bras de levier NE. La force **G**, agissant avec le plus petit des bras de levier, doit donc être trois fois plus grande que la force **I** pour produire le même moment. La grandeur de la force **I** requise pour résister au poids du corps de 6 newtons est un autre problème soluble par le même procédé.

Toute référence au levier a progressivement disparu. Un ensemble quelconque de forces appliquées à un corps dans des directions arbitraires n'a aucun effet de rotation par rapport à un pivot dans la mesure où la somme de leurs moments — leur *moment résultant* — par rapport à ce point est nulle. Ce n'est plus la loi du levier mais une condition générale d'*équilibre en rotation.*

Machines simples

Tout système qui transfère une force depuis son point d'application à un autre point où elle est utilisée est une *machine.* Le levier est une machine puisque l'effort appliqué d'un côté du pivot peut soulever une charge de l'autre côté. Il s'acquitte de cette tâche de façon si peu compliquée qu'on n'en peut imaginer une simplification. On le qualifie de *machine simple.*

Examinons maintenant quelques autres machines simples dont le fonctionnement s'explique au mieux par le principe des moments. Elles ne nous sont plus aussi familières que du temps de Stevin mais, sous diverses formes modifiées, elles constituent une partie essentielle des machines modernes les plus complexes. Avec la raréfaction croissante des combustibles, elles pourraient bien réapparaître dans notre environnement quotidien.

Aussi utile qu'il puisse être, le levier droit sur pivot fixe est sévèrement limité. Il ne peut lever une charge au-dessus du pivot plus haut que la longueur de son petit bras. Cette difficulté est tournée par une autre machine simple, le treuil (*fig. 2.16*), que nous avons déjà rencontré. La charge **I** est accrochée à une corde enroulée sur le tambour. Dans l'illustration de Stevin, la charge est équilibrée par une force **K**, représentée par le contrepoids suspendu à la roue.

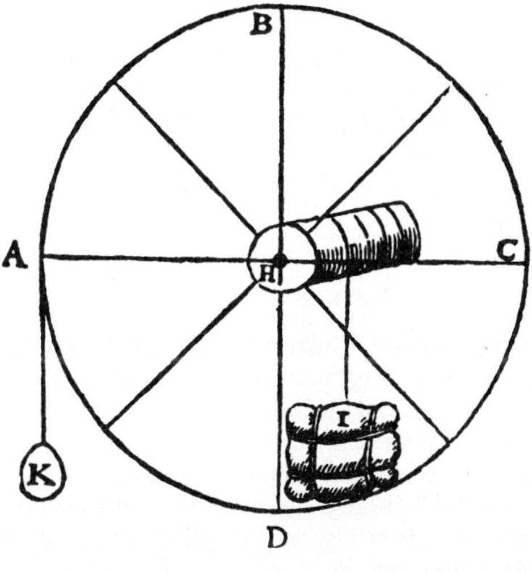

Fig. 2.16. Le treuil.

Le système fonctionne à chaque instant comme un levier droit, le rayon R de la grande roue étant le grand bras de levier de la force **K** et le rayon r du tambour, le petit bras d'où pend la charge **I**

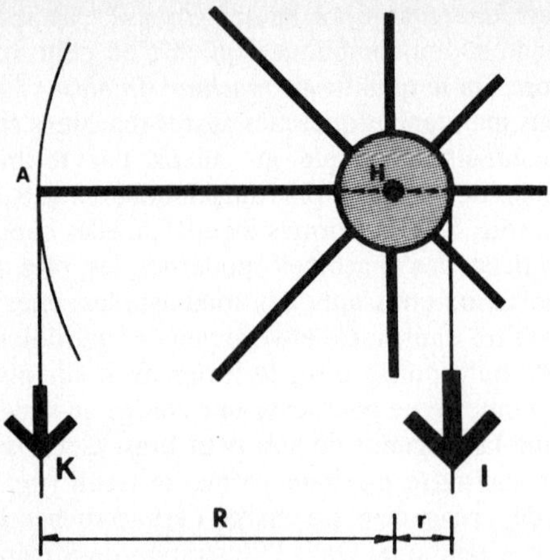

Fig. 2.17. Le treuil analysé en termes de moments des forces.

(*fig 2.17*). Au fur et à mesure qu'un rayon est déplacé lorsque la roue tourne, le suivant prend sa place. Le treuil peut donc être considéré comme un levier continu. De la condition d'équilibre des moments on obtient alors

$$K \times R = I \times r$$

et

$$K = I \times r / R$$

L'excès de force le plus minime soulèvera la charge. La grue à cage d'écureuil de la *figure 1.18* est une application plus sophistiquée du même principe. La charge à lever ne pend pas à la verticale du tambour. Au lieu de cela, la corde est reprise par une poulie et le petit bras de levier (le rayon r) n'est plus horizontal. La grue est par ailleurs identique au treuil. Il faudra probablement une aggravation bien sévère de la crise de l'énergie avant d'assister à une renaissance de cette machine.

La poulie est une autre machine simple dans laquelle on peut discerner le principe des moments. Sous sa forme la plus rudimentaire, ce n'est rien d'autre qu'une roue à gorge, un réa, autour de laquelle passe une corde (*fig 2.18*). La corde est fixée à un appui par une de ses extrémités, tandis que l'effort **F** est appliqué à l'autre extrémité. La charge **B** est suspendue à l'axe du réa. Le réa est tout à fait superflu lorsque la poulie est stationnaire : seule la ligne horizontale ED est en fait utilisée, comme un levier. Son

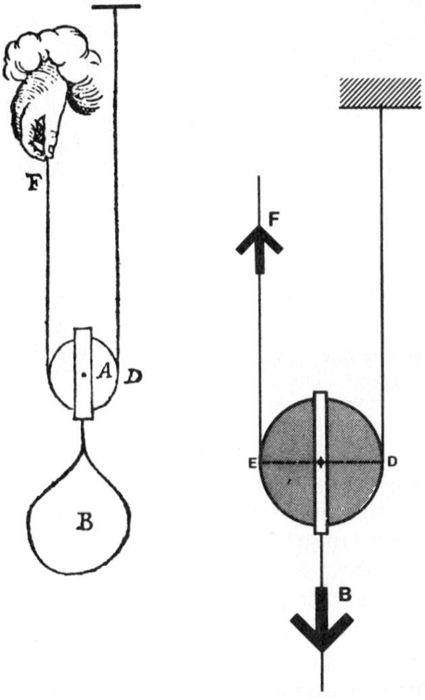

Fig. 2.18. La poulie mobile : essentiellement un levier ED appuyé en D et soulevé en E.

pivot est au point D où la poulie est soutenue par la corde ; le bras de levier de la charge est le rayon r du réa, tandis que le bras de levier de l'effort est son diamètre. Comme le bras de levier de la force **F** est le double de celui de la charge **B**, on conclut que F = B / 2. Il faut aussi soulever le poids de la poulie, et donc l'ajouter à la charge.

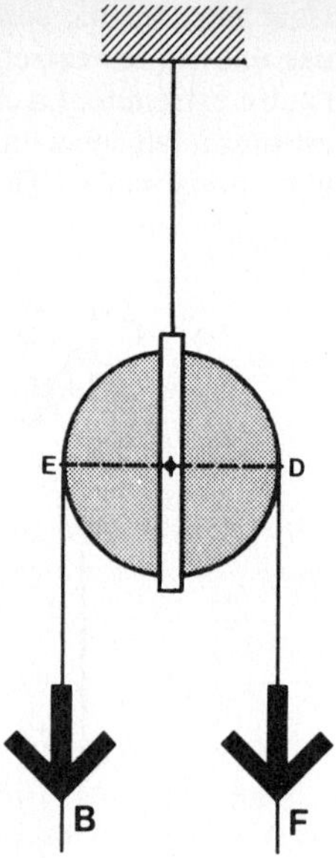

Fig. 2.19. La poulie fixe ne multiplie pas la force. Le levier ED est supporté par son milieu.

Lorsqu'on lève la charge en tirant la corde, le rapport des bras de levier reste constant, tandis que la machine s'élève avec la charge. Pour cette raison, la poulie a pu être qualifiée de levier mobile. Il faut remarquer que seule une telle poulie mobile double la capacité de levage de l'effort. La poulie fixe (*fig. 2.19*), ainsi dénommée parce que son axe est attaché au support et sert de pivot, est une sorte de levier différente. Les bras de levier des forces de la corde de chaque côté sont les mêmes dans ce cas, et les tractions (la charge et l'effort) sont donc les mêmes. Cette machine se borne à changer la direction de la force de la corde. Ce n'est qu'associée à une ou plusieurs poulies mobiles qu'elle peut contribuer à réduire l'effort nécessaire pour lever une charge.

La force qui meut le levier est parfois appliquée de sorte que son bras de levier soit plus court que celui de la charge. Les muscles humains et animaux, par exemple, s'attachent près des articulations et travaillent dans des conditions mécaniques désavantageuses : un grand effort est nécessaire pour produire une force relativement petite. Au bénéfice de cette disposition, il faut mettre la réduction d'encombrement du corps et la rapidité de mouvement : une courte contraction du muscle près du pivot provoque un mouvement rapide et ample à l'autre extrémité du levier.

Un animal fouisseur comme la taupe a des membres courts et des muscles attachés plus loin des articulations — il se meut lentement mais peut excercer des efforts relativement plus importants. D'un autre côté, un animal rapide comme le cheval a de longues pattes et des muscles attachés très près des articulations. L'excavatrice de la *figure 2.20* a besoin de vitesse et d'ampleur dans ses mouvements autant que de force. Elle est conçue par conséquent pour que l'effort agisse sur le petit bras de levier, mais elle possède aussi des « muscles » aptes à exercer des forces colossales. En l'espèce, les « muscles » sont les sveltes vérins hydrauliques — mais cela est une autre histoire. Nous y reviendrons au chapitre 5.

Fig. 2.20. Une excavatrice. Il faut exercer une force énorme sur le petit bras de levier.

Centres de gravité

A la base de notre étude du levier, il y avait l'axiome qu'une poutre uniforme est en équilibre par rapport à un point que l'on appelle son centre de gravité. Inversement, la loi du levier et le concept de moment constituent des outils pour partir à la recherche des centres de gravité. De nouveau, nous empruntons à Stevin quelques idées sur la question, mais nous restreindrons notre discussion aux corps plans d'épaisseur et de densité uniformes.

On peut trouver expérimentalement le centre de gravité d'un corps. Commençons par un triangle. Suspendons le triangle par un sommet (*fig 2.21*). Le corps finira par être au repos sous ce point et, lorsqu'il sera déplacé, il reviendra toujours exactement à la

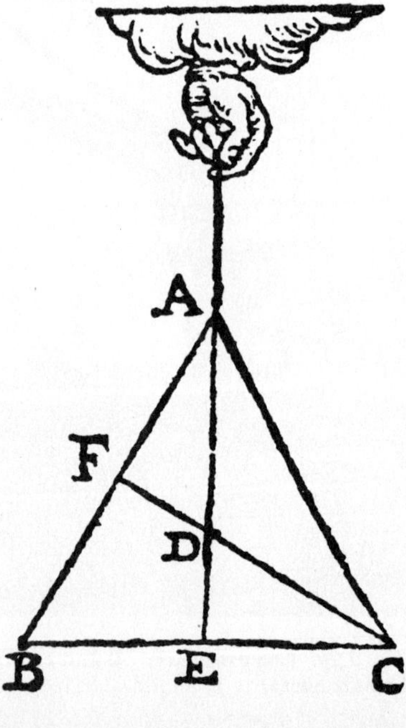

Fig. 2.21. Détermination expérimentale du centre de gravité d'un corps triangulaire.

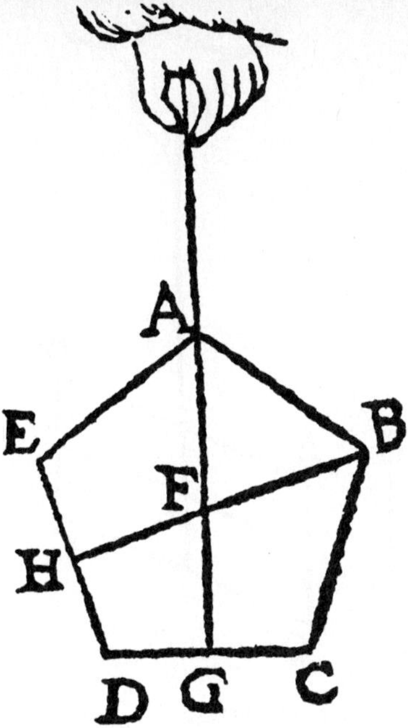

Fig. 2.22. Le centre de gravité d'un pentagone trouvé par l'expérience.

même position. Cela s'explique aisément. Tout corps se comporte comme si toute sa masse était concentrée en son centre de gravité, et la ligne d'action de son poids passe toujours par ce point. Lorsque le triangle est suspendu par le point A, le centre de gravité doit être à la verticale sous ce point, sinon la force de gravité aura un moment par rapport au point A et tournera le corps.

Nous concluons que, dans le triangle ABC, le centre de gravité doit être quelque part sur la droite AE. Pour trouver la position du centre de gravité, il nous faut répéter l'expérience avec un autre point, disons C, ce qui nous donnera la droite CF. Le centre de gravité devant être à la fois sur les droites AE et CF, il ne peut être qu'au point D commun aux deux droites. La *figure 2.22* indique la position du centre de gravité F d'un pentagone.

Pour des formes géométriques simples, l'expérience est inutile. Un raisonnement permet de localiser le centre de gravité. Si,

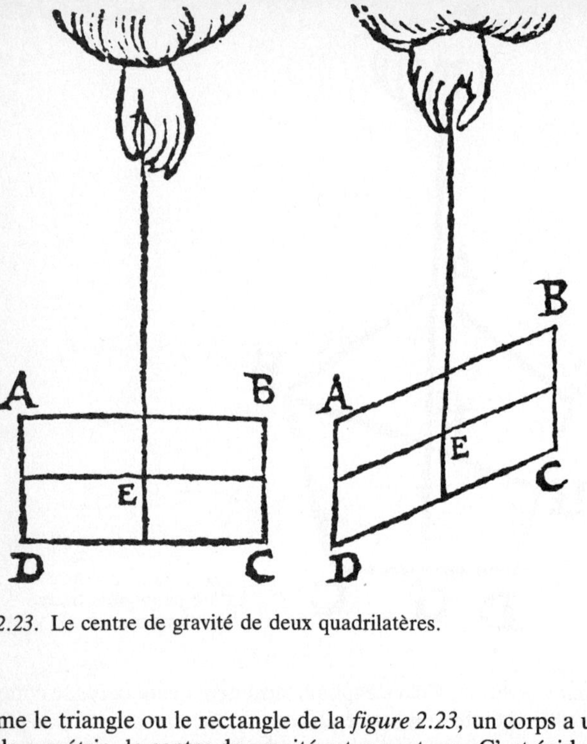

Fig. 2.23. Le centre de gravité de deux quadrilatères.

comme le triangle ou le rectangle de la *figure 2.23,* un corps a un axe de symétrie, le centre de gravité est sur cet axe. C'est évident pour le rectangle horizontal. Il s'ensuit que le centre de gravité d'un corps doué de deux axes de symétrie est situé à l'intersection des deux axes : le point E pour notre rectangle. Le parallélogramme, en revanche, est symétrique non pas par rapport à un axe, mais par rapport à son centre de symétrie E car à chaque point, tel que A, correspond un point, C dans ce cas, tel que le segment AC soit divisé en deux parties égales par le point E. Un peu de réflexion suffira pour montrer que le centre de gravité doit coïncider avec le centre de symétrie.

Stevin trouve le centre de gravité d'un triangle asymétrique (*fig. 2.24*) par le raisonnement suivant. Imaginons trois parallélogrammes inscrits dans le triangle. Dans chacun de ces parallélogrammes, le centre de gravité est au centre de symétrie. Ils se trouvent

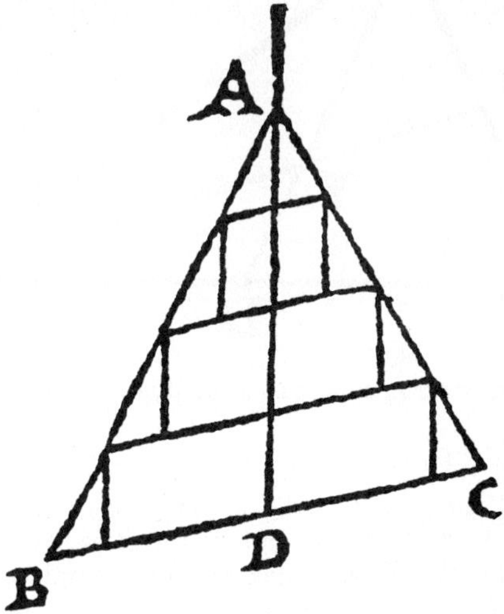

Fig. 2.24. Parallélogrammes inscrits dans un triangle. Le centre de gravité doit être quelque part sur la médiane AD.

tous sur la droite AD. Supposons maintenant une subdivision du triangle en un nombre infini de parallélogrammes infiniment fins. Leurs centres de gravité sont toujours sur la droite AD, appelée la médiane du triangle. Par la méthode analytique moderne, on suivrait un raisonnement tout à fait semblable pour parvenir au même résultat.

Ainsi, pour localiser le centre de gravité F d'un triangle quelconque (*fig. 2.25*), nous n'avons qu'à tracer deux médianes (AD et CE). Elles contiennent toutes deux le centre de gravité, qui doit donc se trouver à leur intersection. La géométrie montre en outre que la distance FD est le tiers de la longueur AD, et FE est le tiers de EC.

On peut trouver le centre de gravité de formes plus complexes en les subdivisant en composantes plus simples. Stevin montre comment trouver le centre de gravité d'un quadrilatère irrégu-

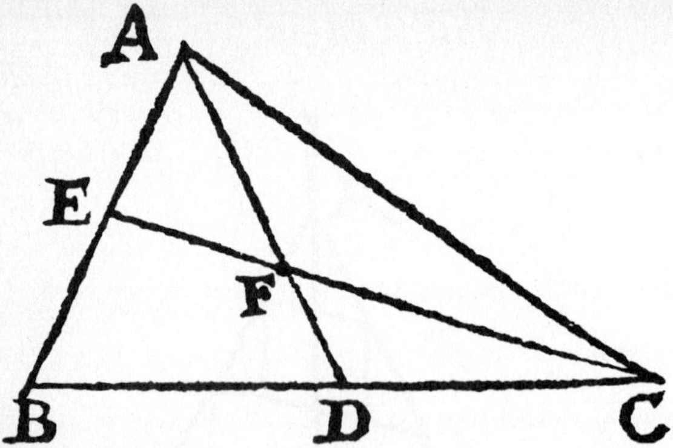

Fig. 2.25. L'intersection de deux médianes donne la position du centre de gravité F.

lier en le décomposant en deux triangles, ou d'un pentagone irrégulier en le décomposant en un quadrilatère et un triangle, et ainsi de suite. Considérons toutefois un exemple différent : un corps plat d'épaisseur uniforme, dont la forme est indiquée sur la *figure 2.26.* On peut l'imaginer constitué de deux rectangles avec leurs centres de gravité respectifs aux points G et H. L'aire du grand rectangle est le double de celle du petit.

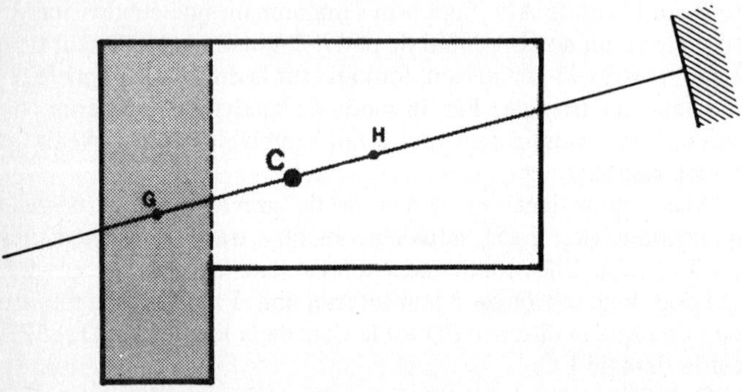

Fig. 2.26. Un corps composé pendu à un fil. Le centre de gravité C doit être sur la droite GH.

Supposons le corps suspendu à un fil attaché au point H de sorte que le grand rectangle soit complètement supporté par le fil. Le corps est au repos lorsque le point G se trouve directement au-dessous du point H (le fil du diagramme devrait bien sûr être vertical). Considérons ensuite le corps comme un tout : pendu par le point H, son centre de gravité C doit aussi se trouver sur la verticale passant par le point H.

Où se situe exactement le centre de gravité sur la droite HG ? De quelque façon que nous le tournions, le corps est équilibré par rapport à son centre de gravité. Suspendu par ce point, il sera en équilibre tout comme un levier aux extrémités duquel seraient suspendus les deux rectangles (*fig. 2.27*). Étant donné la taille relative des rectangles, le pivot doit diviser le levier imaginaire

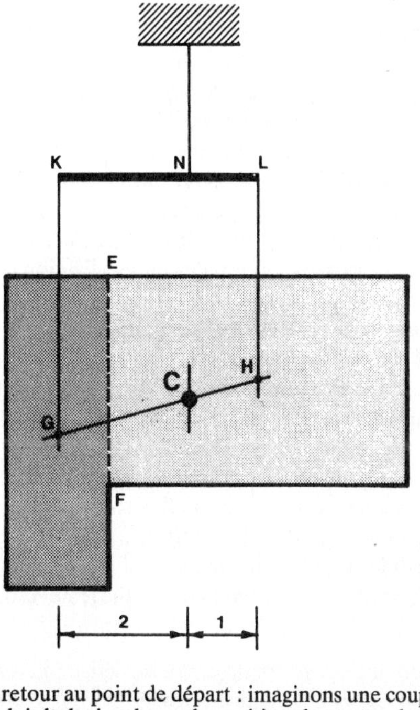

Fig. 2.27. De retour au point de départ : imaginons une coupure suivant la droite EF. La loi du levier donne la position du centre de gravité C.

dans le rapport 2 / 1 comme stipulé par la loi du levier. Le centre de gravité du corps doit se trouver à la verticale du pivot. La similitude de notre diagramme avec la *figure 2.3* que Stevin utilisait pour dériver la loi du levier à partir d'un axiome sur les centres de gravité est évidente. Le cercle est bouclé.

Le couple de forces

Considérons un homme dans une barque près d'un appontement. Il désire faire pivoter la barque et va pour cela se repousser du quai. Dans cette tentative pour faire tourner la barque par application d'une force, la position de l'homme dans la barque a son importance : la barque tournera dans un sens s'il se trouve à l'arrière et en sens opposé s'il est à l'avant. Quoi qu'il en soit, outre une rotation de la barque, il provoquera un déplacement dans la direction de la poussée. S'il se tient directement au-dessus du centre de gravité C de la barque [1], notre homme ne parviendra qu'à s'éloigner du quai sans aucune rotation.

Il y a une autre méthode pour faire pivoter cette barque. L'homme y parviendra en repoussant le quai d'une main et en tirant avec l'autre main — en d'autres termes, s'il exerce deux forces égales et opposées suivant des lignes d'action parallèles (*fig. 2.28*). Une telle paire de forces jouit de propriétés particulières qui lui méritent le nom distinctif de *couple.*

Un coup d'œil sur le diagramme nous convainc que la position de l'homme, à l'avant ou à l'arrière, est maintenant rigoureusement sans importance. Un même couple provoquera toujours une rotation dans le même sens. De plus, la barque n'aura aucune tendance à s'éloigner ou s'approcher du quai puisque poussée et traction (pourvu naturellement qu'elles soient égales) se compenseront. Seul subsiste l'effet de rotation.

C'est non seulement le sens, mais aussi la grandeur de l'effet de rotation d'un couple — son *moment* — qui reste le même où qu'il

1. A vrai dire, il s'agit plutôt du centre de dérive (ou centre de gravité du profil de la carène), qui n'a qu'un rapport indirect avec la gravité et la répartition des masses à bord de l'embarcation (*NdT*).

Fig. 2.28. Pivoter une embarcation par poussée et traction. La résultante de ces forces appliquées est nulle.

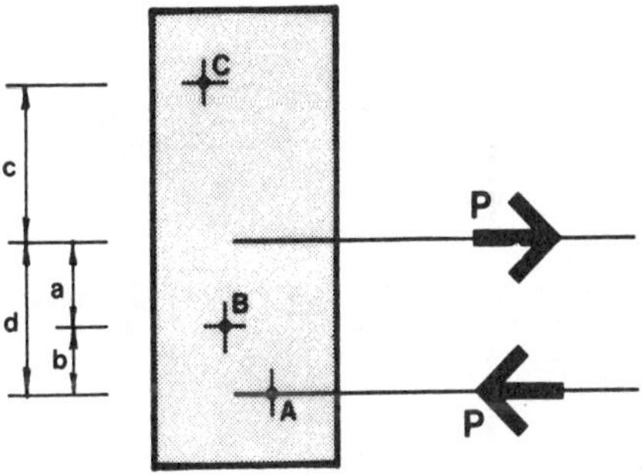

Fig. 2.29. Une propriété particulière du couple : son effet de rotation est le même par rapport aux points A, B ou C.

soit appliqué. La démonstration en est aisée par un calcul simple (*fig. 2.29*). Sur le diagramme, deux forces parallèles, égales et opposées, agissent sur le corps. Déterminons leur moment résultant par rapport à divers points du corps. D'abord le point A :

$$M_A = -P \times d$$

Prenons ensuite le point B, quelque part entre les deux forces :

$$M_B = -P \times a - P \times b$$
$$= -P \times (a + b) = -P \times d$$

comme précédemment. Calculons finalement les moments par rapport au point C, pris hors du couple :

$$M_C = -P \times (d + c) + P \times c$$
$$= -P \times d$$

Quel que soit le centre de rotation du (ou hors du) corps, le moment d'un couple est égal au produit de la grandeur des forces qui le composent par leur distance mutuelle.

L'effet rotatif d'un couple, son moment, ne dépend pas du lieu d'application sur le corps. On peut également varier la direction et la grandeur des deux forces composantes d'un couple sans changer son effet dans la mesure où le produit

$$M = P \times d$$

et le sens de rotation (dans le sens ou opposé aux aiguilles d'une montre) sont préservés. Par exemple, les deux couples indiqués

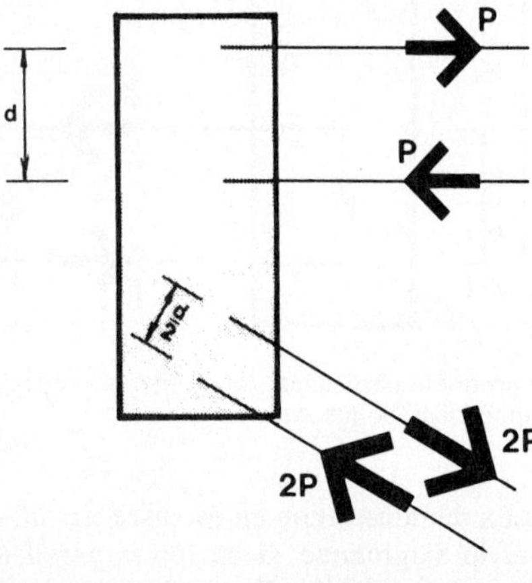

Fig. 2.30. Lieu d'application et constitution du couple ne font aucune différence.

sur la *figure 2.30* auront un effet de rotation sur le corps identique, car leurs moments sont les mêmes.

Grandeur et sens de rotation de son moment définissent donc entièrement un couple. Pour représenter un couple sur un diagramme, il nous suffit de dessiner une flèche incurvée indiquant le sens de rotation ; à côté de la flèche, on inscrit la grandeur du moment (*fig. 2.31*). L'emplacement exact de cette flèche sur le corps n'a aucune importance : le moment est toujours le même.

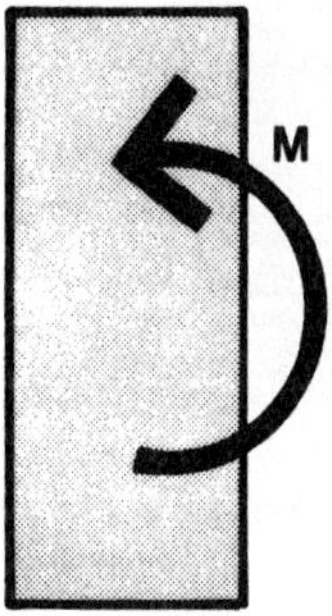

Fig. 2.31. Une flèche incurvée n'importe où sur le corps peut constituer une représentation adéquate d'un couple.

Le concept de couple n'a, à première vue, rien d'une découverte d'importance majeure. Il n'est d'aucune aide pour les problèmes impossibles à résoudre par ailleurs. Il nous permet toutefois de réfléchir clairement sur l'effet des forces.

Exemple

Une grue à tour typique (*fig. 2.32*) a deux flèches au sommet de sa tour : la flèche de levage, qui porte un chariot mobile muni d'un crochet de charge, et la contreflèche, qui supporte le contrepoids. Le poids de la flèche et la charge qu'elle supporte tendent à faire verser la grue ; le poids à l'extrémité de la contreflèche induit un moment de signe opposé sur la structure. Toutefois, les deux moments sont généralement différents, puisque le contrepoids est

Fig. 2.32. Une grue à tour. Le moment du contrepoids s'oppose à celui de la charge.

une force de grandeur constante avec un bras de levier constant, tandis que la charge et son bras de levier varient.

Deux conséquences importantes s'ensuivent. Premièrement, la partie inférieure de la grue doit être ancrée au sol par des haubans ou des tire-fond. Ces appuis fournissent les réactions requises pour équilibrer le moment résultant agissant sur la grue. Deuxièmement, pour limiter ce moment résultant, la charge maximale autorisée décroît avec le rayon d'action du chariot de charge : plus loin est le chariot, plus petite est la charge autorisée.

La force du vent, si celui-ci prend les flèches par le travers, agit avec un très long bras de levier (la hauteur de la grue) et pourrait aisément renverser ou rompre cette structure altière. Pour prévenir cet accident, les grands panneaux d'affichage ou autres objets similaires sont limités par les fabricants de grues. De plus, la flèche reste libre de s'orienter dans le vent comme une girouette géante, durant les coups de vent ou chaque fois que la grue est laissée sans surveillance.

3. Le plan incliné

« Merveille n'est pas mystère »

La loi du plan incliné — Le triangle des forces — La loi du parallélogramme — L'algèbre des flèches — Encore des machines simples — Principes et leur limite — Exemple.

La loi du plan incliné

Le dispositif représenté sur la *figure 3.1* est un mouvement perpétuel typique. Le principe de fonctionnement en est simple : on fait passer une chaîne pesante par les diverses roues de la machine de sorte que la partie de la chaîne située à droite soit toujours plus longue, et donc plus lourde, que la partie gauche. Son inventeur supposait que ce déséquilibre provoquerait et entretiendrait indéfiniment le mouvement de rotation de la chaîne. De telles inventions firent leur apparition au XIIe siècle et se multiplièrent rapidement en dépit du fait qu'aucune, y compris le présent exemple, ne marchait jamais. La quête du mouvement perpétuel a toujours été infructueuse — mais l'idée fondamentale qu'un tel mouvement est impossible a conduit à de précieuses découvertes. La *loi du plan incliné,* trouvée par Stevin, est l'une d'elles.

Stevin était confronté au problème suivant : un corps placé sur un plan incliné (une simple pente) semble d'une certaine façon plus léger que lorsqu'il repose sur un plan horizontal. Par exemple, le corps D de la *figure 3.2* peut être soutenu sur la pente AB par un corps beaucoup plus petit E. Cela fait de la pente une machine simple non moins merveilleuse que le levier. Dans des conditions idéales (pas de frottement), moyennant une traction

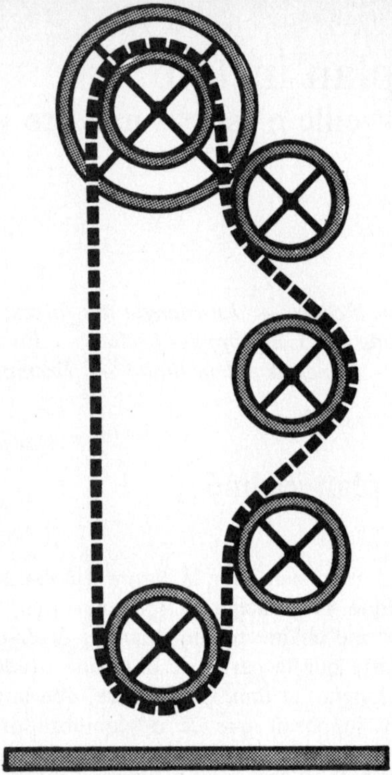

Fig. 3.1. Il y a en permanence plus de chaîne à droite. La machine va-t-elle tourner indéfiniment ?

légèrement plus grande que le poids du corps E, la charge remontera la pente. Avec le concours de la pente, on peut donc élever une charge que l'on serait bien en peine de soulever sans aide.

De quelle force avons-nous besoin pour monter une charge donnée le long d'une pente d'inclinaison donnée ? Bien que la loi du levier remonte au moins à Aristote, le plan incliné a tenu en échec la plupart des auteurs avant Stevin.

Stevin raisonnait comme suit : imaginons un collier de boules

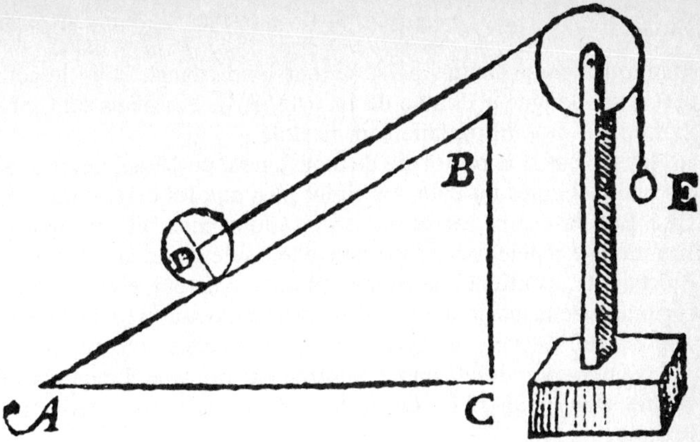

Fig. 3.2. Le paradoxe du plan incliné : un petit corps E en soutient un plus grand, D.

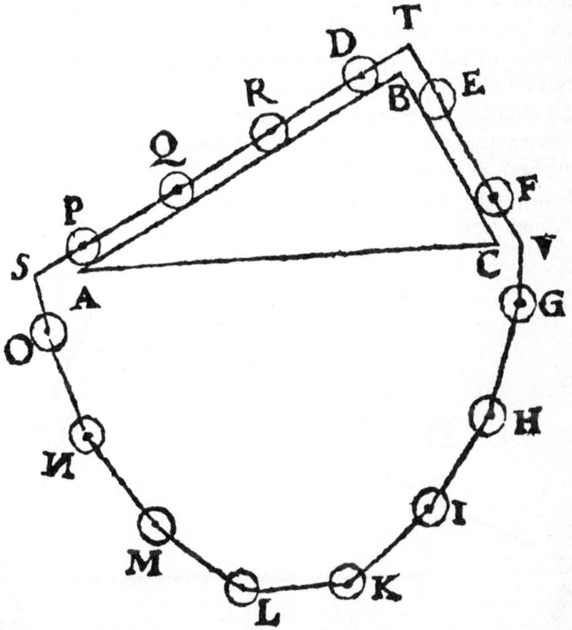

Fig. 3.3. Le mouvement perpétuel est impossible, donc le collier de boules reste immobile.

identiques équidistantes passé autour d'un triangle dont le côté AB a une longueur double de BC (*fig. 3.3*). Les plans sont sans frottement et le fil parfaitement flexible.

Nous avons là le prototype de mouvement perpétuel déjà vu. Si les quatre boules du côté AB tirent plus que les deux boules du côté BC, la chaîne va se mettre en mouvement et, puisque la situation se répète lorsqu'une nouvelle boule prend la place de la précédente, continuer à jamais. Notre inventeur espérait faire fortune avec sa machine ; d'autres inventeurs essayaient encore au XIXe siècle. Stevin, au XVIe siècle, commence par rejeter le mouvement perpétuel comme absurde par principe. La nature ne donne rien pour rien. Le reste s'ensuit par pure déduction logique.

Si le mouvement perpétuel est impossible, la chaîne doit être en équilibre. Nous pouvons couper la boucle inférieure du collier (les boules G à O) qui est parfaitement symétrique et tirer avec des forces égales sur les deux extrémités. Les deux portions de chaîne restantes sur AB et BC, bien que de longueurs inégales, doivent alors s'équilibrer mutuellement.

Rassembler les boules sur chacun des plans et les fondre en boules uniques mais proportionnellement plus grandes, D et E, ne perturbera en rien l'équilibre (*fig. 3.4*). Puisqu'il y avait primitivement quatre boules sur la pente AB et deux sur BC, les poids des deux boules composées seront dans le rapport de 2 à 1.

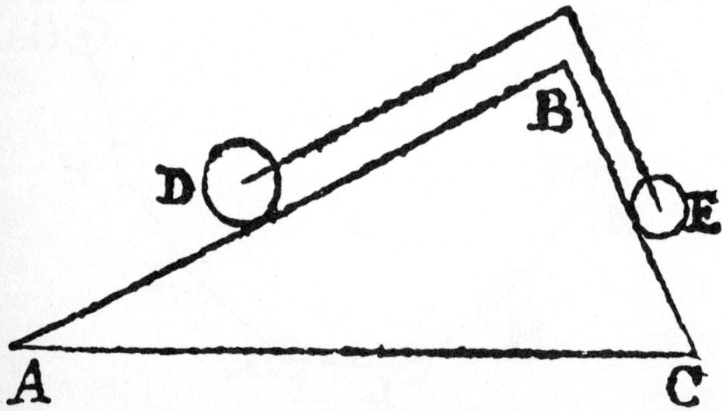

Fig. 3.4. Les boules D et E, dont le poids est proportionnel aux longueurs des côtés AB et BC, sont en équilibre.

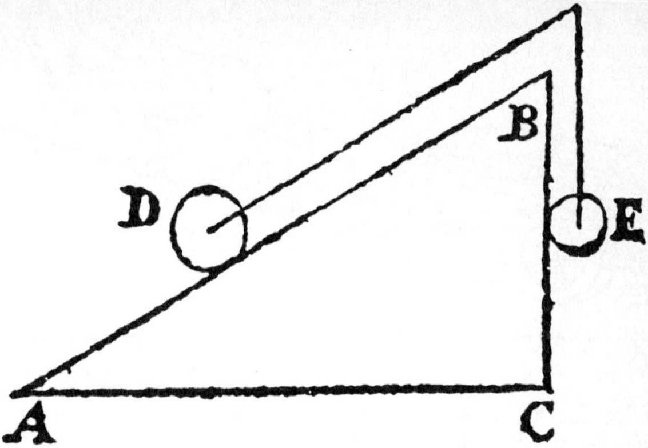

Fig. 3.5. Choisissons le côté BC vertical et nous obtenons la loi du plan incliné : D / E = AB / BC.

Quel que soit l'angle des deux plans inclinés constituant le triangle, la démonstration serait tout aussi valide. Prenons le côté BC vertical de sorte que le corps E de ce côté pende librement (*fig. 3.5*), et la règle marche encore : si AB est deux fois plus long que BC, un contrepoids E moitié de D suffit.

En toute généralité, le nombre de boules sur chacune des pentes est proportionnel à la longueur de la pente, et Stevin parvient ainsi, par ce moyen ingénieux et éminemment original, à la loi du plan incliné :

$$E / D = BC / AB$$

La grandeur E de la force qui soutient un corps sur un plan incliné est au poids D du corps comme l'élévation BC du plan est à sa longueur AB.

Dans le livre de Stevin, la théorie est toujours suivie d'un exemple pratique.

Supposons que le chariot de la *figure 3.6* pèse 10 kilonewtons. La pente du chemin est telle que la longueur AB du plan incliné soit de quatre fois sa hauteur BC (BC / AB = 1 / 4). Le cheval, tirant une corde parallèle à la pente, doit exercer une force de grandeur

$$E = 10 / 4 = 2{,}5 \text{ kilonewtons}$$

Fig. 3.6. La loi du plan incliné appliquée à un problème pratique. Remarquez le triangle IHK, le premier de bien d'autres à venir.

pour maintenir le chariot sur la pente. En l'absence de frottement, tout petit effort en supplément de la force **E** va hisser le chariot le long de la pente.

Stevin était à bon droit fier de sa découverte. Le collier de boules est représenté en page de titre de la plupart de ses ouvrages (*fig. 3.7*) avec l'inscription : « Une merveille n'est pas un mystère. » Et pourtant, le discret petit triangle coincé, dans son illustration, entre le cheval et le chariot cachait un développement significatif de la loi du plan incliné.

Le triangle des forces

Ce triangle a fait sa première apparition dans le diagramme de Stevin reproduit à la *figure 3.8.* Stevin y montre un corps rectangulaire soutenu sur un plan incliné par une traction **E** inférieure au poids **W** de la charge tel que mesuré par la balance (mais la balance n'est pas là pour maintenir le corps). Examinons maintenant le triangle LDI formé des deux fils et du côté du corps. Deux des côtés de ce triangle (LD et LI) sont perpendiculaires à deux côtés du triangle ABC, tandis que le troisième (DI) est parallèle à la pente AB. On voit facilement, et on peut montrer

SIMON STEVIN
van Brugghe.

TOT LEYDEN,
Inde Druckerye van Chriſtoffel Plantij
By Françoys van Raphelinghen.

Fig. 3.7. « Merveille n'est pas mystère. »

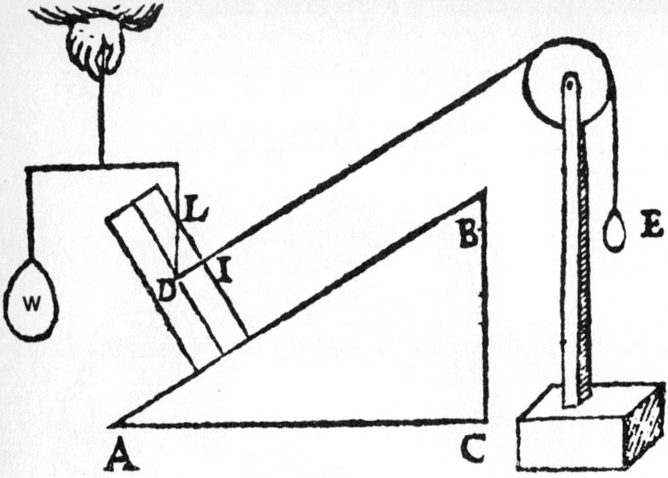

Fig. 3.8. Les triangles ABC et LDI sont semblables.

géométriquement, que les triangles ABC et LDI sont semblables. Les côtés des triangles semblables sont dans les mêmes proportions quelle que soit leur longueur, donc si le poids W du corps sur la pente est à la traction E comme le côté AB est au côté BC, il est également comme LD à DI :

$$W / E = AB / BC = LD / DI$$

L'utilité du triangle LDI réside dans le fait qu'il est tourné par rapport à ABC de sorte que la force verticale **W** est proportionnelle au côté vertical du triangle, tandis que la force **E** est proportionnelle au côté parallèle à la direction du fil.

Revenant à la *figure 3.6* et au petit triangle IHK, nous remarquons encore qu'il est semblable au triangle ABC. De ce fait, si le côté vertical HI représente le poids du chariot (10 kilonewtons), alors le côté KH, porté par la corde, sera proportionnel à la traction du cheval. La contribution fondamentale de Stevin est d'être ainsi parvenu à séparer du plan incliné le triangle IHK qui donne le rapport des forces. Cela se voit encore mieux sur le *figure 3.9* où seule la pente est indiquée : le rapport de la

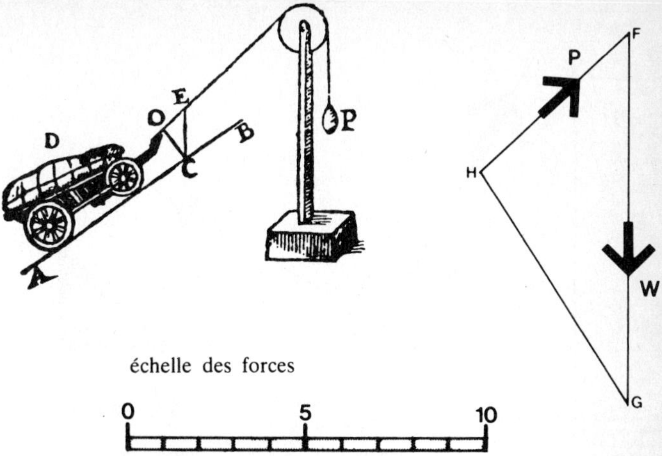

Fig. 3.9. Le triangle HFG, comme OEC, est semblable au triangle du plan incliné.

traction P au poids de la charge s'obtient au moyen du triangle OEC dont les deux côtés OE et EC sont tracés parallèlement aux deux forces et le troisième côté (OC) perpendiculairement au plan incliné.

Pour une raison inconnue — peut-être par économie —, Stevin préfère insérer ces petits triangles çà et là dans ses diagrammes. Mais, en vertu de la propriété des triangles semblables d'avoir les mêmes proportions quelle que soit leur taille, traçons un plus grand triangle HFG hors du dessin, et traçons-le à l'échelle. Alors, adoptant pour longueur du côté vertical FG la représentation à l'échelle du poids W du chariot, connu, on peut tirer du triangle la grandeur P de la traction nécessaire sur la corde. Les flèches sur les côtés du triangle indiquent commodément les sens des forces qu'ils représentent.

Mais ce n'est qu'un début. Stevin montre ensuite, d'une façon plutôt détournée (quelque peu modifiée ici), que le troisième côté du triangle représente aussi une force. La *figure 3.10* débarrassée des accessoires de Stevin (*fig. 3.8*) montre les forces appliquées à un corps rectangulaire posé sur un plan incliné. Le poids du corps

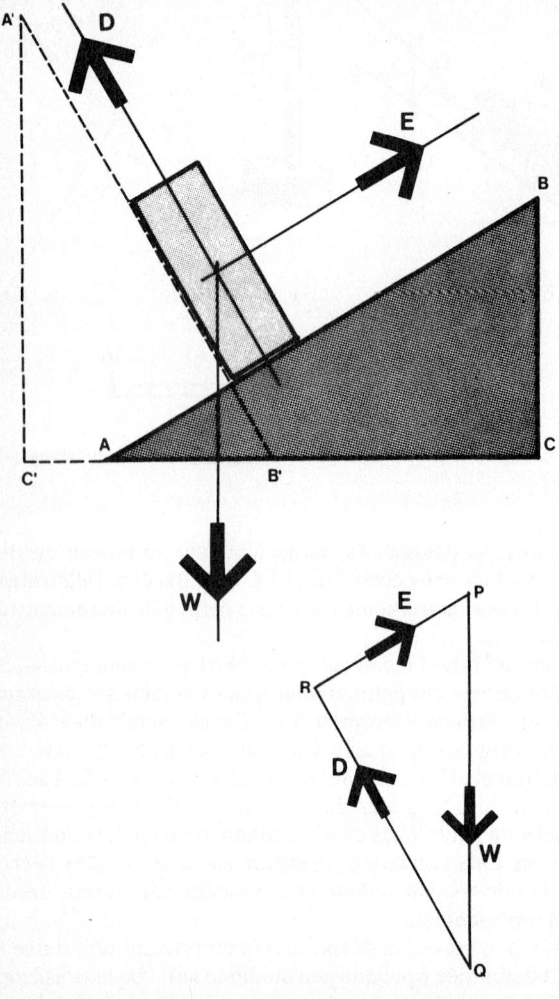

Fig. 3.10. La preuve que le troisième côté du triangle représente aussi une force. Nous sommes maintenant en possession du « triangle des forces ».

et la traction du fil sont dans le rapport des côtés PQ et RP du triangle QPR que l'on trace, pour en tenir le rôle, parallèlement au petit triangle LDI de Stevin. La troisième force appliquée au corps est moins évidente : c'est la poussée du plan incliné lui-même. Le corps est en contact avec le plan et un contact entre deux corps signifie toujours une force. Puisque nous supposons le plan parfaitement lisse, sa poussée ne peut que lui être perpendiculaire. Cette force **D**, combinée à la force du fil **E**, équilibre l'attraction de la gravité sur le corps.

Supposons maintenant les rôles des forces **D** et **E** échangés : supprimons le plan incliné ABC et remplaçons-le par la traction d'un fil pour fournir la même force **D** qu'auparavant ; au lieu du fil lesté, plaçons un nouveau plan incliné A'B'C' pour soutenir le grand côté du corps avec la force **E** (ce nouveau plan, indiqué en trait interrompu, est en fait le plan original dressé sur son côté BC). Les grandeurs des forces **W** et **D** sont proportionnelles aux côtés du triangle QPR parallèles aux forces :

$$W / D = PQ / QR$$

Comme nous savons déjà que le côté RP représente la grandeur de la force **E**, nous pouvons tout simplement énoncer que les grandeurs des trois forces équilibrant un corps sur le plan incliné sont proportionnelles aux côtés d'un triangle parallèle à leurs lignes d'action respectives :

$$W / D / E = PQ / QR / RP$$

C'est ce triangle que nous baptisons *triangle des forces.*

L'étape suivante de Stevin témoigne d'une profondeur remarquable. Il réalise que sa découverte est beaucoup plus générale qu'une question d'équilibre de poids et contrepoids sur une pente (*fig. 3.11*). Le plan fournit une poussée perpendiculaire à sa surface : on peut le remplacer par un fil qui tire dans la même direction. On peut aussi éliminer le corps posé sur le plan et le remplacer par une force verticale. Le problème revêt un aspect totalement différent, mais rien n'a essentiellement changé : les trois forces appliquées à C doivent chacune être proportionnelles au côté qui leur est parallèle dans le triangle HIC. Nous rajoutons notre triangle semblable à côté du dessin.

Le divorce du plan incliné et du triangle des forces est ainsi réalisé. Stevin a découvert la *condition d'équilibre* pour trois

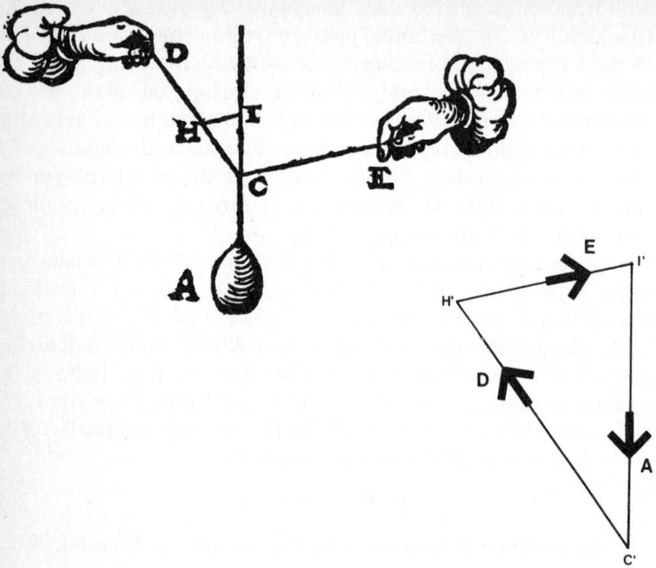

Fig. 3.11. L'application ingénieuse du triangle des forces HIC due à Stevin et sa version moderne plus pratique.

forces se rencontrant au même point : un trio de forces est équilibré si celles-ci permettent de tracer un triangle de forces fermé.

La loi du parallélogramme

Dans le problème de la *figure 3.12,* Stevin pousse plus loin l'exploitation de son idée. Il n'y a aucune raison pour que l'une des forces soit toujours un poids, dirigé verticalement vers le bas. Dans ce problème, les trois forces appliquées ont des directions parfaitement arbitraires (mais il faut toujours une poulie pour la réalisation). Stevin cherche la grandeur des tractions **D** et **E**

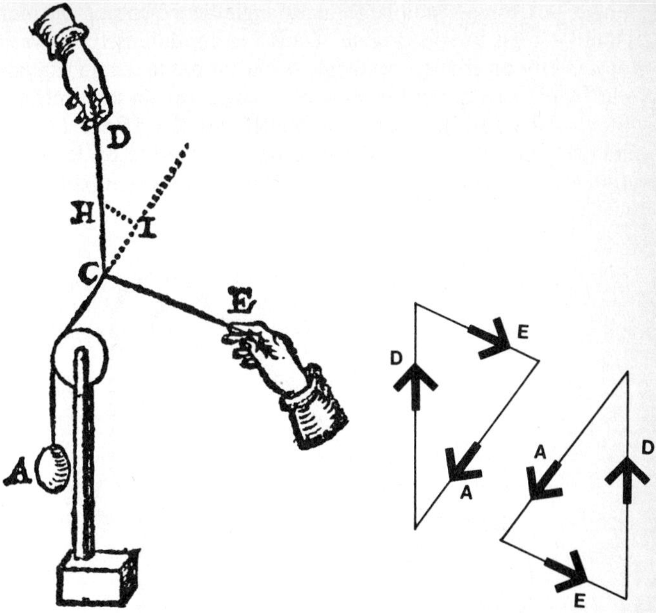

Fig. 3.12. Le triangle des forces sous sa forme la plus générale.

nécessaires pour équilibrer la charge **A** de poids connu. Il donne la solution sur son diagramme.

Près de quatre siècles plus tard, nous employons virtuellement la même méthode. Nous traçons un segment de droite vertical dont la longueur représente, à une échelle convenablement choisie, la grandeur de la force **A** connue. On ferme le triangle des forces en traçant les droites parallèles aux tractions **D** et **E**, passant par les extrémités de la force A. On peut obtenir deux triangles par ce procédé, tous les deux semblables au triangle HCI de la solution de Stevin, et tout aussi valides. On y mesure finalement, à l'échelle, les grandeurs des deux forces cherchées.

Tout cela semble parfaitement logique, et l'expérience confirme les résultats ainsi obtenus. Toutefois, il y a une lacune entre la loi du levier et le triangle des forces que l'on en dérive, lorsque les forces tirent dans des directions arbitraires. Nous avons supposé le triangle des forces semblable au triangle représentatif du plan incliné — c'est là son origine. Dans ces conditions, ce devrait toujours être un triangle rectangle. Ce n'est pas le cas du triangle de la *figure 3.12* qui correspond à un corps sur un plan incliné, soutenu par un fil qui n'est pas parallèle au plan (*fig. 3.13*). La démonstration de Stevin est valide dans la mesure où le fil est parallèle à la pente du plan, comme l'était le merveilleux collier de boules.

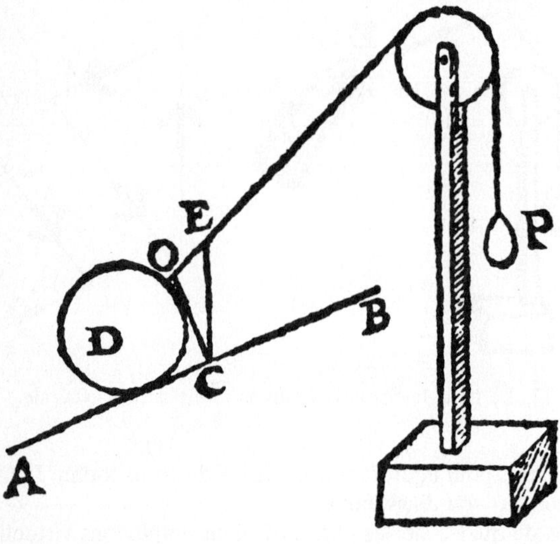

Fig. 3.13. La pierre d'achoppement : ce triangle des forces n'a jamais été démontré par Stevin.

Comme Stevin, c'est sans soutien évident que nous avons franchi cette brèche entre démonstration et application. Stevin s'est efforcé de trouver un pont mais n'y est jamais vraiment parvenu. Il a néanmoins appliqué le triangle des forces même lorsqu'il n'avait pas de preuve certaine de sa validité parce que, sans aucun doute, il était intuitivement convaincu de la justesse de cette application. Il avait raison, et la preuve vint finalement une centaine d'années plus tard. C'est Isaac Newton qui la fournit.

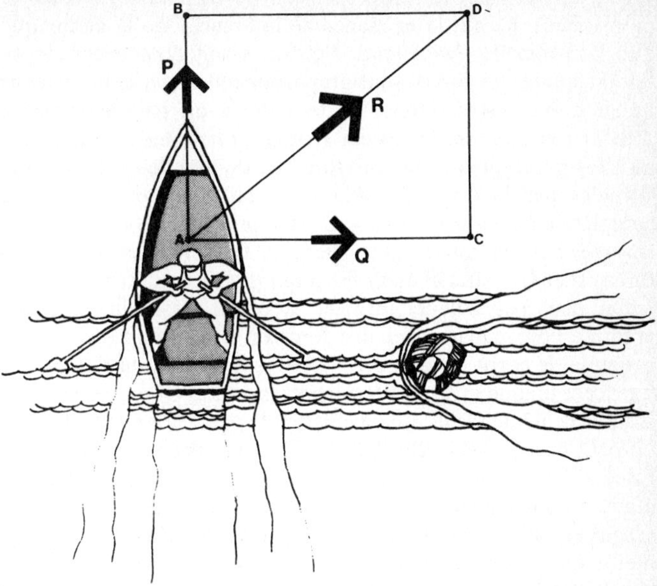

Fig. 3.14. La loi du parallélogramme de Newton. Équilibre ou repos ne sont qu'un cas particulier de mouvement.

Supposons que vous tentiez la traversée d'une rivière à l'aviron (*fig.3.14*). En traversant tout droit, vous parviendrez en une minute à propulser la barque de A à B, mais le courant vous aura dans le même temps déporté de A à C. Ces deux forces étant appliquées à la barque, vous parviendrez évidemment au point D. « Un corps soumis à deux forces décrira la diagonale d'un parallélogramme dans le même temps qu'il en décrirait les côtés s'il était soumis aux deux forces séparément [1] », a écrit Newton en 1687.

Une percée décisive en mécanique survint durant le siècle entre

1. « Successivement » serait plus approprié. A noter que l'exemple nautique proposé est encore affligé d'un angle droit, mais le raisonnement est transposable à un cas quelconque (*NdT*).

Stevin et Newton : la compréhension du rapport entre force et mouvement. Ce fut la naissance de la branche de la mécanique que l'on appelle *dynamique.* Newton savait qu'à intervalle de temps donné, les forces sont proportionnelles aux déplacements qu'elles entraînent. Donc, si deux côtés du parallélogramme ABCD représentent les forces **P** et **Q** au lieu des déplacements qu'elles provoquent, l'unique force **R**, de grandeur et direction données par la diagonale AD du parallélogramme, remplace complètement ces deux forces. C'est le principe, dû à Newton, de *composition des forces.* On appelle la force **R** la *résultante* des forces **P** et **Q**, celles-ci étant les *composantes* de la force **R** [1].

On peut par ailleurs inverser la construction du parallélogramme pour décomposer une force en deux composantes. Par exemple, le corps de la *figure 3.15* est suspendu à un fil tenu par une force unique **F**. Deux fils suivant les droites CD et CE peuvent assurer la même tâche. En complétant le parallélogramme IHCK, on peut trouver les forces dans les fils par la décomposition de la force **F** en composantes selon ces droites. La traction verticale étant proportionnelle à la diagonale IC, les forces dans les fils seront en proportion des côtés CH et CK. Pour la facilité et une meilleure précision, il est préférable de tracer à l'échelle un parallélogramme agrandi plutôt que de s'en tenir aux proportions.

Le diagramme que nous venons d'utiliser provient du livre de Stevin, mais le raisonnement était dans l'esprit de Newton. A l'évidence, Stevin connaissait le parallélogramme ; il parvenait à la construction par combinaison de deux triangles et faisait remarquer qu'un triangle suffisait puisque le côté HI avait la même longueur que le côté CK et que le côté IK était égal au côté HC. Mais le parallélogramme, déduit de la dynamique par Newton, assure le fondement logique de l'emploi du triangle : le

1. L'exemple de la barque recèle en fait quelques complications. La barque est soumise à bien d'autres forces : la pesanteur et la poussée d'Archimède qui la compense heureusement, et surtout la résistance de l'eau, opposée à l'avancement et qui compense (sauf au démarrage) la force propulsive. Le courant, en revanche, n'exerce aucune force (sauf au démarrage) sur la barque, pas plus que sur un flotteur dérivant au fil de l'eau à vitesse constante. Le parallélogramme (d'ailleurs rectangle) ABCD représente beaucoup plus justement des déplacements, ou des vitesses constantes, que des forces (*NdT*).

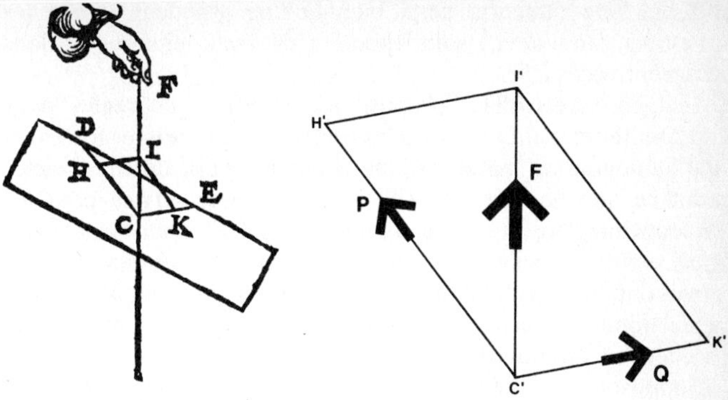

Fig. 3.15. Les composantes d'une force. Deux tractions, suivant les directions CD et CE, remplacent complètement la traction verticale **F**. La loi du parallélogramme donne leurs grandeurs.

triangle n'est qu'une moitié du parallélogramme. D'un autre côté, Stevin aurait très probablement rejeté la méthode de raisonnement de Newton pour énoncer la règle du parallélogramme. Que vient faire le mouvement dans des forces équilibrées, alors qu'il n'y a précisément aucun mouvement ? Mais pour ses successeurs, aussi bien au XVIIe siècle qu'en mécanique moderne, l'équilibre (l'absence de mouvement) n'est qu'un cas particulier de mouvement.

L'algèbre des flèches

D'après la discussion précédente, il est évident que lorsqu'un équilibre de forces est en jeu, on peut aussi bien utiliser le triangle des forces de Stevin que la règle du parallélogramme de Newton. On obtient les mêmes résultats, seul diffère le raisonnement derrière la construction géométrique. En mécanique moderne, toutefois, on n'utilise ni l'un ni l'autre : une fois de plus, la géométrie est remplacée par l'algèbre, cette fois une branche des mathématiques spécialement mise au point pour traiter les objets qui ont une direction aussi bien qu'une grandeur. De telles quantités, on l'a vu, sont appelées *vecteurs,* et nous parlons d'*algèbre vectorielle.*

L'algèbre vectorielle propose un ensemble de règles pour représenter et manipuler tous les vecteurs (y compris les forces) et une sténographie mathématique commode pour décrire exactement ce que l'on en fait. Elle rend le même service pour les vecteurs que l'algèbre ordinaire pour les quantités non vectorielles (ou *scalaires*). Ce n'est qu'en traitant le cas de forces dans l'espace à trois dimensions que l'on peut apprécier tout le profit de cet outil perfectionné, mais nous n'utiliserons ici que le sommet de l'iceberg : l'addition des vecteurs.

Supposons que l'on veuille trouver l'effet combiné des deux forces **A** et **B** de la *figure 3.16*. Dans le langage de l'algèbre vectorielle, nous additionnons les vecteurs **A** et **B**. Commençons par tracer un vecteur **A** dont grandeur et direction restent dans les limites du diagramme : on trace un segment de droite parallèle à la ligne d'action du vecteur et d'une longueur égale, à l'échelle (comme nous l'avons toujours fait avec les forces), à la grandeur du vecteur. Pour ajouter le vecteur **B** au vecteur **A**, on place ensuite la queue du vecteur **B** à la pointe du vecteur **A**. Un nouveau vecteur, qui joint la queue de **A** à la pointe de **B**, constitue la somme ou résultante **R** des deux premiers vecteurs. En utilisant les caractères gras pour noter que nous avons affaire à une opération vectorielle, nous écrivons

$$\mathbf{A} + \mathbf{B} = \mathbf{R}$$

On obtient le même résultat en plaçant la queue de **A** à la pointe de **B** et en terminant le triangle avec le vecteur résultant **R**. Vectoriellement, comme dans l'addition scalaire

$$\mathbf{A} + \mathbf{B} = \mathbf{B} + \mathbf{A}$$

L'addition vectorielle ne représente évidemment rien de plus que la loi du parallélogramme scindé en deux triangles — sinon, si elle était différente, nous ne pourrions l'appliquer aux forces.

Remarquez que, dans les deux cas d'addition, bien que les vecteurs composantes **A** et **B** se suivent tête-à-queue, le vecteur résultant **R** est dirigé en sens opposé : sa queue part de la queue du premier vecteur composante et il est tête-à-tête avec le second.

L'addition vectorielle permet d'ajouter aisément un nombre

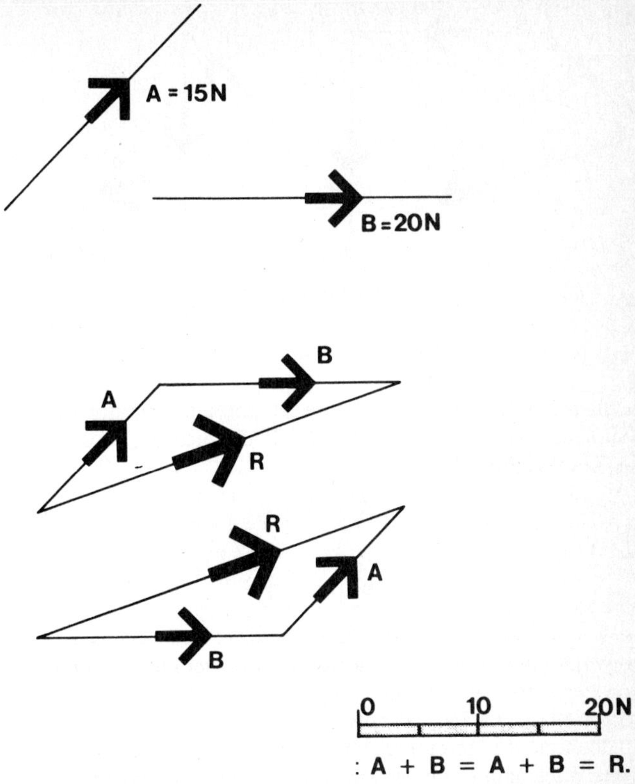

Fig. 3.16. Deux vecteurs et leur somme : **A** + **B** = **B** + **A** = **R**. Remarquez le sens du vecteur somme **R**.

quelconque de vecteurs. Il suffit d'itérer l'opération d'addition sur les vecteurs successifs, en ajoutant chaque nouveau vecteur à la somme des vecteurs précédemment ajoutés. Dans la *figure 3.17*, on ajoute une force verticale **C** (C = 20 newtons) aux vecteurs **A** et **B**. Nous illustrons l'addition :

$$\mathbf{A} + \mathbf{B} + \mathbf{C} = \mathbf{Q}$$

où **Q** est la nouvelle résultante. Le segment en trait interrompu de

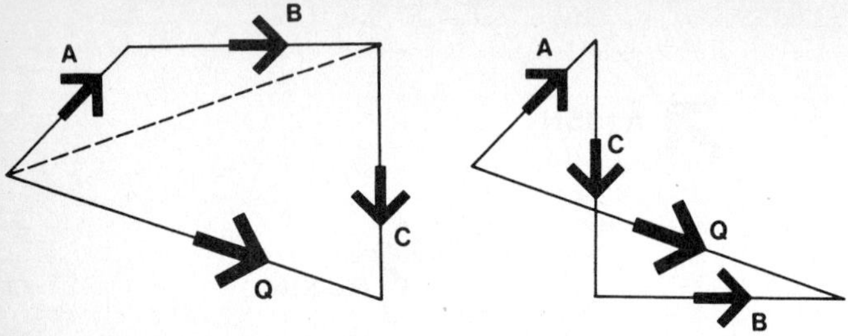

Fig. 3.17. L'addition vectorielle : **A** + **B** + **C** = **A** + **C** + **B** = **Q**.

la *figure 3.17* est la résultante **R** obtenue auparavant. Elle remplace les deux composantes **A** et **B**, de sorte que nous avons en fait deux additions :

$$\mathbf{A} + \mathbf{B} = \mathbf{R}$$

et

$$\mathbf{R} + \mathbf{C} = \mathbf{Q}$$

en un diagramme. La résultante **R** n'est pas nécessaire, aussi pouvons-nous en faire abstraction et effectuer directement l'addition des trois vecteurs par la règle de base générale de l'addition vectorielle, la *règle du polygone :* pour ajouter un nombre quelconque de vecteurs, enchaînez-les à la queue leu leu dans un ordre quelconque. Le vecteur résultant, en sens opposé, ferme la brèche entre le premier et le dernier vecteur de façon à former un polygone. La *figure 3.17* montre la même résultante **Q** obtenue par l'opération

$$\mathbf{A} + \mathbf{C} + \mathbf{B} = \mathbf{Q}$$

Le triangle peut maintenant être considéré comme un cas particulier d'addition vectorielle : c'est un polygone qui n'a que trois côtés.

Lorsque plusieurs forces appliquées à un corps sont équilibrées, il n'y a finalement aucune poussée ou traction effective sur le corps. La force résultante est nulle et le corps ne bouge pas, ou plus exactement n'a aucun mouvement du type translation, dans

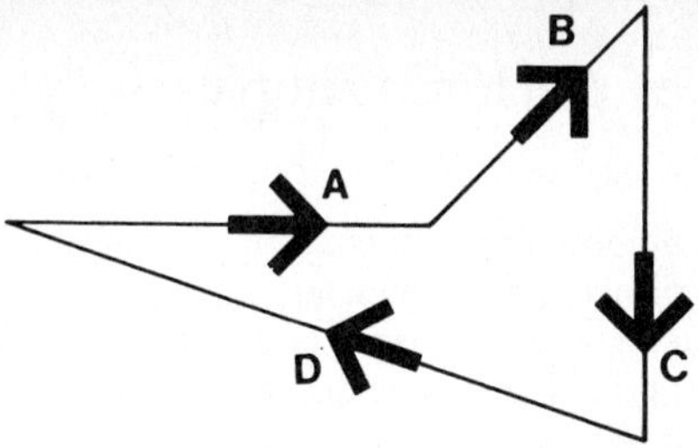

Fig 3.18. Les vecteurs se suivent à la queue leu leu en un polygone fermé. Leur somme vectorielle est nulle : **A** + **B** + **C** + **D** = 0.

quelque direction que ce soit. Si, après avoir tracé le polygone des vecteurs correspondant à nos forces, on trouve qu'ils constituent, à la queue leu leu, une ronde sans interruption à combler par un vecteur somme, alors la résultante est évidemment nulle. La force **D** de la *figure 3.18* (égale et opposée à **Q**) joue ce rôle, et

$$\mathbf{A} + \mathbf{B} + \mathbf{C} + \mathbf{D} = 0$$

Nous pouvons maintenant énoncer une condition générale d'équilibre : la résultante d'un nombre quelconque de forces dont on peut tracer la représentation vectorielle sous forme d'un polygone fermé est nulle. Le corps sur lequel elles agissent est dit *équilibré en translation :* il ne se déplacera dans aucune direction. Dans le cas particulier de trois forces équilibrées, le polygone est un triangle autour duquel les flèches se poursuivent à la queue leu leu. C'est précisément ce que Stevin avait déduit de la loi du plan incliné.

Il est intéressant de remarquer les possibilités supplémentaires que l'algèbre vectorielle offre par rapport au triangle ou au parallélogramme des forces, ce qui ne met pourtant en jeu aucune découverte nouvelle. Comme toujours avec les mathématiques, l'algèbre vectorielle est un procédé de classement et un moyen de communication concis. Elle ne nous apprend rien que nous ne sachions déjà sur les forces.

Encore des machines simples

Un certain nombre de machines simples et autres systèmes sont fondés sur le principe du plan incliné. Le *coin* est une application fort commune. Habituellement, la charge, sous l'action d'une force externe, grimpe la rampe qui, elle, est fixe. Dans le cas du coin, la charge est stationnaire et c'est la rampe qui est poussée dessous, élevant ainsi la charge. Plus faible est la pente, c'est-à-dire que le coin est plus fin, et plus grande est la force sur la charge. Le coin (*fig. 3.19*) est un outil de coupe d'usage commun pour écarter les faces de la fente dans laquelle on l'introduit.

La force de frottement que nous avons négligée dans la discussion du plan incliné joue un rôle particulièrement important lorsque l'on fend du bois à l'aide d'un coin. Ordinairement, c'est par des coups plutôt qu'avec une force constante que l'on enfonce

Fig. 3.19. Le coin est un double plan incliné.

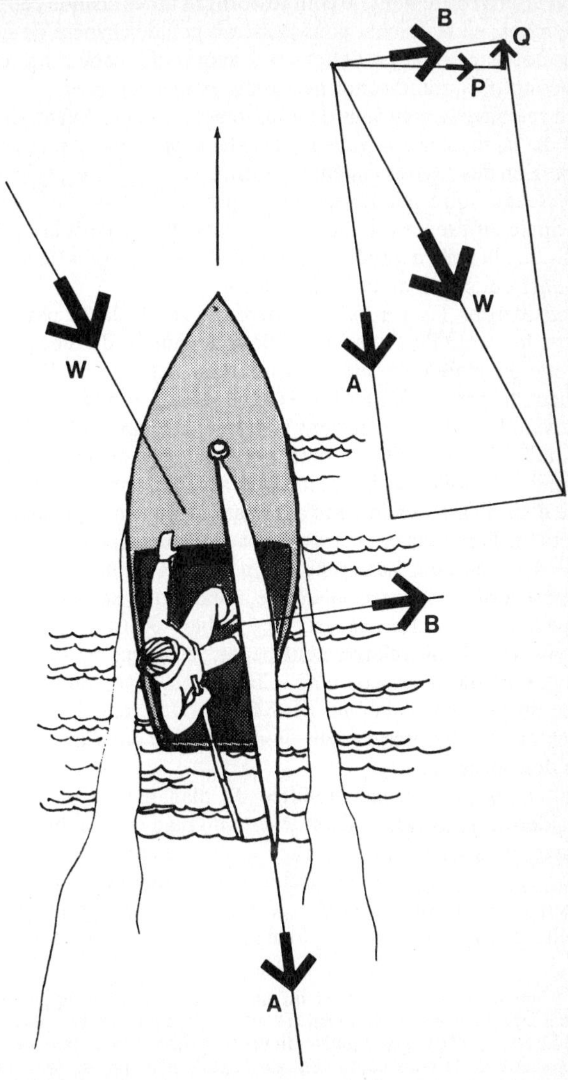

Fig. 3.20. La voile est un plan incliné ambulant.

le coin. Sans frottement, le coin ressortirait après chaque coup. Ce frottement, en revanche, nous laisserait peu de chances de succès avec notre coin sans l'effet dynamique du choc : un effort beaucoup plus grand serait nécessaire pour l'enfoncer.

On retrouve le coin sous de nombreuses formes. Avant l'invention de la machine à vapeur, les deux principaux moyens de propulsion des navires étaient l'aviron, en fait un levier, et la *voile*, qui est une autre manifestation du plan incliné ou du coin. La principale différence est que le coin pousse la charge et la déplace, tandis que la voile a un rôle opposé : c'est la « charge » (la poussée du vent) qui sert à mouvoir le coin.

Considérons les forces à l'œuvre au cours de la navigation contre le vent, l'une des inventions majeures du siècle qui a précédé les grands voyages d'exploration. La *figure 3.20* indique de façon très simplifiée les forces appliquées à un petit voilier. On peut remplacer la force du vent **W** par deux composantes : la force **A** parallèle à la voile, et sans effet sur celle-ci, et la force **B** normale à la voile qui fait tout le travail [1]. On trouve l'effet de la force **B** sur l'embarcation en l'analysant en deux composantes : **P**, qui pousse la barque par le travers, et une composante **Q** suivant la route de la barque. La carène comporte une quille profonde qui s'oppose efficacement à la dérive, tandis que sa résistance au mouvement vers l'avant est très faible. Ainsi, bien que la composante **Q** soit relativement petite, la barque va se déplacer vers l'avant plutôt que de côté. Comme on le voit sur les forces mises en jeu, un voilier ne peut faire route vent debout, mais seulement au plus près du vent. Pour remonter dans le vent, il faut tirer des bords.

La *vis* est une forme modifiée du plan incliné ou du coin. Considérons un escalier. C'est encore un plan incliné, bien que la progression s'y fasse par marches successives plutôt que par une seule pente régulière. Les marches ne sont qu'une concession au moyen de transport de la charge inhérent au corps humain, la marche. L'escalier hélicoïdal, lové autour d'une colonne centrale,

1. L'auteur ne mentionne ici qu'une partie des forces appliquées à l'embarcation : celles dues au vent. D'autre part, à l'allure du « plus près » considérée ici, si la vitesse relative du vent est suivant **W** de la *figure 3.20*, la résultante de la poussée du vent sur la voile n'est pas du tout suivant cette vitesse mais bien plutôt pratiquement perpendiculaire à la voile. Cette résultante est donc la force **B** ; il n'y a pas de force **A** (*NdT*).

Fig. 3.21. Un plan incliné enroulé autour d'un cylindre peut jouer le rôle d'une tarière et extraire la terre.

est un plan incliné qui présente l'avantage d'être peu encombrant. La vis est tout simplement un plan incliné enroulé autour de la surface d'un cylindre.

Fig. 3.22. Un vérin à vis peut soulever toutes sortes de charges. Inversez la poussée et le vérin devient une presse.

La similitude est frappante entre l'escalier hélicoïdal et la *tarière*, communément utilisée dans le bâtiment pour le forage des fondations (*fig. 3.21*). La tarière, vissée dans le sol par son

Fig. 3.23. Des vis d'Archimède pour élever l'eau. Au premier plan, la coupe d'une de ces vis — une tarière dans un tuyau.

moteur, élève sa charge de terre jusqu'à la surface, tout comme un coin continu.

La vis peut par ailleurs tourner à l'intérieur d'un logement fixe. C'est alors la vis qui progresse, avec une grande force. Le *vérin à vis* (*fig. 3.22*) en est un exemple utilisé sous diverses formes pour soulever les fortes charges. Son invention remonte évidemment bien avant l'automobile, où il figure maintenant au nombre des accessoires standards. Dans cette application, c'est une longue manivelle qui actionne la vis, combinant de la sorte l'avantage du levier et la puissance du coin, le vérin est donc une *machine composée*.

Lorsque les bateaux à vapeur commencèrent à remplacer les voiliers, ils étaient propulsés par des roues à aubes, juste une autre application du levier. L'invention de l'*hélice* — une vis qui force continuellement son passage dans l'eau et pousse le bateau — apporta un progrès révolutionnaire à la propulsion navale. La tarière, en forant le sol, travaille exactement de la même façon — la dissemblance de l'hélice et de la tarière est due aux quelques différences entre l'eau et la terre.

Dans d'autres applications, la vis tourne à poste fixe et sa rotation propulse l'eau. La *vis d'Archimède*, qui consiste en une vis en forme de tarière logée dans un tube (*fig. 3.23*, en bas), est un tel système. Cette vis telle qu'elle a été utilisée pendant des siècles pousse l'eau vers le haut comme la tarière pousse la terre. La machinerie illustrée consiste en une roue de moulin qui actionne une série de vis d'Archimède pour élever l'eau à une hauteur considérable. Combien d'inventeurs pleins d'espoir ont tenté de réaliser un mouvement perpétuel en réutilisant l'énergie de l'eau ainsi élevée pour actionner la roue à aubes !

Principes et leur limite

Au premier coup d'œil, le plan incliné a tout l'air d'un type de problème bien différent du levier, mettant en jeu de tout autres principes. Considérons toutefois la *figure 3.24* extraite d'un livre de mécanique du mathématicien français Pierre Varignon (1687). On connaît la force **Q** correspondant à la charge suspendue au levier, et le problème est de déterminer la grandeur de la force **P** pour maintenir cette charge. Dès que les bras de levier des forces sont donnés, le principe d'équilibre des moments donne la réponse, mais Varignon est arrivé au même résultat de façon différente.

L'effet des deux forces n'est en rien modifié si on leur substitue

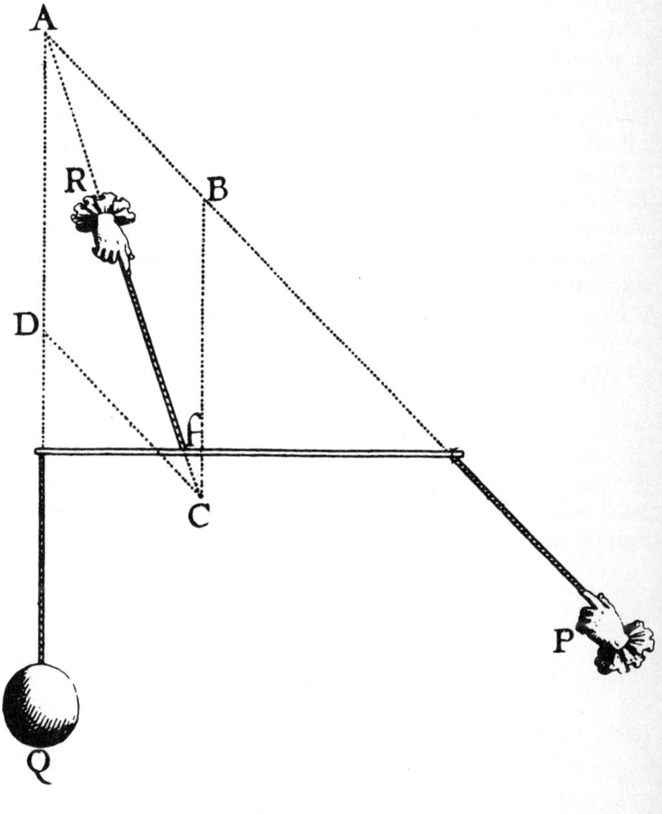

Fig. 3.24. Varignon détermine par la loi du parallélogramme les forces agissant sur un levier. La résultante des forces appliquées doit pousser sur le pivot, sinon le levier tournera.

la résultante **R** dans la mesure où celle-ci passe par leur point de concours A. Que **P** et **Q** n'entraînent aucune rotation du levier et il en sera de même de leur résultante. Mais ce n'est qu'à la condition que cette résultante **R** soit dirigée vers le pivot f du levier, de sorte que son bras de levier soit nul, que le levier ne tournera pas. La direction de la résultante étant ainsi connue (suivant la droite Rf) et la grandeur de **Q** (représentée par le côté AD) donnée, Varignon achevait le parallélogramme des forces ABCD. La longueur du côté AB représente la grandeur de la force **P**.

Newton et Varignon (qui parvint au principe du parallélogramme des forces à la même époque) ont édifié toute la statique sur la loi du parallélogramme. Comme Stevin avait auparavant dérivé le triangle des forces et le parallélogramme à partir du plan incliné, on peut dire que toute cette histoire n'est qu'une suite de conséquences de l'axiome fondamental de l'impossibilité du mouvement perpétuel.

Inversement, Galilée était parvenu à expliquer le plan incliné grâce au levier, en faisant remarquer que la grandeur de la force **E** équilibrant un corps de poids **D** (*fig. 3.25*) ne dépend que de la pente à l'emplacement du corps. Le reste du plan ne compte pas. Le même soutien pourrait être assuré par une tige normale au plan (la tige ST). Où le plan pousse le corps avec une force **N**, la tige tirerait avec la même force et remplacerait parfaitement le plan.

La condition d'équilibre des moments nous permet maintenant de trouver la force **E** requise pour équilibrer le poids **D**. La tige ST est le bras de levier de la force **E**, tandis que la force **D** agit avec le bras de levier SV. Alors

$$E \times ST = D \times SV$$

puisque le moment résultant des deux forces par rapport au point S doit être nul. Remarquez la similitude des triangles ABC (le plan incliné) et TSV ; il est donc aussi vrai que

$$E \times AB = D \times BC$$

et

$$E / D = BC / AB$$

qui n'est autre que la loi du plan incliné.

De la loi du levier on peut ainsi dériver la loi du plan incliné et,

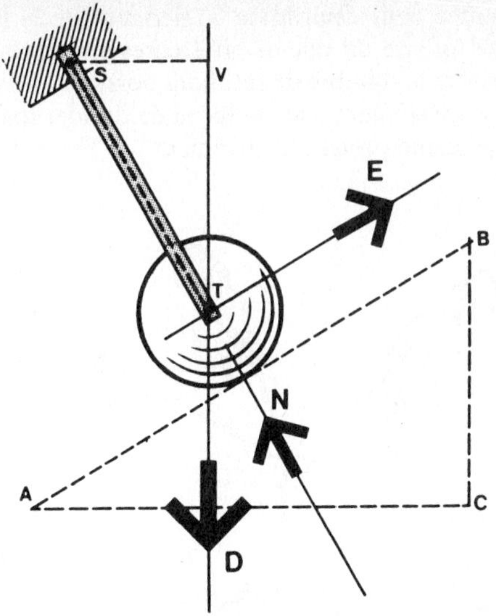

Fig. 3.25. Du principe d'équilibre des moments, Galilée tire la loi du plan incliné. La tige ST remplace complètement le plan incliné.

par conséquent, le triangle des forces et l'addition vectorielle. On peut donc déduire toute la statique de l'axiome d'équilibre d'un corps prismatique uniforme supporté par son centre de gravité.

Tout problème de statique peut être attaqué sous des angles différents. La tactique adoptée dépend de la nature du problème. Le résultat sera toujours le même, mais on peut ménager l'effort dépensé pour y parvenir en choisissant l'itinéraire le mieux adapté. Il y a quand même des problèmes qui restent insolubles. Par exemple, la charge **A** soutenue par les trois fils de la *figure 3.26* est en équilibre, et pourtant Stevin montre qu'il n'y a aucun moyen de déterminer la grandeur des trois forces dans les fils requises pour équilibrer la charge.

Cela ne signifie pas que l'on ne puisse trouver une force **F** qui satisferait la condition d'équilibre. Au contraire ! Supposons la force **F** éliminée. Les forces **D** et **E** sont encore parfaitement capables de soutenir la charge en place, même si leur grandeur doit augmenter pour cela. Mais la grandeur de la force **F** peut prendre une infinité de valeurs différentes pour assister les deux autres forces, et le nombre de solutions possibles du problème est infini. Il n'y a justement aucune façon de décider (par la statique seule) laquelle elle prend effectivement.

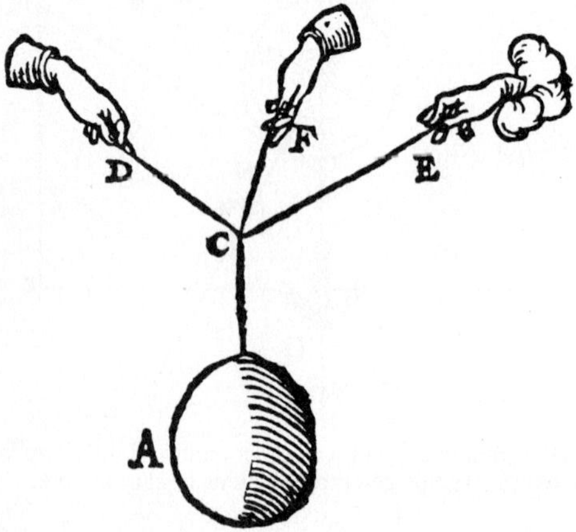

Fig. 3.26. Il y a des problèmes que la statique seule ne peut résoudre. La force du fil **F**, par exemple, est statiquement indéterminée.

On parvient à la même conclusion en essayant d'utiliser le polygone des vecteurs (*fig. 3.27*). Nous n'indiquons sur le diagramme que deux valeurs possibles pour la grandeur de la force **F**, satisfaisant toutes deux la condition de nullité de la résultante des forces. En diminuant progressivement la grandeur F, on augmente les deux autres (D et E). A la limite, lorsque la force **F** est réduite à rien, le polygone des forces devient un triangle avec les forces **A**, **D** et **E** seules.

On rencontre la même situation chaque fois qu'un corps est soutenu par des supports en nombre supérieur au minimum nécessaire. De tels problèmes sont dits *statiquement indéterminés* ou *hyperstatiques*.

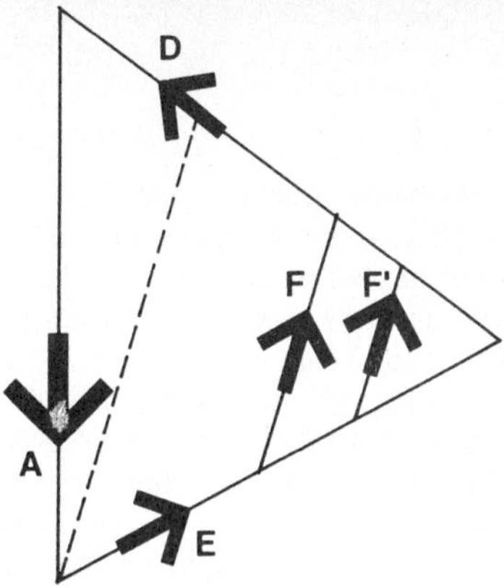

Fig. 3.27. La grandeur de la force **F** peut prendre n'importe quelle valeur, de zéro au maximum indiqué par le segment en trait interrompu.

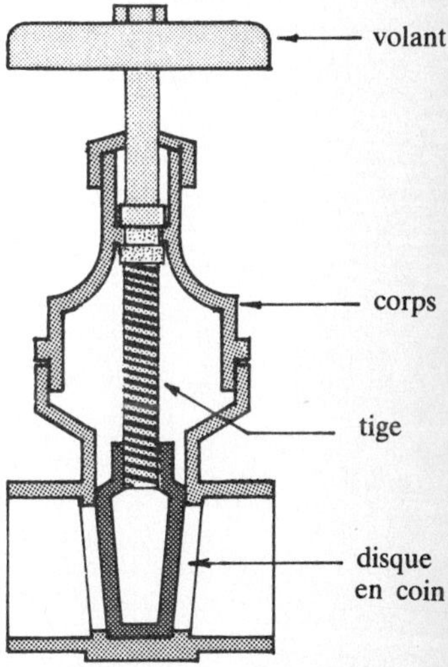

Fig. 3.28. La vanne comporte un coin et une vis. Le coin est creux et s'élève le long de la tige filetée lorsque l'on tourne le volant pour ouvrir la vanne.

Exemple

Le robinet domestique ordinaire opère sur le même principe qu'un vérin à vis. Pour arrêter l'écoulement de l'eau, on tourne la poignée du robinet qui est reliée à une vis. La poussée de la vis applique un joint élastique contre l'orifice du tuyau d'alimentation. C'est ce qui coupe l'eau.

La *figure 3.28* représente une *vanne* d'usage courant dans les installations industrielles où les pressions sont élevées et le remplacement du joint gênant. La vanne est entièrement métallique et ne comporte pas de joint. Elle fonctionne comme une *machine composée* simple. Cette vanne comporte une vis actionnée par un volant de grand diamètre pour produire une forte poussée longitudinale. Le grand volant ajoute naturellement du bras de levier à la force de rotation appliquée à la vis.

L'écoulement du fluide est obstrué par un coin rétractable, usiné pour s'ajuster avec précision contre les deux faces métalliques en pente. La grande force verticale exercée par la vis est transmise au coin et le bloque contre les orifices.

4. La poutre
Et une tactique générale

Les réactions des appuis — Le corps à trois forces — Les conditions d'équilibre — Le diagramme du corps isolé — Le problème de Galilée — Les structures — Exemple.

Les réactions des appuis

Nous représentons à nouveau, sur la *figure 4.1,* la poutre de Stevin, rectangulaire et de 6 newtons, familière depuis le chapitre 2. Elle est ici soutenue par deux fils. La *figure 4.2* montre la même poutre posée sur deux appuis pyramidaux.

Le problème dont Stevin s'occupe ici est différent de ceux qu'il essayait de résoudre à propos des machines simples. Il ne cherche pas la multiplication d'une force ; il veut cette fois déterminer la fraction de la charge supportée par chacun des fils. Pour lui, ce problème n'est qu'une nouvelle application de la loi du levier, et il parvient en fait à le résoudre sans trop de difficulté. Le principe d'équilibre des moments donne le même résultat plus rapidement. Le moment de la traction du fil au point V (force **Q**) par rapport au point R est en sens inverse des aiguilles d'une montre, opposé au moment du poids agissant au centre de gravité T. En prenant donc les moments par rapport au point R

$$-6 \times 2 + Q \times 3 = 0$$

et

$$Q = 4 \text{ newtons}$$

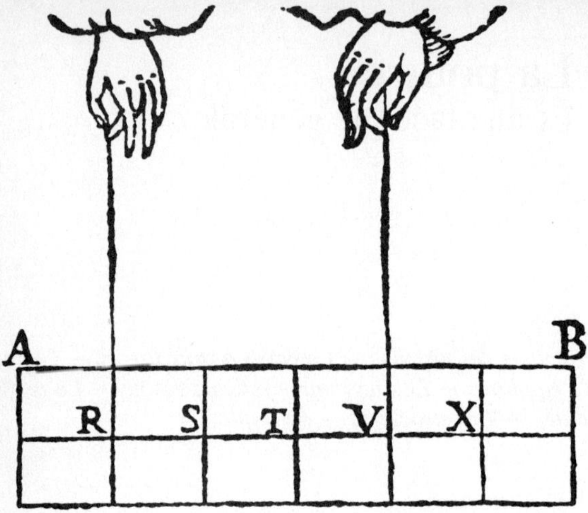

Fig. 4.1. Pour maintenir la poutre, les fils doivent tirer avec juste les bonnes forces.

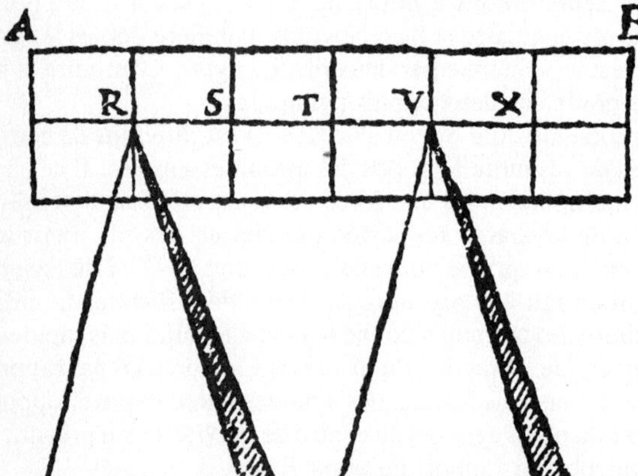

Fig. 4.2. Comme la poutre est en équilibre, les pyramides doivent la pousser avec juste les bonnes forces — mais comment savent-elles les forces qu'il faut exercer ?

On pourrait maintenant considérer le corps supporté au point V comme par un pivot, et déterminer la force dans le fil au point R en prenant les moments par rapport au point V. Stevin suit un itinéraire différent pour parvenir au même résultat. Si le fil au point V porte 4 newtons et si le corps est tiré vers le bas par un poids total de 6 newtons, alors, raisonne Stevin, le fil attaché au point R porte les 2 newtons restants, le problème est résolu.

L'intéressant à présent est que, dès lors qu'il connaît les forces dans les fils, Stevin suppose qu'il connaît également les forces que les supports pyramidaux doivent exercer sur le même corps. Il prend pour argent comptant que les pyramides, supportant le corps aux mêmes points que les fils, poussent avec les mêmes forces. Cela semble encore une hypothèse tout à fait acceptable, mais examinons-en les implications. Lorsqu'une personne tient les fils à la main, elle en ajuste consciemment les forces jusqu'à ce que la poutre soit au repos. Les forces doivent avoir juste les bonnes grandeurs : un peu plus ou un peu moins sur un fil et la poutre s'élèvera ou descendra de ce côté. De plus, si nous substituons une poutre plus lourde, pesant par exemple 12 newtons, la traction des mains double. Et pourtant, la poutre plus lourde placée sur les supports reste en équilibre, indiquant la réalisation du même ajustement par les pyramides inanimées, aussi bien que par les bras humains. *Comment les pyramides savent-elles la force qu'il leur faut exercer* ?

A cette question, il n'y a ni réponse ni explication. Le fait est simplement qu'elles le savent ! Stevin l'acceptait intuitivement et nous en faisons autant dans la vie quotidienne. Il fallut le génie de Newton (*fig. 4.3*) pour discerner dans ce fait une loi physique fondamentale et la formuler dans sa *loi de l'action et de la réaction :* deux corps en contact s'attirent ou se repoussent mutuellement avec des forces égales et opposées. La poutre est tirée vers le haut par le fil exerçant une certaine force sur le corps ; à l'autre extrémité du fil, la main sent une force égale vers le bas ; le support riposte par une réaction de même grandeur agissant en sens opposé. Dès que la force exercée par le corps sur le support change, automatiquement la réaction du support change aussi.

Ces fidèles supports ne cesseront de pousser vers le haut avec juste la bonne force nécessaire pour compenser la poussée de la poutre vers le bas. Ils assurent l'équilibre de la poutre. Mais ce n'est qu'une moitié de l'histoire, l'autre étant constituée par les

Fig. 4.3. Isaac Newton (1642-1727). D'après un portrait peint en 1725, lorsqu'il avait quatre-vingt-trois ans.

forces exercées par la poutre sur les supports. La pyramide de gauche est comprimée par une force de 2 newtons, celle de droite par 4 newtons. Lorsque l'on connaît ces forces, on peut concevoir ou choisir des supports capables d'y résister. Le rectangle abstrait sur des pyramides, dessiné il y a quatre cents ans, pourrait représenter un élément de bâtiment, une poutre sur deux appuis

Fig. 4.4. Poutre en béton préfabriquée amenée en place. Il faut concevoir des appuis assez robustes pour fournir les réactions nécessaires.

(*fig. 4.4*). On trouverait les forces sur les appuis par la méthode que nous venons de montrer.

L'action et la réaction sont non seulement égales et opposées, mais aussi distinctes. L'action de la poutre sur les appuis ne dépend que du poids de la poutre et des éventuelles charges qui lui sont appliquées, et n'est en rien affectée par les appuis. Qu'ils soient en acier ou en carton, l'action de la poutre sera la même. La réaction, de son côté, dépend entièrement de l'appui qui la fournit. Elle doit toujours être égale et opposée à l'action — tant qu'il y a un support. Si l'action devient excessive, l'appui s'effondre ; la réaction ne va plus suivre l'action et c'en est fait, inéluctablement, de l'état d'équilibre. La structure cède.

Les structures peuvent aussi céder par rupture interne. Stevin et Galilée ont étendu l'étude de l'équilibre du levier et du plan incliné aux forces agissant non seulement sur les structures, mais aussi *dans* les structures. Exploitée à fond, la méthode qu'ils employaient constitue la pierre angulaire de la mécanique moderne.

Le corps à trois forces

Les poutres peuvent être soutenues de différentes façons. Une fois de plus, la poutre de la *figure 4.5* est suspendue par des cordes mais, dans ce cas, les deux hommes qui fournissent les forces des cordes tirent obliquement, suivant les droites GK et HL. Peut-on encore appliquer la loi du levier ou le principe des moments pour trouver les forces des supports ? Pas tout à fait, il y a une différence.

Du fait de leurs contacts avec d'autres corps, toutes les machines simples que nous avons rencontrées jusqu'à présent ne pouvaient bouger que de façon prédéterminée. Par exemple, le levier était contraint de tourner autour du pivot, et le corps sur un plan incliné n'avait d'autre choix que de suivre la pente du plan. En revanche, la poutre suspendue à ses fils est parfaitement libre de se mouvoir dans n'importe quelle direction sous l'action des forces des fils — c'est un *corps isolé*. Lorsqu'un corps isolé n'est soumis qu'à trois forces (dans ce cas, la force de gravité et les deux forces des fils), on l'appelle un *corps à trois forces*.

Stevin trouve qu'il est impossible de maintenir un corps isolé en tirant sur les fils dans des directions arbitraires. D'une certaine façon, les directions des tractions semblent liées : que l'un des fils soit vertical et l'autre doit en faire autant. Si la direction d'un fil change et devient oblique, la direction de l'autre fil doit aussi

Fig. 4.5. Les directions des tractions qui soutiennent le corps sont liées. Modifiez l'une et l'autre doit aussi changer.

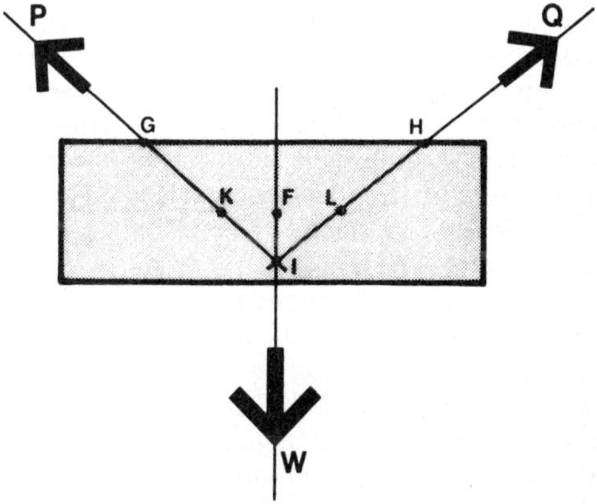

Fig. 4.6. Stevin montre que les deux forces de soutien doivent se rencontrer sur la ligne d'action de la force de pesanteur.

changer. Mais quelle direction va-t-il prendre ? Par un argument astucieux typique, Stevin montre que le corps ne trouve de repos que lorsqu'une condition particulière est satisfaite par les forces obliques (appelons-les **P** et **Q**) : leurs lignes d'action doivent se rencontrer en un point situé sur la verticale passant par le centre de gravité du corps (*fig. 4.6*).

Nous nous souvenons que la ligne d'action d'une force peut être prolongée et la force appliquée en n'importe quel point de cette ligne sans en changer les effets. Par exemple, la force **Q**, qui tire au point H, peut être exercée sur un fil court ou long, le fil peut même être attaché au point L et l'effet de la traction reste exactement le même tant que sa direction et sa grandeur ne sont pas modifiées.

Prolongeons alors en imagination les deux fils jusqu'à les attacher tous les deux à leur point de rencontre I. Leur effet reste le même, mais la poutre n'est plus soutenue qu'en un point. Pour qu'un corps supporté par un unique point soit en équilibre, ce point doit être directement au-dessus ou au-dessous de son centre de gravité F, sinon le corps va basculer. En d'autres termes, il faut que les deux forces des cordes se rencontrent sur la verticale du centre de gravité F. C'est précisément ce que Stevin voulait démontrer.

Suivant cette règle, si nous modifions la direction de la force **P**, la direction de la force **Q** doit aussi changer pour préserver l'équilibre (et vice versa). La *figure 4.7* illustre l'échange des fils. Comme indiqué, les trois forces agissant sur le corps sont concourantes en un point sur la verticale du centre de gravité. Évidemment, cette verticale n'est autre que la ligne d'action de la force de pesanteur ; on peut donc énoncer une règle générale : si un corps équilibré n'est soumis qu'à trois forces, leurs lignes d'action doivent être concourantes.

Lorsque l'on connaît les directions des trois forces appliquées au corps, et la grandeur de la force de pesanteur étant donnée, on a tout ce qu'il faut pour déterminer les grandeurs des réactions des appuis par le triangle vectoriel. C'est ce que fait Stevin dans l'exemple suivant. La poulie de la *figure 4.8* est soutenue par la force **F** d'un fil, la même tout au long du fil. La force d'un côté de la poulie n'étant pas verticale, le fil de l'autre côté doit également prendre une direction inclinée, de sorte que les deux forces égales des fils se rencontrent au point H, sur la ligne d'action de la

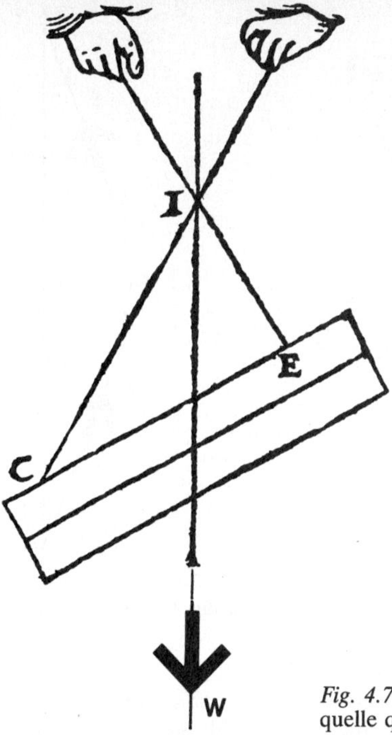

Fig. 4.7. Les forces sont concourantes quelle que soit la disposition des fils.

charge **B**. Le triangle des forces IKH, tracé dans le dessin, donne les grandeurs relatives des trois forces.

Prenons une grandeur B de la charge valant 100 newtons et utilisons, sur un diagramme distinct, l'addition vectorielle pour déterminer directement les forces des fils. On trace la force de pesanteur à l'échelle, et on mesure la grandeur des forces des fils sur le triangle vectoriel, bien entendu semblable au triangle IKH. Notez que la force du fil étant la même des deux côtés de la poulie (c'est le même fil et il n'y a pas de frottement), la pente des deux extrémités du fil doit aussi être la même, puisque les côtés du triangle vectoriel qui représentent les tractions sont égaux.

A présent que nous avons établi, en compagnie de Stevin, la règle de l'équilibre des corps à trois forces, une autre question

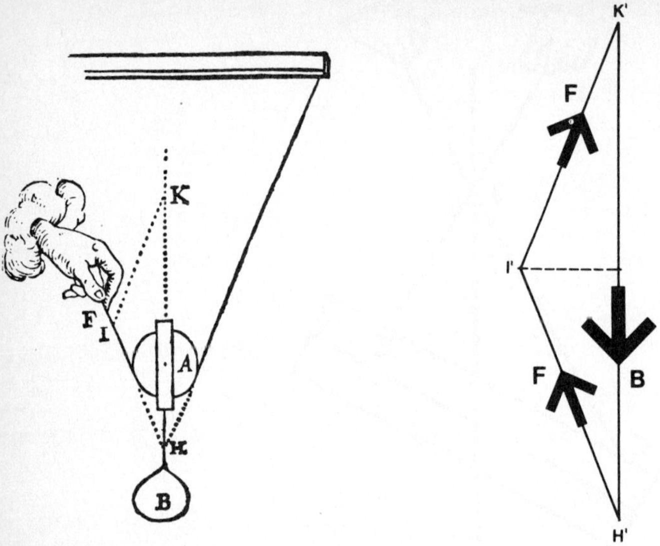

Fig. 4.8. Dès lors qu'on connaît les directions des forces, le triangle vectoriel donne leur grandeur.

nous vient à l'esprit : pourquoi avoir réservé un traitement différent à la poutre suspendue par des fils verticaux dans la section précédente ? Après tout, cette poutre est aussi un corps à trois forces. Les trois forces auxquelles elle est soumise ne devraient-elles pas être concourantes ? Dans la section suivante, nous discutons les conditions d'équilibre applicables à tout corps isolé, quels que soient le nombre et la direction des forces appliquées.

Les conditions d'équilibre

Examinons le raisonnement de Stevin pour l'équilibre du corps isolé. C'est un argument astucieux, mais une *nouvelle* ligne de raisonnement n'est pas, à vrai dire, nécessaire.

L'étude du problème du plan incliné nous a révélé que la poussée ou traction résultante, sur un corps soumis à un certain nombre de forces, est nulle lorsque, dans le langage de l'algèbre vectorielle, la somme vectorielle des forces appliquées au corps est nulle. Imaginons maintenant deux hommes qui tirent comme indiqué dans la *figure 4.9*. Les directions des tractions sont arbitraires et se rencontrent au point N, hors de la ligne d'action du poids. Les hommes peuvent néanmoins ajuster leur traction pour que la somme vectorielle des trois forces appliquées au corps soit

$$\mathbf{P} + \mathbf{Q} + \mathbf{W} = 0$$

Il n'y a aucune force résultante pour tirer ou pousser le corps.

Mais le corps est-il en équilibre ? Le fait qu'il n'y ait pas de force résultante sur le corps signifie que le corps ne se déplacera pas, que ce soit vers le haut, vers le bas ou de côté. C'est ce que l'on appelle un *équilibre en translation*. Mais un corps peut rester à la même place et tourner néanmoins.

La question de l'*équilibre en rotation* nous ramène à la vieille loi du levier et à son expression moderne en termes de moments des forces. Un corps ne tourne pas lorsque le moment résultant des forces auxquelles il est soumis est nul. Ce n'est que lorsque les forces appliquées sont concourantes que le corps à trois forces peut remplir ces conditions, car il n'y a pas d'autre disposition qui puisse annuler le moment résultant. Si l'une des forces ne passait pas par le point de concours des deux autres, elle aurait un moment par rapport à ce point et provoquerait une rotation. Ainsi, la force **W** de la *figure 4.9* entraînerait une rotation dans le sens des aiguilles d'une montre, car elle a un moment par rapport au point N. Considéré d'une autre façon, la force **P** (*fig. 4.10*) entraînerait une rotation dans le sens des aiguilles d'une montre, car son moment par rapport au point O, où se rencontrent les deux autres, n'est pas nul.

Il peut sembler étrange, à première vue, que les trois forces puissent être cause de rotation alors même que leur résultante est nulle. Remplaçons les forces des deux fils par leur résultante **R** (*fig. 4.11*). Les deux forces égales et opposées agissant sur le corps (la résultante des tractions des fils et le poids **W**) constituent un *couple*. Il n'a pas de force résultante, mais seulement un moment résultant : $M = R \times d$ ou $M = W \times d$, ce qui revient au même,

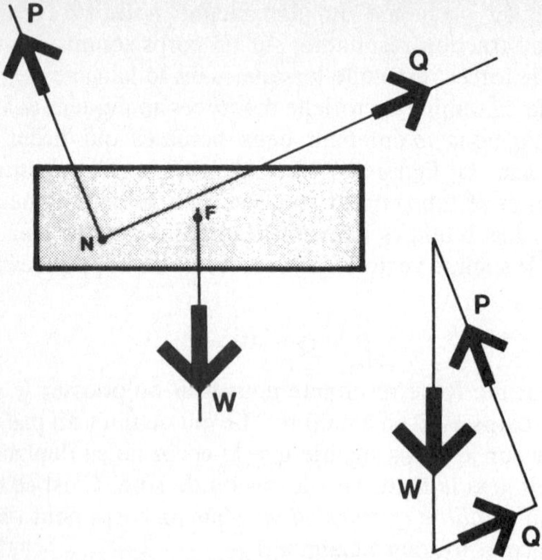

Fig. 4.9. La force résultante est nulle, mais il n'y a rien pour compenser le moment de la force **W** par rapport au point N.

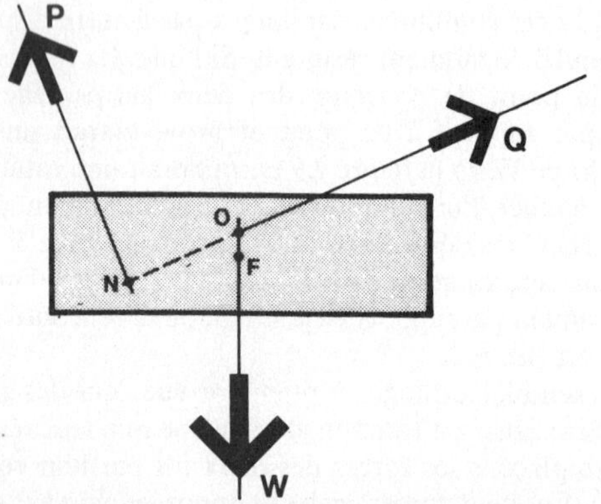

Fig. 4.10. Il n'y a rien pour compenser le moment de la force **P** par rapport au point O, ou le moment de la force **Q** par rapport au point d'intersection de **P** et **W**.

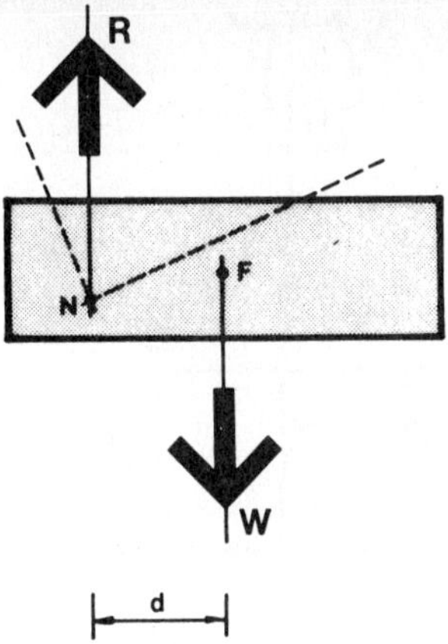

Fig. 4.11. La résultante des forces de maintien et la force de pesanteur constituent un couple.

puisque les deux forces, **R** et **W**, ont même grandeur. L'effet est le même que si quelqu'un tentait de lever le corps en tirant au point N, hors du centre de gravité. L'équilibre est impossible, même s'il ne va pas tomber, le corps va tourner.

Ce que nous venons de découvrir s'applique à un nombre quelconque de forces. Si la résultante d'un ensemble de forces appliquées à un corps est nulle, celui-ci n'aura pas de mouvement de translation : son centre de gravité reste en place. Le corps, cependant, peut encore tourner si les forces constituent un couple, sans résultante mais avec seulement un moment résultant. Lorsque les trois forces se coupent en un point I, leur moment résultant par rapport à ce point est nul, ce qui signifie également qu'il n'y a pas de couple appliqué au corps. Depuis le chapitre 2, nous savons que le moment d'un couple est le même par rapport à tout point. S'il est nul pour un point (le point I dans notre exemple), il est nul partout.

Lorsque plus de trois forces sont appliquées à un corps, il n'est plus nécessaire qu'elles soient concourantes pour annuler leur moment résultant. Cette condition ne s'applique qu'au cas particulier de trois forces. La condition générale d'équilibre en rotation est simplement que le moment résultant des forces soit nul par rapport à tout point. Nous sommes ainsi assurés qu'aucun couple n'agit sur le corps et qu'il est équilibré en rotation.

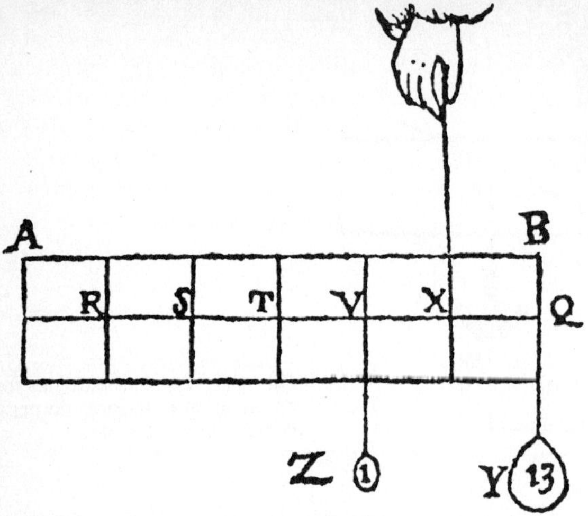

Fig. 4.12. La somme des moments des forces appliquées à un corps à l'équilibre est nulle par rapport à n'importe quel point. La force de pesanteur de 6 newtons, qui tire vers le bas au point T, n'est pas représentée.

Considérons, par exemple, le corps de la *figure 4.12*. La force de pesanteur, de 6 newtons, agit au point T et est équilibrée, par rapport au pivot au point X, par les charges suspendues. Le moment résultant par rapport au pivot est nul :

$$6 \times 2 + 1 \times 1 - 13 \times 1 = 0$$

Mais ce n'est pas seulement parce que les moments des forces par rapport au pivot se compensent que le corps est en équilibre. Ce n'est qu'une partie de l'histoire. La force au pivot X, vers le haut, doit aussi compenser l'attraction totale vers le bas, pour que la résultante des forces soit nulle : la main doit tirer vers le haut avec une force de 20 newtons. Prenant en compte *toutes* les forces appliquées au levier, y compris la force vers le haut du pivot, nous trouvons que leur moment résultant est nul non seulement par rapport au pivot, mais aussi par rapport à tout autre point. Par exemple, le moment résultant par rapport au point R est égal à

$$-6 \times 2 - 1 \times 3 + 20 \times 4 - 13 \times 5 = 0$$

On vérifiera immédiatement que le moment résultant est nul par rapport à tout autre point également.

Nous pouvons maintenant énoncer de façon très concise les conditions d'équilibre d'un corps isolé soumis à un nombre de forces quelconque. Il n'y en a que deux. *Premièrement,* la somme vectorielle des forces doit être nulle ; si cette condition est remplie, la force résultante est nulle et le corps n'aura pas de mouvement de translation. Dans le cas de trois forces, cela signifie qu'elles doivent former un triangle vectoriel fermé. S'il y a plus de trois forces appliquées au corps, elles doivent constituer un polygone fermé. *Deuxièmement,* la somme de tous les moments par rapport à tout point doit être nulle. Cette condition assure que les forces appliquées au corps sont irréductibles à un couple, et le corps n'aura pas de mouvement de rotation. En abrégé mathématique :

$$\Sigma \mathbf{F} = 0$$
$$\Sigma \mathrm{M} = 0$$

le signe Σ (la lettre grecque *sigma*) signifie la sommation des éléments qui sont à sa droite. Il sera plus pratique parfois d'analyser toutes les forces appliquées en composantes verticales et horizontales au lieu d'en faire la somme vectorielle. La première condition d'équilibre s'écrit alors de façon un peu différente

$$\Sigma \mathbf{H} = 0$$
$$\Sigma \mathbf{V} = 0$$

Naturellement, si rien ne pousse le corps à se mouvoir horizontalement ou verticalement il va rester en place.

La réponse à la question posée à la fin de la section précédente est maintenant évidente. La poutre horizontale soumise à des forces verticales (*fig. 4.1*) est sujette aux mêmes conditions d'équilibre que tout autre corps. La somme des moments par rapport à un point quelconque (nous avons pris le point R) doit être nulle. La règle du corps à trois forces s'applique aussi dans ce cas, même si les forces agissant sur la poutre sont parallèles. En géométrie, on considère que des droites parallèles sont concourantes, leur point d'intersection est simplement éloigné à l'infini.

Le diagramme du corps isolé

Les lois du levier et du plan incliné avaient une utilité immédiate pour ceux qui les ont découvertes, car ils pouvaient les appliquer directement aux machines simples, d'une importance capitale pour soulever ou transporter les charges importantes. L'intérêt pratique des conditions d'équilibre d'un corps isolé est moins évident, pourtant, lorsque l'on utilise complètement le concept de corps isolé, *on n'a plus besoin des anciennes lois.*

Le corps isolé est la clef de voûte de la mécanique moderne. Notre environnement comporte une grande variété de machines et de structures, qu'elles soient l'œuvre de la nature ou de l'homme. Nous n'irions pas bien loin en essayant d'analyser chacune d'elles individuellement. En mécanique, tout est réduit à des *corps isolés* et à des *forces,* c'est tout. Cette stupéfiante prouesse simplificatrice est réalisée grâce à un outil particulièrement efficace appelé le *diagramme du corps isolé* — une invention d'importance égale à la découverte des principes, mais qui ne peut être attribuée directement à un individu unique. Pour l'expliquer, le mieux est de recourir à un exemple qui montre également que Stevin en avait compris intuitivement l'idée.

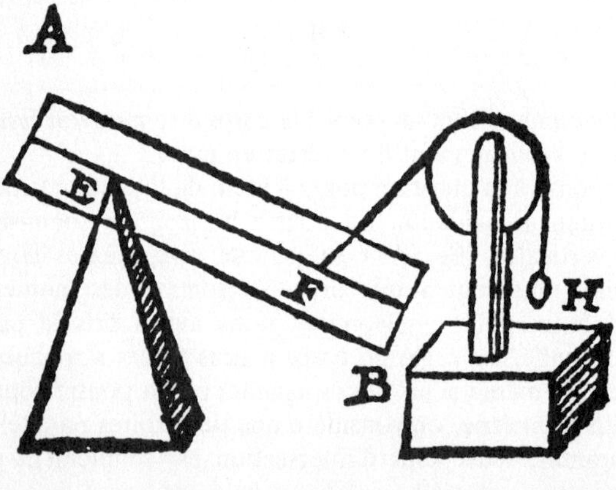

Fig. 4.13. Quelles sont les réactions des appuis qui maintiennent la poutre ?

Dans le problème indiqué sur la *figure 4.13*, Stevin se donne un corps supporté par une pyramide au point E et une force **H** au point F. Connaissant le poids du corps, il cherche la grandeur de la force **H** qui maintiendra le corps à l'équilibre et la réaction du support au point E. Résolvons le problème à l'aide du diagramme du corps isolé. Le procédé est toujours le suivant.

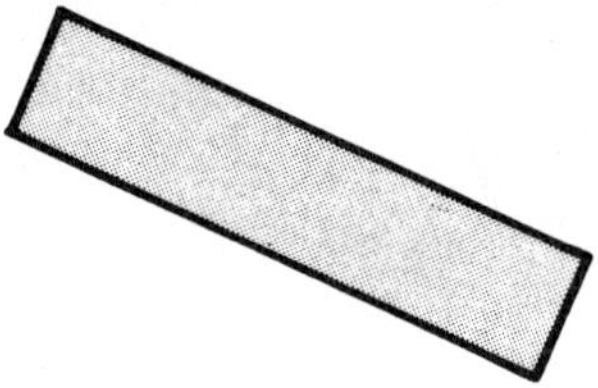

Fig. 4.14. La poutre comme corps isolé. Tous les contacts avec d'autres corps ont été éliminés.

Première étape. Mentalement, on isole le corps que l'on veut analyser de tous les autres corps avec lesquels il est en contact ainsi que de l'influence de la terre. On obtient ainsi un corps isolé. La *figure 4.14* représente la poutre de la figure précédente isolée comme un corps libre. Elle est détachée de son support et du fil et libre de se mouvoir dans toutes les directions.

Deuxième étape. Dans la *figure 4.15,* tous les corps supprimés dans la première étape sont remplacés par les forces qu'ils exercent sur le corps. On remplace d'abord la terre par la force qu'elle exerce : le poids **W** qui tire verticalement vers le bas au centre de gravité. Cette force est complètement déterminée, puisque nous en connaissons la grandeur et la direction. Ensuite, le fil est remplacé par la force **H** qui tire dans la direction du fil au point F. On connaît la direction de cette force, mais pas sa grandeur, que l'on désigne par H.

Jusqu'ici c'est assez évident. Le point important dont il faut maintenant se souvenir est que chaque corps exerce une force sur tout autre corps avec lequel il est en contact. Le support pyramidal est en contact avec le corps que nous analysons, il doit donc y avoir une force au point E — la réaction du support **G**. Cette force est

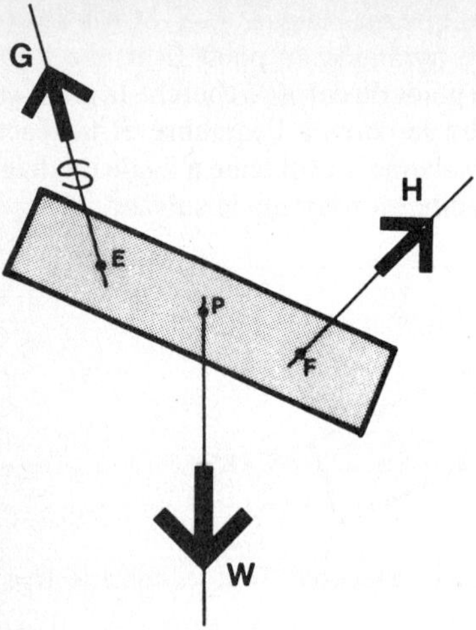

Fig. 4.15. Le diagramme du corps isolé pour la poutre. Tous les corps en contact avec la poutre sont remplacés par des forces.

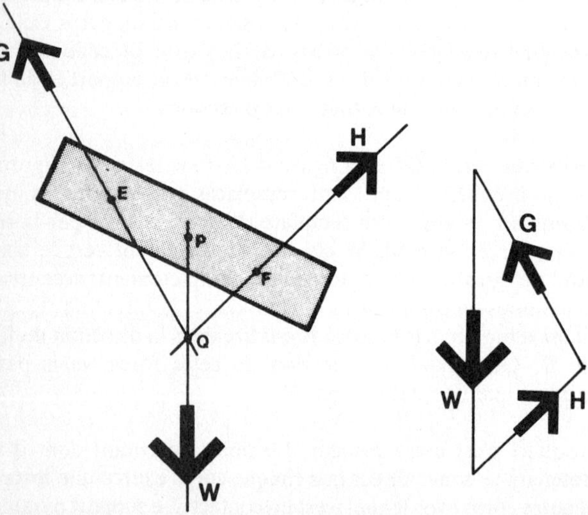

Fig. 4.16. Les conditions d'équilibre appliquées au corps isolé nous donnent les réactions des appuis cherchées.

totalement inconnue. Nous n'en connaissons ni la direction ni la grandeur, mais nous savons qu'elle doit être là, et nous la représentons par une flèche avec un tortillon sur la hampe (pour signifier que la direction est purement hypothétique) et une lettre (G) comme symbole de sa grandeur.

Cela achève le diagramme du corps isolé. Il indique clairement qu'il s'agit d'un corps à trois forces.

Troisième étape. Le corps est en équilibre, les conditions d'équilibre doivent donc être satisfaites. Ce fait donne les réponses aux questions posées par Stevin (*fig. 4.16*). Il n'y a pas de moment résultant sur le corps (Σ M = 0), les trois forces doivent donc être concourantes. Les forces **H** et **W** se coupent au point Q, la force **G** doit donc aussi passer par ce point. Il faut corriger la direction que nous lui avions supposée. Il n'y a pas de force résultante sur le corps (Σ **F** = 0). Les trois forces constituent donc un triangle vectoriel que l'on peut construire maintenant que la direction de la force **G** est connue. Le vecteur de la force de pesanteur connue (6 newtons) étant tracé, on peut lire à l'échelle les grandeurs des réactions des appuis inconnues.

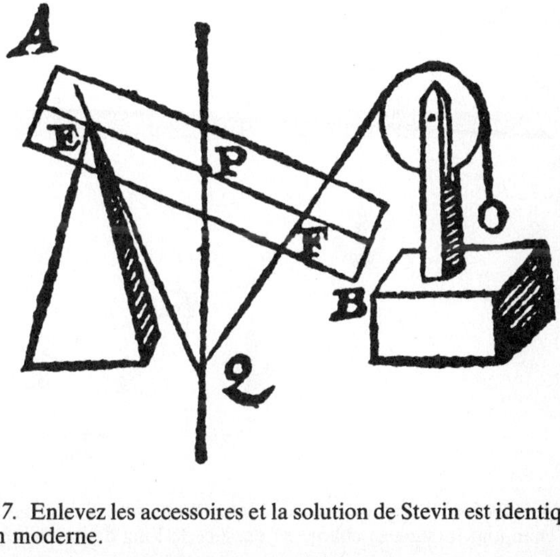

Fig. 4.17. Enlevez les accessoires et la solution de Stevin est identique à la solution moderne.

La *figure 4.17* représente la solution de Stevin, virtuellement identique à l'analyse moderne du précédent diagramme. Stevin parvenait au résultat par une profonde perspicacité et un raisonnement logique. Nous n'avons rien fait qu'appliquer un système de règles pas à pas. Aucun effort d'imagination et très peu de réflexion nous ont été nécessaires. En outre, tous les problèmes de statique s'abordent de la même façon.

Le petit exercice de la poutre et de la pyramide de Stevin vous semble-t-il éloigné des nécessités pratiques ? Examinons la flèche de la grue de la *figure 2.32*. Quelles sont les forces dans le tirant d'acier et sur la butée lorsque la grue porte une charge **W** à une distance connue de l'axe ? Isolons la flèche (*fig. 4.18*). En négligeant les poids de la flèche et du chariot, on trouve qu'il n'y a que trois forces appliquées au corps. Deux d'entre elles, la traction **T** du tirant et le poids **W** de la charge, se coupent au point N. La force **R** sur l'articulation A doit passer par ce même point. Le triangle vectoriel nous donne immédiatement les grandeurs des forces aux appuis. L'analyse de la réaction **R** révèle ensuite une importante composante horizontale $\mathbf{R}_h$ que la butée doit encaisser.

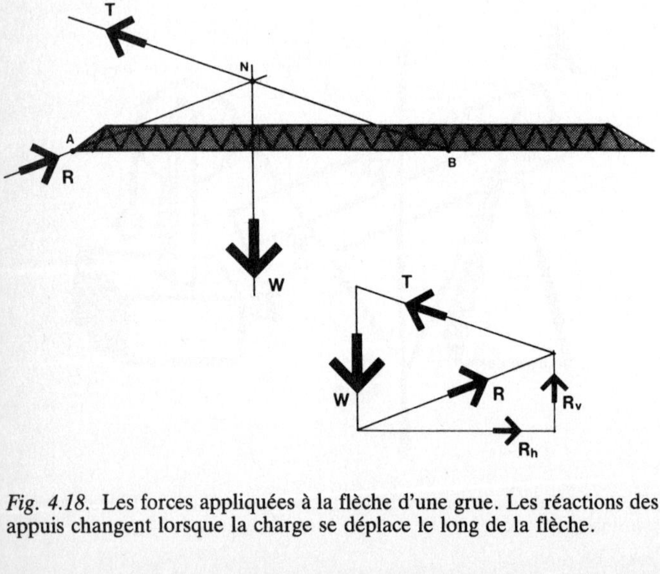

Fig. 4.18. Les forces appliquées à la flèche d'une grue. Les réactions des appuis changent lorsque la charge se déplace le long de la flèche.

Le philosophe Alfred North Whitehead a écrit : « Qu'il faille entretenir l'habitude de penser à ce que l'on fait est un truisme fondamentalement erroné, répété dans tous les manuels et les discours de gens éminents. C'est précisément l'inverse qui est vrai. C'est l'extension du nombre d'opérations importantes que l'on peut réaliser sans y penser qui fait progresser la civilisation. » L'invention du diagramme du corps isolé est un pas de géant pour le progrès.

Le problème de Galilée

Une illustration célèbre des *Deux Nouvelles Sciences* de Galilée (*fig. 4.19*) représente une poutre dont une extrémité est fermement encastrée dans un mur vertical, et l'autre extrémité, libre, supporte une charge. Une telle poutre est dite *cantilever* ou en *porte-à-faux*. Si la poutre se rompt sous l'action de la charge, il est clair (dit Galilée) que la rupture se produira dans la section AB. La poutre fonctionne comme un levier dont le pivot est en B ; la longueur BC représente le bras de levier de la charge **E** tandis que la hauteur AB de la poutre est l'autre bras du levier, auquel s'applique la résistance à la rupture. Le levier est représenté sur la *figure 4.20*. La résistance est une force, notée **R**, qui s'oppose à la scission de la poutre. Galilée suppose qu'elle s'applique au milieu de l'élévation AB de la poutre.

Galilée obtient la relation entre charge et résistance par la loi du levier :

$$E \times BC = R \times 1/2\ AB$$

Cela explique un fait expérimental : il est plus facile de rompre une poutre en flexion qu'en tension. La charge **E**, cause de la flexion, agit avec le grand bras de levier (BC) tandis que le bras de levier de la résistance **R** est très court (1/2 AB). Moins la poutre est épaisse, plus il est facile de la briser par flexion. Par simplicité, le poids de la poutre elle-même est laissé à l'écart de la discussion de Galilée.

Examinons le procédé de Galilée. Par une coupure imaginaire, il scinde sa poutre en deux parties. La partie extérieure au mur, à

Fig. 4.19. Une poutre en porte-à-faux dans les *Deux Nouvelles Sciences* de Galilée.

droite de la ligne AB, est traitée comme un corps isolé. Le fragment encastré dans le mur, à gauche de la ligne AB, sert d'appui pour le corps isolé tout comme si les deux morceaux étaient collés ensemble. La résistance **R** est traitée comme une réaction d'appui automatiquement adaptée à la charge appliquée

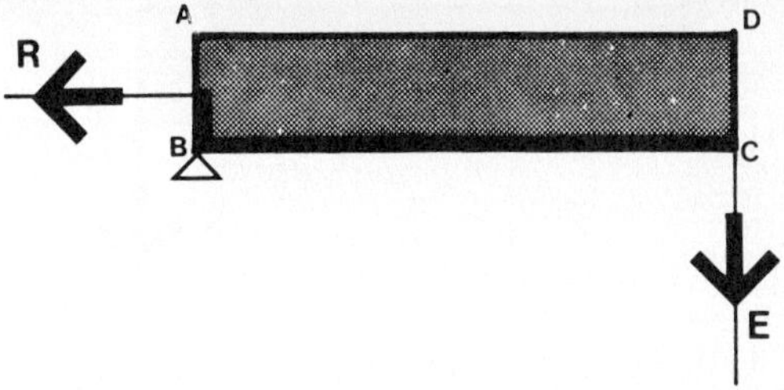

Fig. 4.20. Le levier caché dans la poutre, d'après Galilée. Il suppose un pivot en B.

au corps et qui la compense. Galilée procède exactement comme Stevin pour déterminer les réactions des appuis, mais à un degré d'abstraction supérieur : il ne se restreint pas à des supports réels, visiblement distincts du corps supporté. Toute partie d'un corps supporte les parties contiguës ; elles sont maintenues ensemble par les *forces intérieures*. Connaissant les forces intérieures nécessaires, un ingénieur peut dessiner une structure assez robuste pour résister aux charges.

Ce brillant développement et raffinement de *méthode,* une anticipation de toutes les possibilités offertes par ce que l'on appelle maintenant le diagramme du corps isolé, est la contribution primordiale de Galilée à la construction mécanique. Son analyse du porte-à-faux, toutefois, était imprécise, car l'équilibre en rotation était encore, dans son esprit, intimement lié au levier physique. Nous avons vu comment Stevin, partant du plan incliné, progressa bien au-delà pour faire du triangle des forces un outil d'application générale. Pour une raison inconnue, la loi du levier, bien antérieure, ne bénéficia pas d'un tel traitement. L'effet tournant d'une force, son moment, restait inséparable de la machine simple.

Utilisons l'idée de Galilée d'une cassure imaginaire, ou d'une coupure, suivant la section AB de la poutre en porte-à-faux, et isolons le bloc ABCD (*fig. 4.21*). L'isolement doit être complet : il ne doit y avoir aucun contact avec d'autres corps tels que le pivot en B dont Galilée avait besoin dans sa quête d'un levier. La charge à l'extrémité libre est représentée par une force E. Pour simplifier

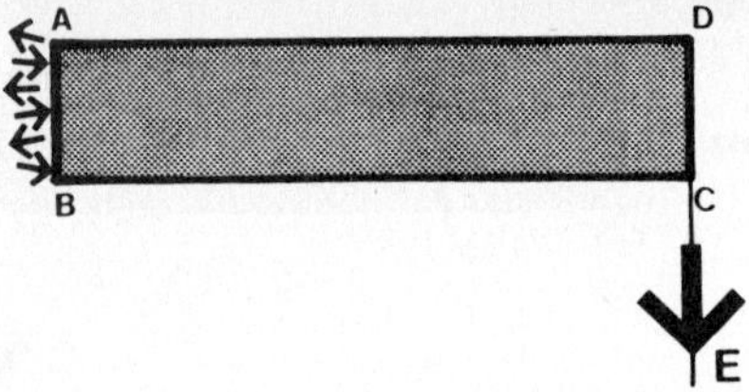

Fig. 4.21. Le diagramme du corps isolé pour la portion de poutre ABCD. Les forces de contrainte agissent en chaque point de la surface de contact AB. On néglige le poids propre de la poutre.

l'analyse, nous laissons de côté le poids de la poutre. Quelles sont les autres forces qui agissent sur le corps ? Il est en contact avec le reste de la poutre sur toute la surface AB en chaque point de laquelle il doit y avoir une force de traction ou de pression sur le corps isolé. Ces forces sont appelées des *contraintes.* Nous ne savons rien d'elles, excepté qu'elles sont là, et nous les représentons donc agissant au hasard. Cela achève le diagramme du corps isolé.

Le corps isolé étant en équilibre sous l'action de ces forces, elles doivent satisfaire les conditions d'équilibre. Même si les forces de contrainte restent individuellement inconnues, nous pouvons tirer des conclusions sur leur résultante. Nous allons examiner séparément l'effet de leurs composantes verticales et horizontales. La résultante des forces appliquées au corps étant nulle, les composantes verticales des forces de contrainte (les forces de cisaillement) sur la section AB doivent avoir une résultante **V** égale et opposée à la force **E** (*fig. 4.22*). C'est ce que l'on appelle l'*effort tranchant*. Les composantes horizontales des forces de contrainte sont encore inconnues et nous représentons leur action au hasard.

L'effort tranchant seul ne peut suffire à assurer l'équilibre du corps isolé. Les deux forces verticales (la charge et l'effort tranchant) forment un couple qui, pour sa part, forcerait le corps en rotation dans le sens des aiguilles d'une montre. Il n'y a pas de moment résultant appliqué au corps, on en conclut inévitablement qu'il doit aussi y avoir un couple agissant sur le corps dans le sens inverse des aiguilles d'une montre (*fig. 4.23*). Des composantes

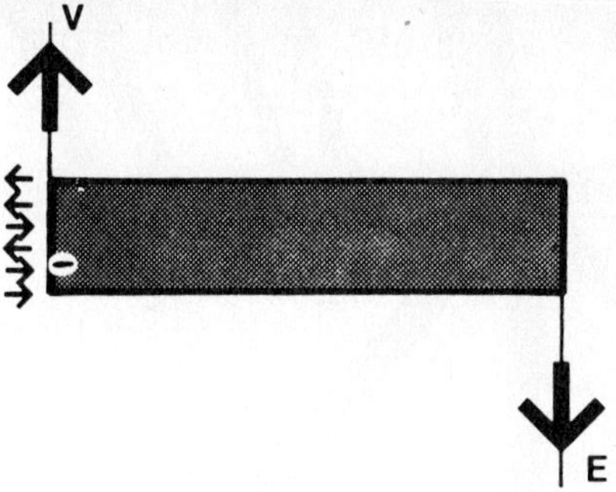

Fig. 4.22. Les composantes verticales des contraintes reviennent à un effort tranchant vertical dans la section.

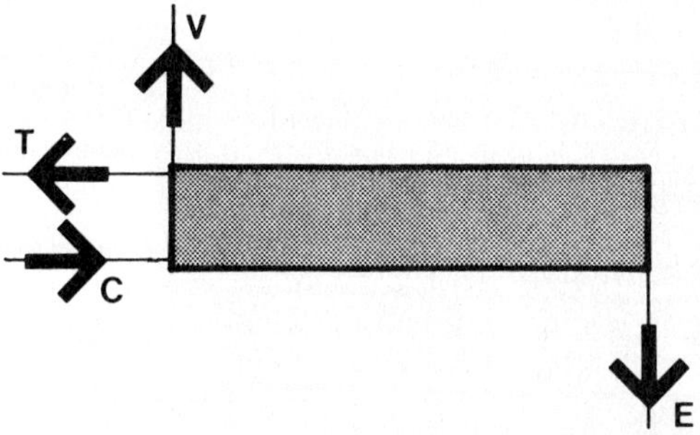

Fig. 4.23. Les composantes horizontales des contraintes forment un couple qui s'oppose à la rotation du corps isolé. Ce couple exerce une tension dans les fibres supérieures de la poutre et une compression dans les fibres inférieures.

horizontales des forces de contrainte résultent une traction quelque part dans la partie supérieure de la section AB (y causant une tension) et une poussée égale à la partie inférieure (causant une compression). Le profil de la section d'une poutre en acier traduit les forces résistantes : il est constitué de deux semelles aussi éloignées que possible, assurant ainsi un grand bras de levier

Fig. 4.24. Échantillon de poutre Warren à longue portée supportant la structure de couverture d'un bâtiment.

au couple tension-compression, reliées par une âme verticale qui encaisse l'effort tranchant.

Les deux couples égaux, l'actif et le réactif, sont responsables de la flexion et appelés pour cette raison le *moment fléchissant.* Nous ne pouvons dire exactement où agissent les forces **T** et **C** ; ce problème dépasse les limites de la statique. Il est statiquement indéterminé.

Les structures

Dans le chapitre 1, nous analysions les tensions et compressions dans les éléments de la structure du pont du Firth of Forth à l'aide d'un modèle vivant. La *figure 4.24* montre un autre treillis, du type utilisé en construction pour enjamber des grandes distances, appelé *poutre Warren.* Les barres du treillis sont liées par une sorte de joint proche de l'articulation. Ces liaisons ne peuvent ainsi exercer, au joint, qu'une poussée ou une traction suivant la direction de la barre, selon que cette barre est comprimée ou tendue. Essayons de déterminer celles des barres de la poutre Warren de la *figure 4.25* qui sont en tension et celles qui sont en compression, sans vouloir en calculer les grandeurs. Nous allons bien sûr faire maintenant appel à la méthode de la statique plutôt qu'à un modèle vivant.

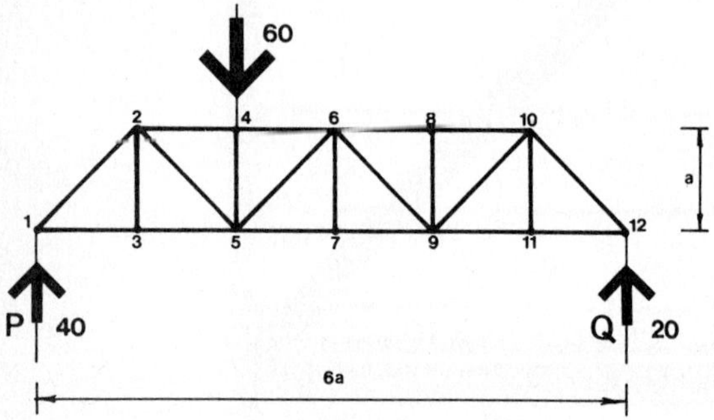

Fig. 4.25. Diagramme d'une poutre Warren. Tous les joints sont supposés articulés.

Isolons d'abord toute la poutre, prise comme un corps unique. Le corps est en équilibre. En prenant les moments par rapport au joint articulé numéro 1 — on dit plutôt le nœud 1 — on obtient la réaction **Q** (20 kilonewtons) et les moments par rapport au nœud 12, à l'autre extrémité de la poutre, nous révèlent la grandeur de la réaction **P** (40 kilonewtons). Nous n'obtiendrons aucun renseignement sur les forces dans les barres. Elles restent des forces intérieures, poussant ou tirant également sur les nœuds aux extrémités de chaque barre. Les deux forces, égales et opposées, se compensent mutuellement et n'ont aucun effet sur l'équilibre global de la poutre.

Pour trouver les forces intérieures, suivons la voie indiquée par Galilée. Nous pouvons commencer au milieu. Coupons, par l'imagination, selon la ligne a-a et isolons la partie de poutre à droite de la coupure (*fig. 4.26*). Bien que poussé à une extrémité par une force de 20 kilonewtons, le corps ainsi isolé est en

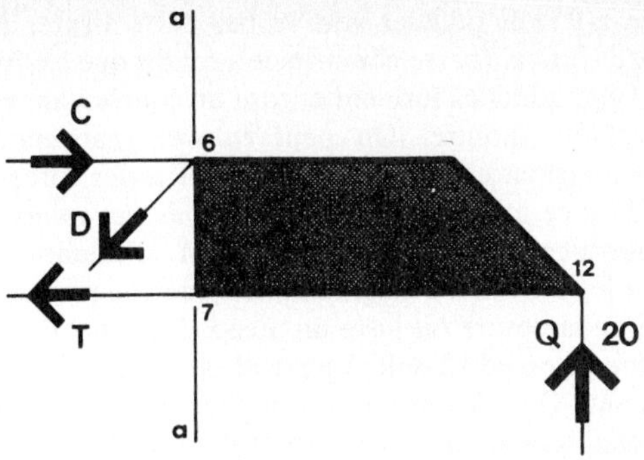

Fig. 4.26. On peut trouver les forces dans les barres en appliquant la méthode des coupures fictives de Galilée dans la structure.

équilibre. Seul le soutien des barres 4-6, 5-6 et 5-7 rend possible cet état de repos. Dans le diagramme du corps isolé, ces barres sont représentées par des forces : ce sont les appuis extérieurs qui étaient en contact avec le corps maintenant isolé.

Quelle est la force **D** dans la barre 5-6 ? La réaction **Q** pousse le corps vers le haut. Pour assurer l'équilibre, il faut que la composante verticale de la réaction de la barre diagonale tire vers le bas (aucune des barres horizontales n'en est capable). Puisque la barre tire sur le nœud auquel elle est attachée, elle doit être en tension. On peut obtenir tout aussi aisément les forces dans les barres horizontales. Le corps est équilibré en rotation. Mais la réaction **Q** et la composante verticale de la réaction diagonale forment un couple en sens inverse des aiguilles d'une montre. Leur effet de rotation doit être compensé par un autre couple : la force **C** qui pousse au nœud 6 (une compression) et la force **T** qui tire au nœud 7 (une tension).

Il est à noter que le bras de levier des forces horizontales est beaucoup plus court que celui des forces verticales ; les forces horizontales auront donc des grandeurs bien supérieures à celle de la réaction **Q**. La force de compression **C** aura une grandeur supérieure à celle de la tension **T** car elle doit équilibrer la traction horizontale de la force **D** : la somme des forces horizontales agissant sur le corps doit bien sûr être nulle.

Une coupure dans la cellule voisine montrerait que la barre

diagonale 6-9 doit pousser vers le bas pour assurer l'équilibre selon l'axe vertical (barre comprimée), tandis que les forces dans les barres horizontales forment encore un couple dans le sens des aiguilles d'une montre. On peut trouver, par une suite de coupures imaginaires dans la poutre, toutes les forces dans les barres. C'est ce que l'on appelle la *méthode des sections*.

On pourrait procéder d'une autre façon. L'extension du corps isolé pour les besoins du diagramme est quelconque ; ce peut être la moitié de la poutre ou juste un nœud. La *figure 4.27* donne le diagramme du nœud 12 isolé. Le nœud est en équilibre sous l'effet de la réaction **Q** et des forces dans les barres concernées. On tire facilement la grandeur de ces forces dans les barres du triangle vectoriel où elles se suivent à la queue leu leu avec la réaction connue. La force diagonale pousse vers le nœud, la barre est donc un étai. La force horizontale s'éloigne du nœud — elle exerce une traction et la barre doit être un tirant, elle est tendue.

Nous pouvons maintenant nous déplacer au nœud 11 et l'isoler. La barre 11-12 exerce sur le nœud 11 la même traction que celle déjà trouvée, pour l'autre extrémité, sur le nœud 12. Elle est

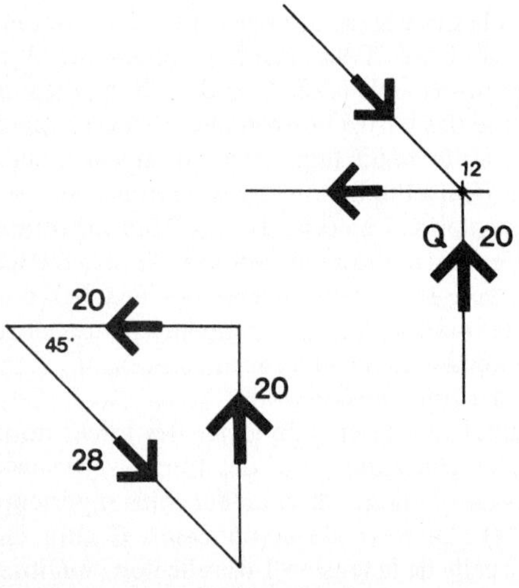

Fig. 4.27. L'extension du corps isolé est quelconque, toute une poutre, ou juste un nœud. Le diagramme du corps isolé du nœud 12 donne la grandeur des forces dans les barres jointes.

équilibrée par les forces dans les deux autres barres mais, la traction horizontale étant complètement absorbée par une traction égale et opposée dans la barre 11-9, la barre 11-10 n'a, à vrai dire, rien à faire. On la qualifie de *barre neutre.* De même, toutes les barres verticales sont des barres neutres, excepté la barre 4-5 qui pousse le nœud 4 vers le haut avec une force égale à la charge verticale. Ces barres neutres théoriquement inutiles ont en pratique pour rôle de soutenir les longues barres horizontales qui, sans cela, fléchiraient sous l'effet de leur propre poids.

Nous pouvons ensuite isoler le nœud 10. La poussée dans la barre 10-12 est connue et l'aide d'un triangle vectoriel nous révèle que la diagonale tire vers le bas tandis que la barre horizontale pousse sur le nœud. Et ainsi de suite, de nœud en nœud.

Cette *méthode des nœuds,* comme on la nomme, quoique de mise au point relativement récente, était semble-t-il familière à Simon Stevin. Isolons, par exemple, le nœud C du fil représenté sur la *figure 4.28.* Le nœud est en équilibre sous l'action de trois forces : les tractions des deux bouts de fil et la charge. Étant donné la charge **H**, la grandeur des forces dans le fil est facilement obtenue, comme indiqué, par un triangle vectoriel. Dans le dessin de Stevin, c'est le triangle BPC (semblable à notre triangle vectoriel) qui joue ce rôle pour le nœud C, tandis que le triangle MNB donne les forces dans les parties AB et BC du fil. On peut trouver les forces dans le reste du fil par des triangles vectoriels supplémentaires.

C'est purement par tension que le fil supporte les charges. Imaginons le fil constitué par un matériau rigide et redressé de bas en haut tandis que les charges restent attachées aux mêmes points (*fig. 4.29*). En reproduisant les triangles vectoriels, nous trouverions maintenant que cette structure encaisse les charges uniquement par compression. Ainsi, le fil inversé représente la forme idéale d'une *arche* portant les mêmes charges — on l'appelle la *ligne de poussée* des charges. Une arche de toute autre forme serait soumise à la flexion, en plus de la compression. Il s'ensuit que l'arc roman classique (un demi-cercle) n'a pas une forme fonctionnelle. Lorsque l'arche supporte une cloison continue, la ligne de poussée a une forme parabolique. L'arc gothique (ogival) approche mieux cette forme idéale.

Plus la forme d'une arche dévie de la ligne de poussée et plus elle doit supporter de flexion. Un portique typique de la construc-

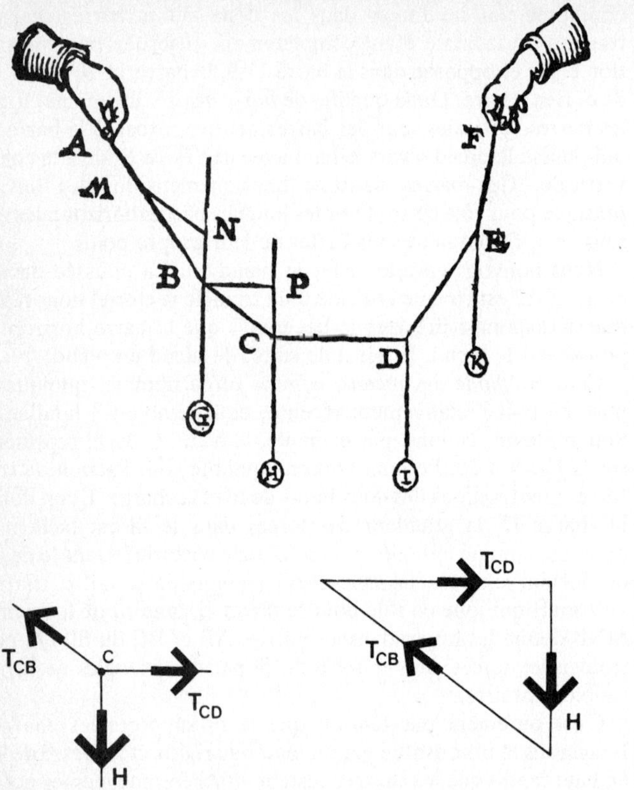

Fig. 4.28. Stevin use de la même idée pour déterminer les forces dans le fil.

tion moderne (*fig. 4.30*) est essentiellement une arche rectangulaire. On peut s'attendre à trouver les moments fléchissants maximaux dans les angles et au milieu de la travée. Réalisé en acier ou en béton armé, un portique est conçu pour résister à cette flexion. La conformité à la ligne de poussée est beaucoup plus importante dans les structures en maçonnerie qui, par la nature même du matériau, sont peu aptes à résister aux tensions qui accompagnent la flexion. Antonio Gaudí, architecte catalan

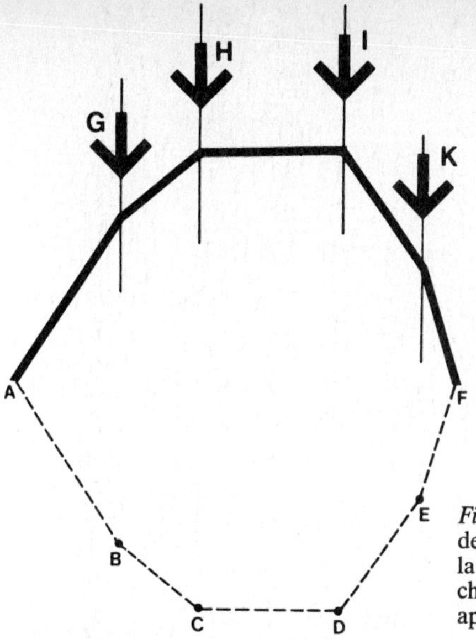

Fig. 4.29. Le fil, réfléchi de bas en haut, représente la ligne de poussée des charges qui lui sont appliquées.

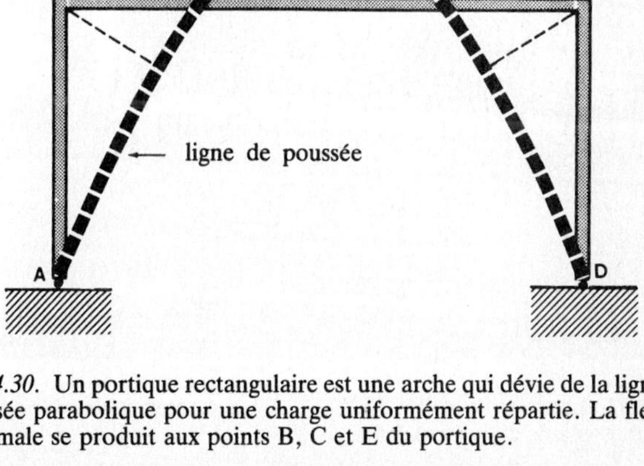

Fig. 4.30. Un portique rectangulaire est une arche qui dévie de la ligne de poussée parabolique pour une charge uniformément répartie. La flexion maximale se produit aux points B, C et E du portique.

Fig. 4.31. Les tours jumelles du World Trade Center, à New York, sont des tubes géants en porte-à-faux.

Fig. 4.32. La rigidité de l'immeuble John Hancock, à Chicago, est assurée par les contrefiches diagonales, comme pour une poutre en treillis.

renommé, a dessiné quelques-uns de ses bâtiments en maçonnerie les plus audacieux en construisant d'abord un modèle avec des fils et en y suspendant des charges à l'échelle. Il fixait ensuite les fils et inversait le modèle pour trouver la forme structurelle idéale du bâtiment.

Exemple

Un gratte-ciel, ou tout bâtiment élevé, se comporte comme une poutre verticale en porte-à-faux, encastrée dans le sol. Les forces éoliennes horizontales fléchissent la poutre et, pour résister aux contraintes, la structure est conçue comme un gigantesque tube. La façade exposée à la force du vent et la façade sous le vent deviennent les semelles, tandis que les deux façades perpendiculaires jouent le rôle d'âme de la poutre.

Le tube correspond au profil typique d'une poutre en acier. La différence réside dans l'âme, centrale unique dans le cas de la poutre, et double, une de chaque côté, dans notre cas. Lorsque le vent change de direction, les façades du bâtiment échangent leurs rôles de semelles et d'âmes. L'avantage de cette disposition pour les bâtiments élevés réside dans la longueur, toujours aussi grande que possible, du bras de levier interne pour le couple réactif : cette longueur est toute l'épaisseur du bâtiment. Les forces de tension et de compression dans les éléments de la structure sont par conséquent minimisées.

Les tours jumelles du World Trade Center, à New York (*fig. 4.31*), sont un exemple de porte-à-faux tubulaire vertical. Le problème avec cette disposition est que le tube, si efficace, doit être perforé d'ouvertures pour les fenêtres qui affaiblissent considérablement la structure. Il faut en limiter la taille et les encadrer de montants étroitement espacés en liaison rigide avec des linteaux robustes pour garantir à chaque façade un comportement aussi proche que possible de celui d'une plaque rigide. La tactique utilisée pour l'immeuble John Hancock, à Chicago (*fig. 4.32*), est différente. Ce bâtiment est une poutre en treillis verticale. Les charges horizontales sont reprises dans les diagonales sous forme de tensions et de compressions.

5. L'eau et l'air
Autres paradoxes et horreur imaginaire

La force de flottabilité — La pression de l'eau — Le paradoxe hydrostatique — La presse hydraulique — L'horreur du vide — Le moteur atmosphérique — Exemple.

La force de flottabilité

Comment un vaisseau lourd (*fig. 5.1*), avec tout son équipement et sa cargaison, peut-il se maintenir à flot ? La découverte du principe de *flottabilité* est attribuée à Archimède qui, selon la légende, fut si excité lorsqu'il découvrit la réponse, alors qu'il était dans son bain, qu'il jaillit de l'eau en criant : « *Eurêka !* » (J'ai trouvé !).

Deux mille ans plus tard, Stevin a expliqué le principe de flottabilité de la façon suivante. Imaginons une masse d'eau D dans une masse plus grande de ce même fluide (*fig. 5.2*). Imaginons de plus la surface de l'eau D solidifiée de façon à envelopper de tous côtés l'eau qui se trouve dedans. Ce récipient imaginaire est sans masse et infiniment fin. La masse D doit être soutenue par le reste de l'eau, de façon à être en équilibre, sinon elle va tomber. Si c'était le cas, elle serait continuellement remplacée par de l'eau venant occuper l'espace libéré et l'on aurait un mouvement perpétuel, ce qui est tout aussi absurde ici que dans le problème du plan incliné. La masse D est donc au repos dans la masse totale de l'eau. La gravité la tire vers le bas avec une certaine force (le poids de l'eau D) ; l'eau ambiante la soutient avec une force égale.

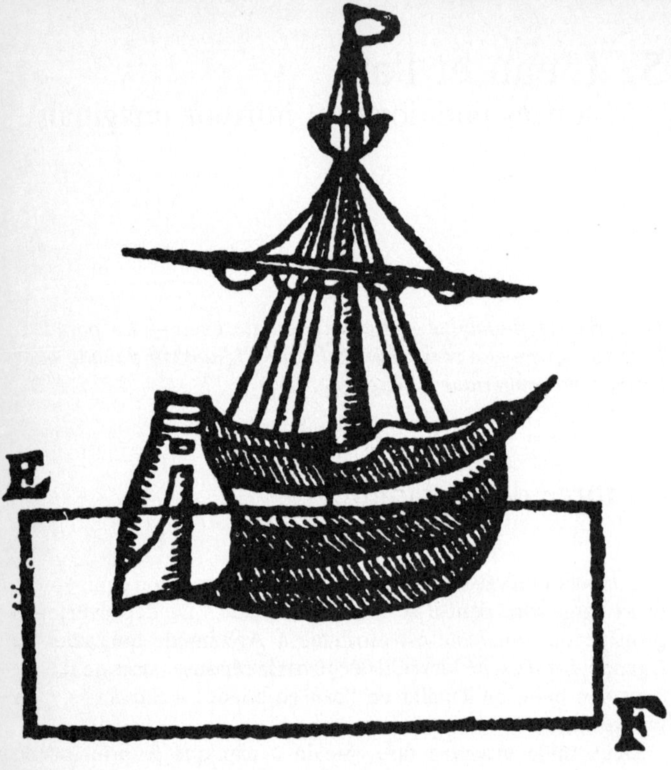

Fig. 5.1. Le problème de la flottabilité : comment un lourd vaisseau peut-il se maintenir à flot ?

Évacuons maintenant l'eau du récipient, de sorte que le volume D se retrouve vide. L'eau ambiante n'est nullement au courant de tout ce qui a pu arriver et continue à pousser le récipient vers le haut avec la même force qu'auparavant. Si nous logeons dans le récipient un corps solide A de même volume, l'attraction de la gravité sur le corps se verra évidemment opposer la poussée de l'eau ambiante vers le haut, égale au poids de l'eau qui a été évacuée.

Stevin aboutit ainsi au principe de flottabilité, habituellement

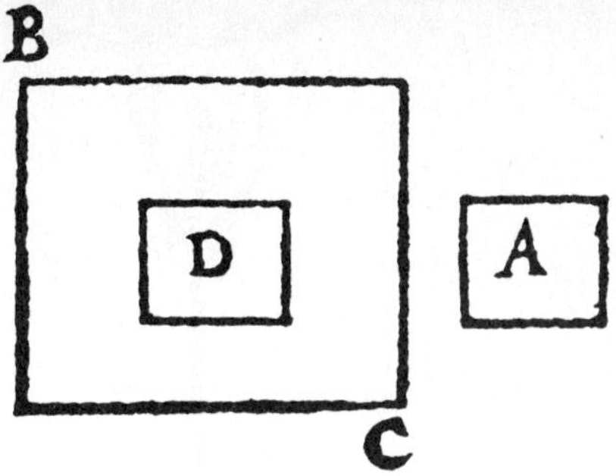

Fig. 5.2. Une masse d'eau D au sein d'une plus grande masse est en équilibre. Un corps A, occupant le même volume que D, bénéficierait de la même poussée ascendante que D. Cette force s'appelle la flottabilité.

nommé *principe d'Archimède* d'après celui qui l'a découvert le premier : un corps immergé dans l'eau bénéficie d'une poussée vers le haut avec une force égale au poids du volume d'eau déplacé par le corps. Si la masse volumique du corps (c'est-à-dire sa masse par unité de volume) est égale à celle de l'eau, il va rester n'importe où entre deux eaux ; si elle est plus grande, il va couler. Si le corps est moins dense que l'eau, il va s'élever, ou alors il faut une force pour le maintenir au fond.

Par exemple, dans la *figure 5.3,* Stevin représente un corps pesant 12 newtons (en unités modernes) immergé dans l'eau. La densité du corps est quatre fois celle de l'eau. Quelle est la force **D** qui empêche le corps de couler ? Le même volume d'eau ne pèserait que le quart du poids du corps, soit 3 newtons. Le poids du corps immergé se voit donc opposer 3 newtons, et une traction de 9 newtons va suffire pour le soutenir. Si le poids du corps est de 2 newtons et sa densité seulement le cinquième de celle de l'eau (*fig. 5.4*), il faudra une force vers le bas pour le maintenir. Le même volume d'eau pèsera $5 \times 2 = 10$ newtons. Ce sera la force de flottabilité exercée sur le corps, et il faut donc placer un contrepoids de 8 newtons sur le plateau de la balance.

Un corps dont la densité est inférieure à celle de l'eau va s'élever et flotter, partiellement immergé, à la surface. La portion qui reste immergée va déplacer un volume d'eau dont le poids est

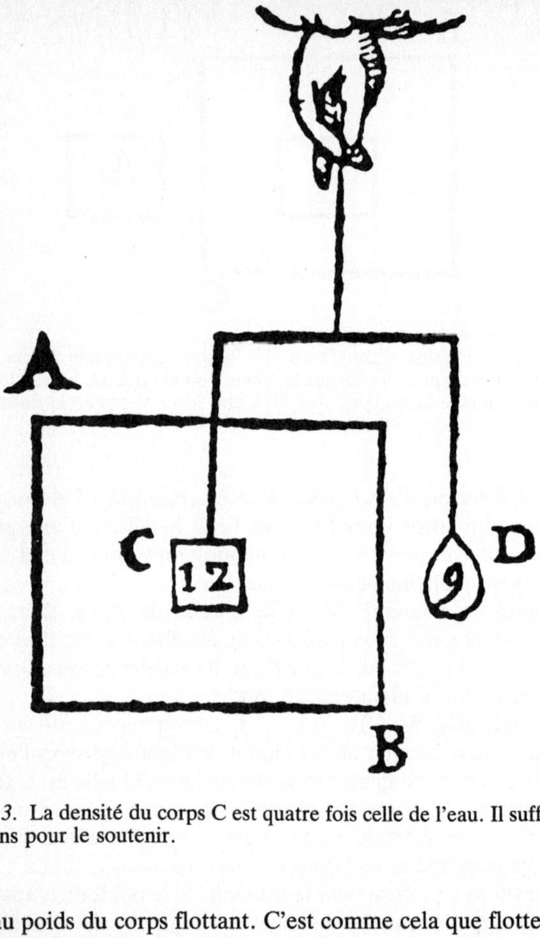

Fig. 5.3. La densité du corps C est quatre fois celle de l'eau. Il suffit de 9 newtons pour le soutenir.

égal au poids du corps flottant. C'est comme cela que flottent les navires : même faits de métal pesant, ils sont creux, et leur densité globale est ainsi inférieure à la densité de l'eau. A pleine charge, le navire s'enfonce dans la mer plus profondément que lorsqu'il est lège.

Le raisonnement moderne sur la question de la flottabilité en appelle beaucoup moins à l'imagination que celui de Stevin et ne pousse personne à courir en criant : « *Eurêka !* » Ce n'est qu'une

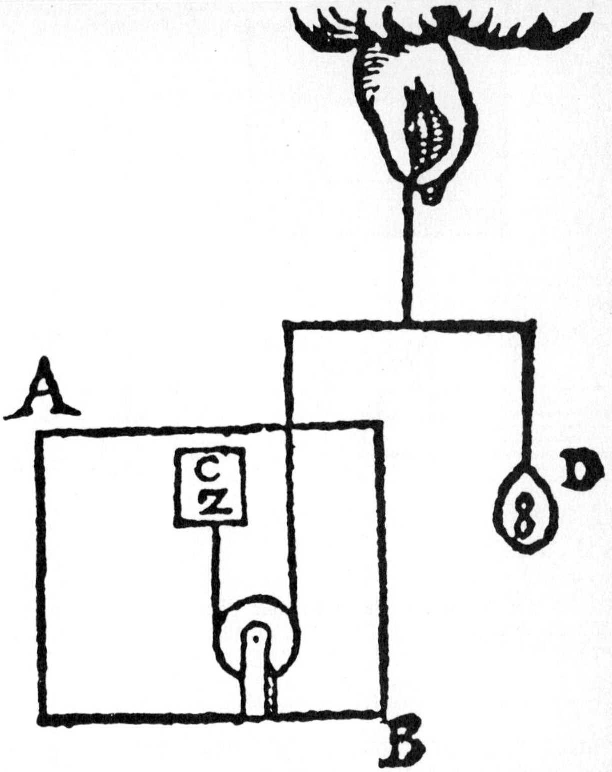

Fig. 5.4. La densité du corps submergé est le cinquième de celle de l'eau. Une force de 8 newtons est nécessaire pour résister à la flottabilité.

application de plus du diagramme du corps isolé utilisé pour analyser les structures et les machines. Dans notre discussion, nous continuerons à utiliser de l'eau, mais le principe s'applique bien sûr à tout fluide.

Reprenons le récipient plein d'eau de Stevin (*fig. 5.5*). Isolons un volume d'eau D. De par son contact avec l'eau environnante, il y a en chaque point de contact une force qui pousse sur le corps isolé. Nous ignorons encore tout de ces forces (appelées *pression*),

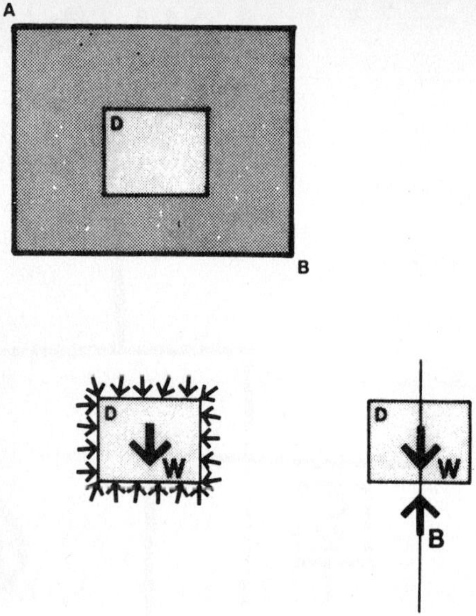

Fig. 5.5. Le diagramme du corps isolé pour la masse d'eau D. La résultante de la pression de l'eau — la flottabilité — est égale au poids du corps isolé.

hormis le fait qu'elles doivent exister. Une autre force agit sur le corps, l'attraction de la gravité **W**. Le corps isolé est en équilibre sous l'action des ces forces, la résultante de la pression de l'eau doit donc être une force égale et opposée à la force **W** ; de plus, sa ligne d'action doit passer par le centre de gravité du volume d'eau. Cette résultante s'appelle la *force de flottabilité.*

Le reste en découle, comme dans le raisonnement de Stevin — remarquez comme il était proche de l'idée du corps isolé. On ne peut ajouter qu'un commentaire. Même si le poids du corps immergé est égal au poids d'eau qu'il déplace, c'est seulement dans la mesure où les centres de gravité du corps et de l'eau déplacée sont sur une même verticale que le corps est en équilibre ; autrement, les deux forces (poids du corps et force de flottabilité) forment un couple et tournent le corps.

La pression de l'eau

Dans sa discussion du principe de flottabilité, Stevin a repris, après une interruption de nombreux siècles, le travail d'Archimède. Mais son travail sur la pression de l'eau est celui d'un précurseur et a posé les bases de *l'hydrostatique,* la branche de la statique consacrée à l'équilibre des fluides. Toutefois, avant de nous embarquer avec Stevin, il nous faut parler de quelques points fondamentaux qu'il n'a pas énoncés clairement.

Qu'entendons-nous exactement par pression ? La définition la plus simple et la plus précise est mathématique : la pression est la grandeur de la force divisée par la surface sur laquelle elle agit :

$$p = P/A$$

Supposons une boîte pesant 10 newtons, posée sur une table (*fig. 5.6*). La surface de contact est, disons, de 0,2 m^2. La pression sera égale à

$$p = 10/0{,}2 = 50\ N/m^2$$

sur toute la surface de contact. Tout comme la force, la pression agit toujours entre deux corps en contact et s'exerce sur les deux corps. La boîte presse sur la table ; la table riposte par une pression égale et opposée sur la boîte.

Ôtons maintenant notre boîte de la table et introduisons-la dans un récipient plein d'eau : le récipient est étroitement ajusté autour de la boîte mais sans frottement. L'eau du récipient est maintenant sous pression. La surface de contact est la même qu'auparavant, donc aussi la pression.

L'eau, comme tous les autres fluides, a la propriété particulière de ne pouvoir garder de forme propre. C'est la seule propriété qui distingue un fluide d'un solide. Cela a deux conséquences importantes. Premièrement, à cause de cette propriété, la pression appliquée à l'eau est distribuée intégralement dans toutes les directions dans tout le volume d'eau. Comme indiqué sur la *figure 5.7,* elle agit sur les côtés aussi bien qu'en haut et en bas du contenant. Si un second récipient communique avec le premier

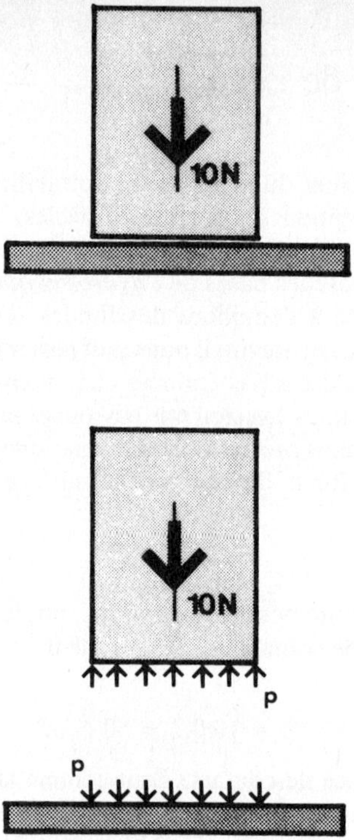

Fig. 5.6. La pression est la force divisée par la surface.

par un tuyau, l'eau qui s'y trouve, ainsi que l'eau dans le tuyau, sera à la même pression que l'eau du premier récipient. Deuxièmement, la pression de l'eau est toujours dirigée perpendiculairement à la surface de son contenant. Si l'on perce des trous dans la paroi du récipient sphérique, l'eau va gicler avec une égale force dans toutes les directions.

Les deux conséquences que nous venons de mentionner sont connues sous le nom de *principe de Pascal,* d'après Blaise Pascal, qui, un siècle après Stevin, a pratiquement donné sa forme moderne à l'hydrostatique. Énonçons encore le principe de Pascal en une phrase ; la pression exercée en tout point sur un fluide dans

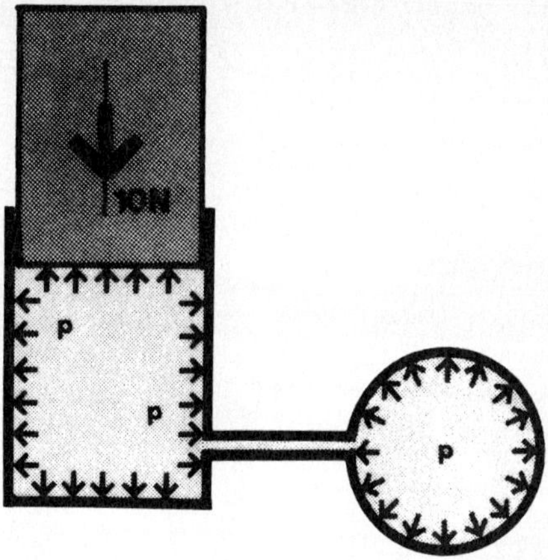

Fig 5.7. La pression dans une enceinte fermée est intégralement transmise par le fluide et agit perpendiculairement à toute surface.

une enceinte fermée est intégralement transmise à travers le fluide et agit perpendiculairement à toute surface.

Nous avons jusqu'à présent négligé l'effet que l'attraction de la gravité sur l'eau (c'est-à-dire son poids) peut avoir sur la pression dans l'enceinte. Nous ôtons maintenant la boîte qui pressait l'eau de notre récipient et étudions séparément l'effet du poids (*fig. 5.8*). Supposons que le poids d'eau dans le récipient soit de 5 newtons. L'effet sur le fond du récipient est le même que si une

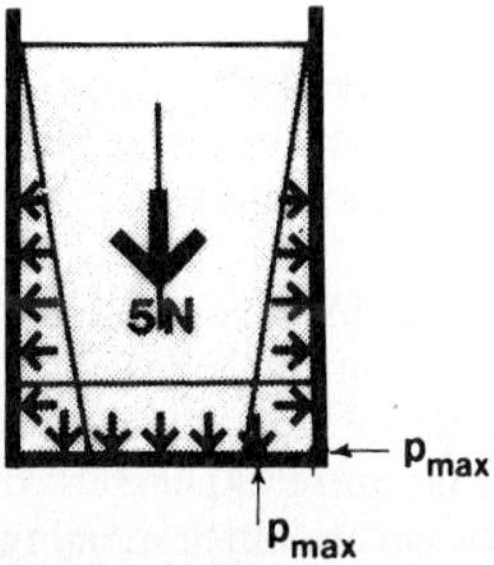

Fig. 5.8. La pression due au poids propre de l'eau augmente avec la profondeur. Elle est maximale au fond.

boîte solide de même poids était directement posée dessus. La pression est

$$p = 5/0{,}2 = 25 \text{ N/m}^2$$

L'eau du fond est sous la même pression que le fond du récipient lui-même. Puisqu'elle transmet la pression dans toutes les directions, les parois du récipient au même niveau sont aussi sous la même pression.

A mi-hauteur, la pression n'est que la moitié de la pression au fond ; à la surface, elle est nulle. La pression sur les parois du récipient évolue de la même façon, de zéro à son maximum au fond. Incidemment, cela nous donne une autre explication du phénomène de flottabilité. Les pressions sur un objet submergé

Fig. 5.9. Un barrage au Québec, Canada : la pression ne dépend que de la hauteur d'eau derrière le barrage, mais pas de la quantité.

sont perpendiculaires à sa surface. Elles enfoncent la surface supérieure et soulèvent la surface inférieure, mais cette dernière est à plus grande profondeur et la pression ascendante est donc plus forte que la pression descendante qui s'exerce sur la surface supérieure. Les pressions sur les côtés du corps sont égales et opposées et se compensent.

C'est un fait intéressant et surprenant que la pression à un niveau quelconque dans l'eau ne dépend aucunement de la quantité d'eau mais seulement de la *hauteur d'eau* qui se trouve au-dessus. Supposons deux récipients remplis d'eau à la même hauteur h. L'aire de la base du récipient 2 est le double de celle du récipient 1. Le poids d'eau dans le deuxième récipient, étant proportionnel à son volume ($V = A \times h$), est le double du poids contenu dans le premier. Mais il est réparti sur une surface double, et la pression (p = W/A) est donc la même. La pression sur les côtés des récipients sera également la même.

A plus grande échelle, la pression exercée sur un barrage (*fig. 5.9*), tant que la hauteur d'eau retenue ne change pas, reste la même, que le volume de l'eau soit celui d'une mare ou celui d'un océan.

Le paradoxe hydrostatique

Le raisonnement logique conduit parfois à des conclusions inattendues, surtout lorsqu'il s'allie à une imagination fertile. Suivons Simon Stevin dans l'une de ses plus brillantes déductions.

Prenons un récipient ABCD rempli d'eau (*fig. 5.10*). Le fond du récipient est sous une pression uniforme ; en particulier, la pression sur la surface EF du fond est due au volume d'eau directement au-dessus de EF (le volume GHFE). Tout cela est bel et bon. Mais Stevin imagine ensuite l'eau du récipient ABCD solidifiée de sorte que seul subsiste le tube d'eau indiqué par des hachures horizontales sur le dessin, se terminant sur la surface EF

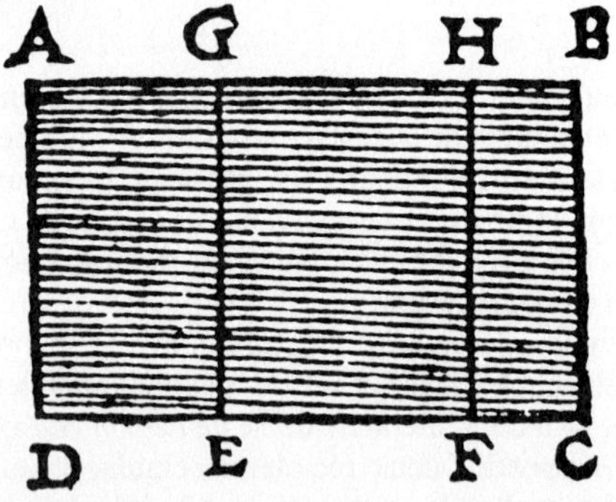

Fig. 5.10. Un récipient plein d'eau. La pression sur la surface EF est causée par le poids de l'eau GHFE qui la surmonte.

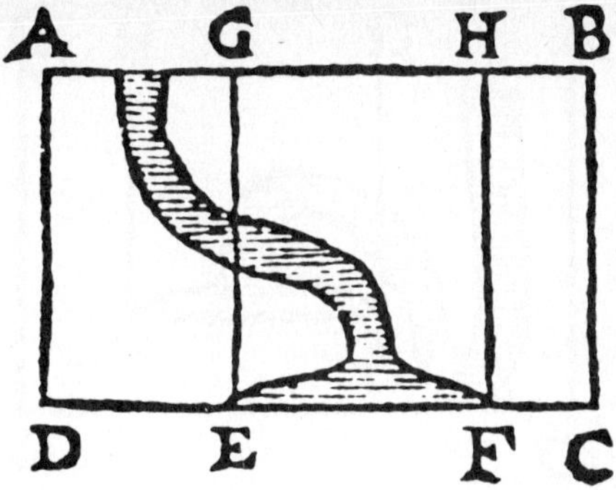

Fig. 5.11. Imaginons l'eau solidifiée, à l'exception de ce qui reste dans le tube hachuré. Cela ne change rien à la pression sur EF.

au fond du récipient (*fig. 5.11*). La partie solide a la même densité que l'eau, elle ne change donc rien à la pression sur EF qui reste la même que lorsque le contenu du récipient est entièrement liquide. Mais, si nous vidons l'eau du tube, il n'y aura plus de pression sur EF. On aboutit à la conclusion alarmante que l'eau du tube étroit produit la même pression sur EF que le grand volume GHFE précédent.

Dans la *figure 5.12,* la portion solide, et donc le tube, ont une forme différente. Et pourtant, logiquement, cela ne fait pas de différence et la pression sur EF doit être la même que si le récipient ne contenait que de l'eau liquide. Elle est inférieure à la précédente, car la surface est moins profonde, mais elle n'est aucunement influencée par la forme du tube d'eau qui exerce en fait la pression. La *figure 5.12* montre que la même pression s'exerce aussi vers le haut : différente, le solide GHFE, dont le poids est celui du même volume d'eau, serait soulevé ou coulerait.

Il est difficile de croire qu'un tube d'eau étroit puisse exercer la même pression qu'un grand volume d'eau. Stevin a-t-il poussé la logique trop loin ? Il prouve l'exactitude de ses conclusions par une expérience très simple. Un tube fin et un large récipient (*fig. 5.13*) sont reliés de part et d'autre de la surface DC. Versant de l'eau dans ce système, elle atteindra le même niveau dans les deux récipients. Cela ne fait aucun doute. Mais cette expérience

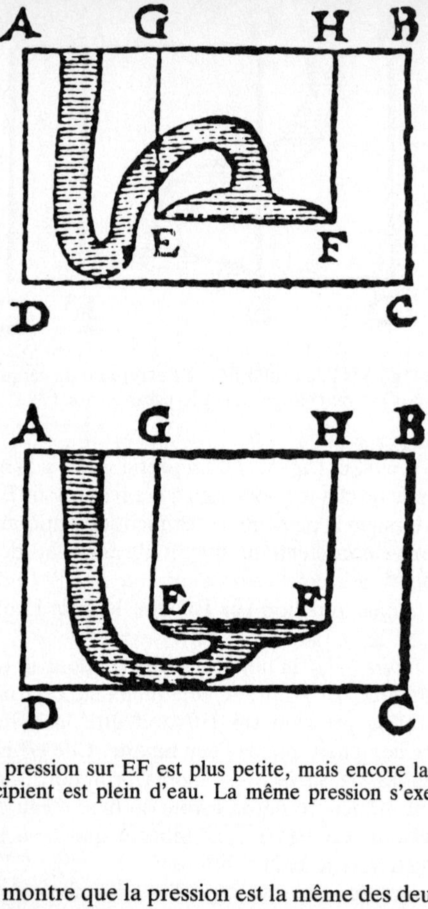

Fig. 5.12. La pression sur EF est plus petite, mais encore la même que lorsque le récipient est plein d'eau. La même pression s'exerce vers le haut.

quotidienne montre que la pression est la même des deux côtés de la surface commune CD ; autrement, l'eau du côté de la pression la plus faible serait poussée vers le haut. La pression ne dépend donc pas directement de la quantité d'eau dans le récipient. Mais elle dépend de sa hauteur : versez plus d'eau dans le tube fin et l'augmentation de sa pression va en fait soulever le volume d'eau plus grand de l'autre côté. L'équilibre est rétabli lorsque l'eau est de nouveau au même niveau des deux côtés. C'est ce que l'on appelle le *paradoxe hydrostatique*.

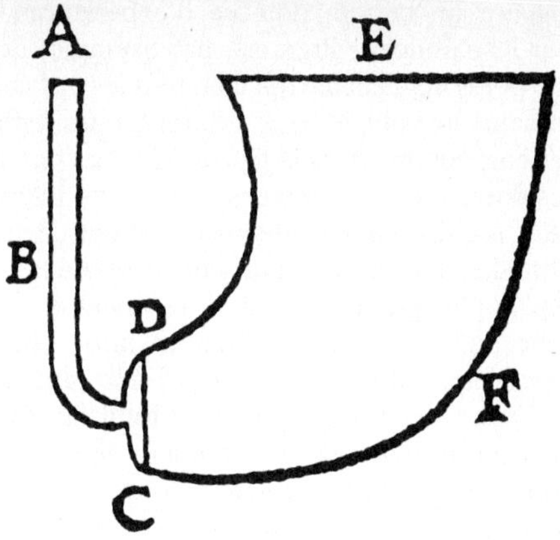

Fig. 5.13. Le paradoxe hydrostatique : la petite quantité d'eau dans le tube fin équilibre la grande quantité d'eau dans le gros récipient.

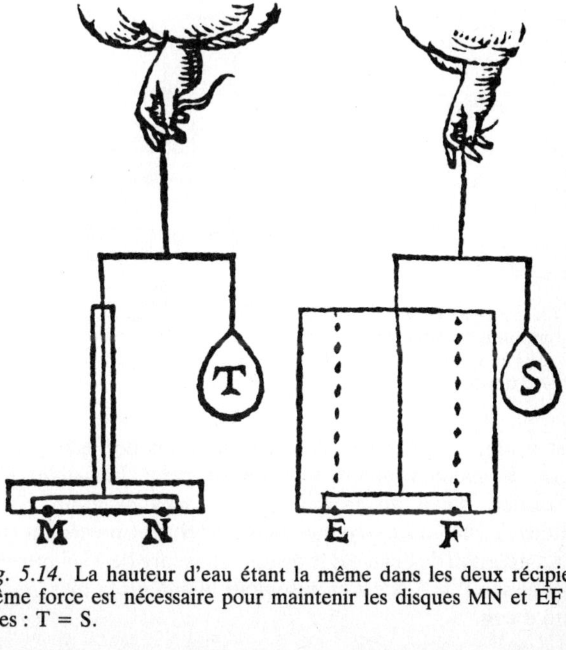

Fig. 5.14. La hauteur d'eau étant la même dans les deux récipients, la même force est nécessaire pour maintenir les disques MN et EF identiques : T = S.

Stevin suggère un certain nombre d'expériences astucieuses pour illustrer le paradoxe. Prenons, par exemple, deux disques identiques de poids négligeable qui couvrent les orifices MN et EF de deux récipients de volumes très différents mais remplis d'eau à la même hauteur, comme dans la *figure 5.14*. Les pressions sur les deux disques doivent être les mêmes, et de cette identité découle que la force **T** requise pour soutenir le premier disque contre la petite quantité d'eau du récipient de gauche sera égale à la force **S** pour soutenir le plus grand volume du récipient de droite.

Faisons une autre expérience. Prenons notre récipient de la *figure 5.8* pour lequel nous avions trouvé une pression d'eau au fond de 25 N/m². Dans la *figure 5.15,* le fond du récipient a été remplacé par un piston mobile. La grandeur de la force **P** requise pour le soutenir s'obtient en récrivant la formule de pression ($p = P/A$) sous la forme $P = p \times A$ et

$$P = 25 \times 0{,}2 = 5 \text{ newtons}$$

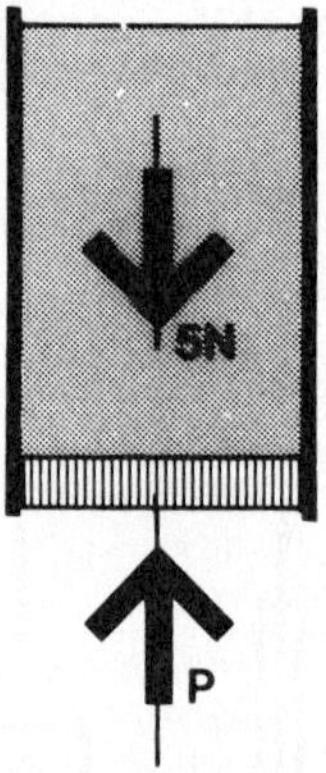

Fig. 5. 15. La poussée P vers le haut doit compenser le poids de l'eau dans le récipient, donc P = 5 newtons.

Elle est égale, ce qui a du bon sens, au poids de l'eau dans le récipient. Supposons maintenant un récipient beaucoup plus large, rempli d'eau au même niveau, mais avec un piston obturateur de même surface que dans le récipient précédent (*fig. 5.16*). La pression de l'eau sur le piston est encore de 25 N/m², et la même poussée P = 5 N est requise pour maintenir la plus grande quantité d'eau.

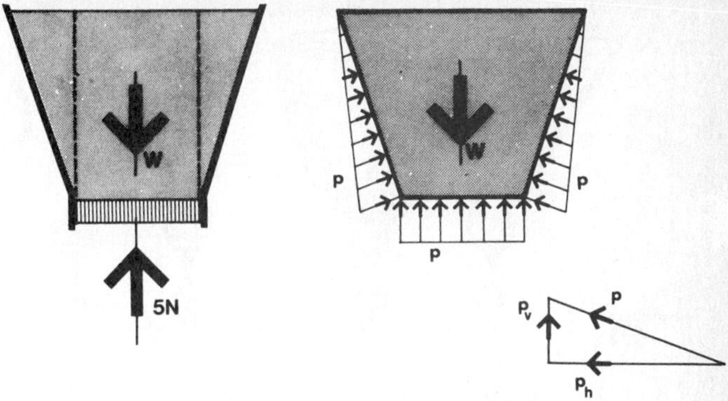

Fig. 5.16. La hauteur d'eau est la même dans ce récipient plus large. La même force de 5 newtons maintiendra donc le piston en place. Le diagramme du corps isolé fournit une clef pour le paradoxe hydrostatique.

Le diagramme du corps isolé peut permettre d'apporter un éclairage supplémentaire sur ce paradoxe qui, même s'il découle logiquement des principes de base de l'hydrostatique, semble contredire le bon sens. Tracez un diagramme du corps isolé pour l'eau du grand récipient. En chaque point de contact, l'eau pousse le récipient avec une force perpendiculaire à la paroi du récipient. Le récipient réplique par des forces égales et opposées. C'est cette pression exercée par le récipient sur l'eau qui est indiquée dans le diagramme du corps isolé, en plus de la force de pesanteur **W**.

Nous trouvons que la pression exercée sur l'eau par les côtés du récipient est inclinée vers le haut. Les composantes verticales de la pression (p_v) viennent en aide au piston pour soutenir l'eau. Lorsque les parois du récipient sont verticales, la pression est purement horizontale et n'intervient pas dans la compensation des forces verticales. Dans l'exemple de Stevin (*fig. 5.14*), la face supérieure du récipient de gauche pousse l'eau vers le bas de sorte que l'eau entre le disque et le récipient agit comme un ressort comprimé. Pascal a fabriqué toute une série de récipients, tous de forme différente, mais dont le fond était obturé par des pistons identiques (*fig. 5.17*). Remplis d'eau au même niveau, ils exigent tous la même force pour maintenir le piston. Cette force est égale au poids de l'eau dans le premier récipient.

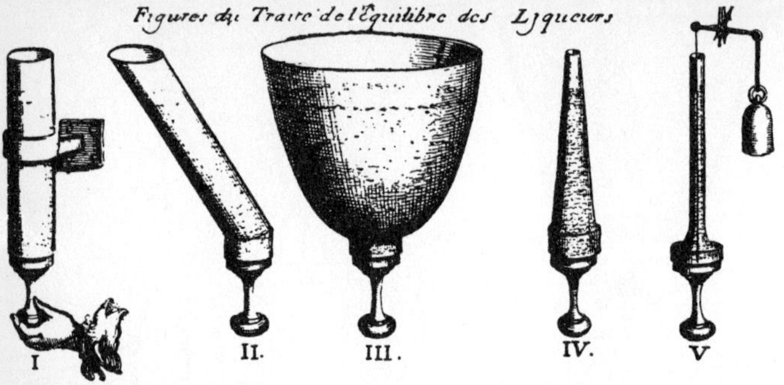

Fig. 5.17. Les vases de Pascal (*Œuvres complètes,* Paris, Gallimard, « Bibliothèque de la Pléiade », 1954, p. 415). La même force pourrait-elle maintenir l'eau dans ces divers récipients ?

La presse hydraulique

Sous une forme ou une autre, les deux vases communicants de la *figure 5.13* sont familiers à la plupart des gens. Nous acceptons facilement que l'eau dans chacun d'eux soit au même niveau. Stevin a utilisé cette expérience pour confirmer ses idées sur la pression de l'eau. Un siècle plus tard, Blaise Pascal fit un pas de plus : il discerna dans les deux tubes reliés une nouvelle machine hydraulique.

Pascal prit deux récipients, A et B, la section du cylindre B étant 100 fois plus grande que celle du cylindre A (*fig. 5.18*). Les récipients sont remplis d'eau jusqu'au niveau N-N. Supposons que le poids d'eau entre les niveaux O-O et N-N dans le petit cylindre est de 10 newtons ; le poids d'eau entre les mêmes niveaux dans le grand cylindre est alors 100 fois plus grand, c'est-à-dire de 1 000 newtons. Imaginons cette eau solidifiée : nous avons maintenant un solide de 10 newtons dans le petit cylindre qui soutient un solide 100 fois plus lourd dans le grand cylindre.

Pascal réalisa que les forces de pesanteur dans les tubes pouvaient être remplacées par des forces égales exercées sous une forme différente sans déranger l'équilibre (*fig. 5.19*). « (...) En

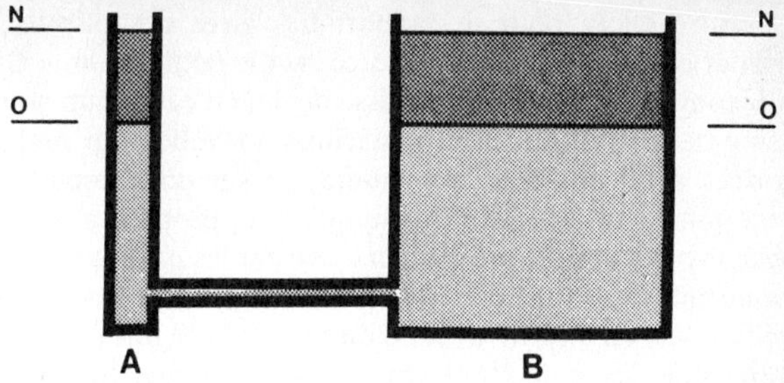

Fig. 5.18. Imaginons l'eau entre les niveaux N-N et O-O solidifiée.

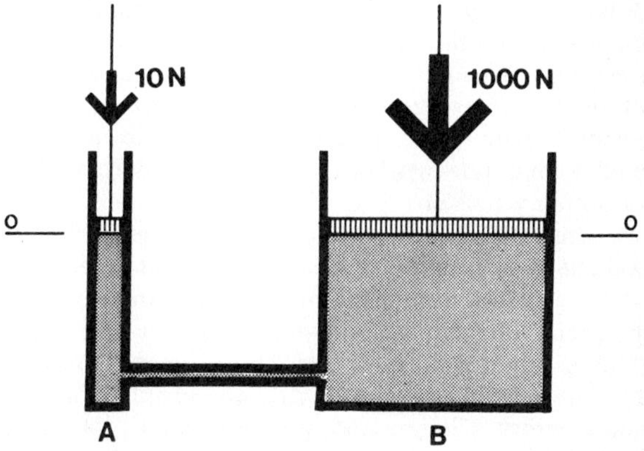

Fig. 5.19. Remplacez l'eau entre N-N et O-O par des forces exercées d'une autre façon. Les vases communicants fonctionnent en presse hydraulique.

mettant à chacune des ouvertures un piston qui lui soit juste, écrit Pascal, un homme poussant le petit piston égalera la force de cent hommes qui pousseront celui qui est cent fois plus large, et en surmontera quatre-vingt-dix-neuf. » Une poussée de 10 newtons sur le petit piston équilibrera une force de 1 000 newtons sur le plus grand, exactement comme deux forces équilibrées sur un levier dont les bras sont dans le rapport de 1 / 100.

Un autre choix pour le rapport des aires des pistons peut multiplier encore plus la force exercée sur le petit piston. « D'où il paraît, continue Pascal, qu'un vaisseau plein d'eau est un nouveau principe de mécanique, et une machine nouvelle pour multiplier les forces à tel degré qu'on voudra, puisqu'un homme par ce moyen pourra enlever tel fardeau qu'on lui proposera. »

Pascal voyait dans la pression exercée par les pistons sur l'eau la cause de cette multiplication de la force. Supposons que la section du tube A est de 0,01 m^2 et celle du tube B, 100 fois plus grande, de 1 m^2. Une force de 10 newtons dans le premier tube va créer une pression dans l'eau de

$$p = 10 / 0{,}01 = 1\,000 \text{ N} / \text{m}^2$$

et la force sur le grand piston, égale à 1 000 newtons mais agissant sur une surface de 1 m^2, créera la même pression. La pression dans l'eau est ainsi la même partout et la machine est en équilibre. Pascal ajoutait un avertissement : la pression est transmise intégralement dans toutes les directions et toutes les parties de la machine, y compris le tuyau de communication, doivent être assez robustes pour y résister.

C'est dans sa flexibilité que réside le grand avantage de la presse hydraulique sur les machines à base de levier et de plan incliné. Les deux cylindres communicants peuvent être très éloignés, tandis que la pression est transmise par un simple tuyau. Et pourtant, pendant plus d'un siècle, l'invention de Pascal n'a pas connu d'application pratique. Son heure advint à l'aube de la révolution industrielle (en 1795, pour être exact), lorsqu'elle fut réinventée et brevetée par Joseph Bramah, le fils d'un fermier du Yorkshire, qui devint un inventeur versatile. (Entre autres inventions, on lui doit un modèle de cabinets perfectionné et une serrure que personne ne parvint à crocheter pendant soixante-sept ans, en dépit de l'offre permanente d'une récompense.)

Depuis cette époque, la presse hydraulique n'a cessé de jouer un rôle essentiel dans l'industrie. Au XIXe siècle, la ville de Londres eut un réseau hydraulique de distribution de l'eau pressurisée dans les artères principales pour actionner les machines dans les usines, les ascenseurs, les grues, les ponts levants, etc. Le vérin hydraulique est sans doute l'application moderne la plus courante. On sait que l'architecte italien Domenico Fontana, durant la Renaissance, utilisa 40 cabestans mus par 960 hommes et

Fig. 5.20. Un vérin hydraulique soulève la grande roue d'un parc d'attractions. Notez que le bras de levier de la force est plus court que celui de la charge — il faut une force énorme !

75 chevaux pour ériger un obélisque à Rome. Lorsqu'un obélisque semblable fut dressé à Londres quatre siècles plus tard, on utilisa quatre vérins hydrauliques, actionnés chacun par un homme.

Les pistons hydrauliques sont utilisés dans de nombreuses applications nécessitant des forces importantes et où la transmission des forces se fait selon un itinéraire détourné. Les automobiles modernes et les avions en font usage pour actionner leurs freins. La grue à tour typique (telle que nous l'avons rencontrée au chapitre 2) a le don de croître avec le bâtiment qu'elle dessert : dès que nécessaire, elle se hausse à l'aide de vérins hydrauliques. Un seul piston hydraulique, dans la *figure 5.20,* suffit pour redresser la grande roue achalandée d'une fête foraine.

A part son invention de la presse hydraulique, le progrès principal de Pascal sur Stevin fut d'expliquer un phénomène jamais abordé par ce dernier : l'horreur apparente de la nature pour le vide, réponse à une série de problèmes solidement ancrée depuis qu'Aristote l'avait établie au IVe siècle av. J.-C.

L'horreur du vide

Les questions sur la nature de l'air que nous respirons et son poids éventuel ont occupé les gens depuis l'Antiquité. Jusqu'au XVIIe siècle, on pensait généralement que l'air n'avait pas de poids, et certains allaient même jusqu'à le douer plutôt de « légèreté », puisqu'il avait tendance à s'élever.

Un ensemble de problèmes apparemment indépendants étaient considérés comme résolus de façon parfaitement satisfaisante par Aristote et ses successeurs. Pourquoi une pompe aspire-t-elle l'eau ? Pourquoi l'eau s'élève-t-elle et suit-elle le piston de la pompe comme si elle y adhérait ? Celles-ci et bien d'autres questions étaient expliquées par l'« horreur » de la nature pour le vide qui serait laissé lors du retrait du piston si l'eau n'en prenait la place. On avait remarqué néanmoins que les pompes aspirantes refusaient de fonctionner pour une dénivellation supérieure à 10 mètres environ. Galilée y voyait en fait une mesure de l'horreur de la nature pour le vide : il comparait la colonne d'eau dans la pompe à une tige de métal suspendue par son extrémité supérieure et qui peut être prolongée jusqu'à la rupture sous son propre poids.

Evangelista Torricelli, l'élève de Galilée, réalisa en 1644 une expérience cruciale. Il prit un tube de verre d'environ un mètre de long, scellé à une extrémité. Il remplit le tube de mercure, plaça un doigt sur l'extrémité ouverte pour empêcher le mercure de s'échapper et retourna le tube, extrémité ouverte, dans un récipient de mercure (*fig. 5.21*). Lorsqu'il ôta son doigt, le

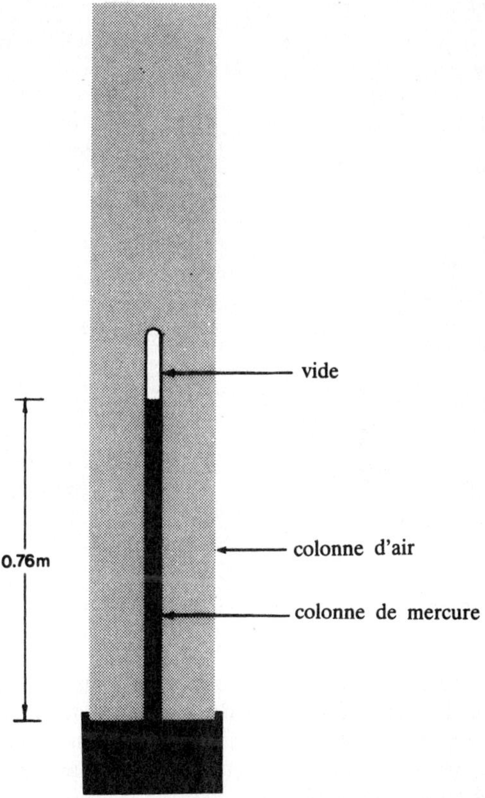

Fig. 5.21. L'expérience de Torricelli : une courte colonne de mercure équilibre une très grande colonne d'air.

Fig. 5.22. Longueur et forme du tube au-dessus du mercure ne font aucune différence. (Pas plus que l'inclinaison éventuelle du tube — *NdT.*)

mercure descendit immédiatement à environ 76 centimètres au-dessus du niveau du mercure dans le récipient, laissant le haut du tube apparemment vide. Le niveau du mercure restait exactement le même lorsque l'expérience était répétée avec plusieurs tubes différents (*fig. 5.22*).

Torricelli fut convaincu que c'était la pression de l'air qui maintenait la colonne de mercure dans le tube aussi bien qu'elle

Fig. 5.23. Une expérience grandeur nature de Robert Boyle. Le vide en haut du tube était réalisé au moyen d'une pompe à air.

poussait l'eau dans la pompe. La pression à la surface du fluide dans le récipient est la même en tout point de la surface, sinon elle ne serait pas à niveau. Elle est donc la même sous la colonne de mercure et sous la colonne d'air. Le mercure étant environ 13,6 fois plus dense que l'eau, la même pression d'air qui soutient une colonne de mercure haute de 0,76 mètre pourrait naturellement refouler l'eau jusqu'à une hauteur d'environ 13,6 × 0,76 = 10 mètres. Robert Boyle, en Angleterre, testa cette conclusion par une impressionnante expérience grandeur nature (*fig. 5.23*), comme l'avait fait avant lui Pascal.

L'expérience de Torricelli causa une grande agitation et de nombreuses controverses. L'horreur du vide ne fut pas abandonnée sans combat par ses défenseurs. Blaise Pascal lui porta un coup fatal par une série d'expériences qui établirent l'analogie complète entre phénomènes conditionnés par la pression de l'eau et ceux dus à la pression de l'air. Il montra par exemple qu'une pression d'eau élève le mercure dans un espace ne contenant pas d'eau tout comme la pression de l'air l'élève dans un espace ne contenant pas d'air. Il enveloppa d'un sac de mercure l'extrémité inférieure d'un tube ouvert aux deux bouts. Plus le sac était plongé profondément dans l'eau, plus le mercure s'élevait dans le tube, à cause de l'augmentation de pression.

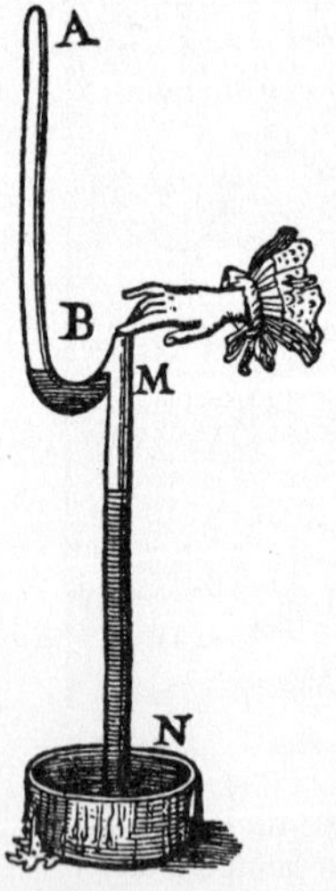

Fig. 5.24. Lorsque l'on ôte le doigt, la colonne de mercure inférieure retombe dans le récipient tandis que le mercure s'élève dans le tube supérieur.

Torricelli avait dit : « Nous vivons au fond d'un océan d'air. » Pascal mit au point une expérience pour montrer que plus près de la surface de cet océan la pression atmosphérique est réduite. En 1648, il expédia son beau-frère au sommet d'une montagne avec un tube de verre et un récipient de mercure. L'effet fut le même que de placer le sac de mercure plus haut dans l'eau : le mercure dans le tube descendit plus bas. Bien des années plus tard, la première expédition qui réussit l'ascension de l'Everest avait un appareil similaire ; au sommet, haut de 8 000 mètres environ, la colonne de mercure ne mesurait que 27 centimètres.

Pascal tenait finalement la preuve dont il avait besoin. Il écrit : « (...) Il est bien certain qu'il y a beaucoup plus d'air qui pèse sur le pied de la montagne, que non pas sur son sommet ; au lieu qu'on ne saurait pas dire que la nature abhorre le vide au pied de la montagne plus que sur son sommet. » Il n'était pas encore absolument satisfait. Par une autre expérience, très ingénieuse, il montra ce qui se produirait si l'on pouvait s'élever à la surface de cet océan d'air : il prouva que le mercure ne monte pas du tout dans le tube lorsqu'il n'y a aucune pression d'air.

Pour cette expérience, Pascal fit souffler un tube de verre courbé de façon à comporter deux branches verticales, longues chacune d'environ un mètre, séparées par une grosse ampoule (*fig. 5.24*). Il obtura avec un doigt l'orifice qui subsistait en haut de la branche inférieure.

Lorsque tout l'appareil fut rempli et dressé dans un récipient de mercure, la branche inférieure fonctionna comme le faisait un tube ordinaire auparavant. Il n'y avait dedans aucune pression d'air, et le mercure s'éleva jusqu'à une hauteur de 76 centimètres. Il n'y avait aucune atmosphère pour peser sur la surface de mercure dans l'ampoule, et le mercure ne s'éleva pas du tout dans le tube supérieur. Finalement, Pascal déboucha doucement le trou en haut de la branche inférieure pour admettre l'air. A mesure que l'air entrait, le mercure dans la branche inférieure retombait dans le récipient, tandis que, dans la branche supérieure, le mercure s'élevait pour parvenir finalement à une hauteur de 76 centimètres.

Le moteur atmosphérique

Les travaux de Pascal sur la pression de l'air étaient accompagnés en Allemagne, vers 1650, par ceux du maire de Magdebourg, Otto de Guericke, qui, par des recherches indépendantes, parvint aux mêmes conclusions. Guericke désirait créer un vide poussé et, réalisant que l'air était un fluide comme l'eau, il modifia une pompe à eau ordinaire pour lui permettre de pomper l'air d'un récipient fermé. Il réalisa avec cette pompe une série d'expériences. Dans l'une d'elles, qui devint célèbre dans toute l'Europe, des chevaux attelés ne purent séparer deux hémisphères de cuivre bien ajustés pour reconstituer une sphère (*fig. 5.25*), après que Guericke en eut pompé l'air.

Fig. 5.25. Deux attelages de chevaux luttant sans succès contre la pression de l'air, à Magdebourg.

Les expériences suivantes de Guericke furent moins spectaculaires mais probablement plus importantes. Il fixa un cylindre métallique à un bâti robuste, orifice vers le haut (*fig. 5.26*). Un piston bien ajusté était maintenu contre des arrêts, en fin de course, en haut du cylindre, par une corde passée sur une poulie. Un groupe de personnes tenaient fermement l'extrémité de la corde. Guericke pompa alors l'air du cylindre par un robinet au fond du cylindre et, dès qu'un vide partiel fut réalisé, la pression de l'atmosphère poussa le piston vers le bas dans le cylindre en dépit de tous les efforts des haleurs. La force ainsi produite stupéfia les spectateurs. Connaissant l'aire du piston utilisé dans cette expérience (0,13 m^2), nous pouvons facilement en calculer la valeur. La pression de l'air est de 100 kN / m^2 environ. La force exercée par l'air sur le piston doit donc être :

Fig. 5.26. Un parti de Magdebourgeois opposants, sans succès, à la pression de l'air.

$$P = p \times A = 100 \times 0{,}13 = 13 \text{ kilonewtons}$$

Ce n'est naturellement que dans des conditions idéales que cette force pouvait être atteinte par le piston. La force réelle était sans doute inférieure.

Cette expérience suggère des façons d'utiliser la pression de l'air comme nouvelle source d'énergie dont l'industrie de l'époque avait grand besoin. L'inventeur du premier moteur sur ce principe fut un des membres éminents de l'Académie des sciences de Paris récemment fondée, Christian Huygens. En 1673, Huygens construisit un appareil semblable à celui de Guericke, mais, plutôt que de pomper l'air patiemment, il décida de prendre un raccourci en utilisant une petite charge de poudre à canon dans le cylindre (*fig. 5.27*). L'explosion de la poudre dans la capsule C devait expulser la plus grande partie de l'air du cylindre par une valve EF (un simple tuyau de cuir mouillé). Une fois les gaz intérieurs refroidis, leur pression serait très basse et le piston D serait poussé vers le bas par la pression atmosphérique.

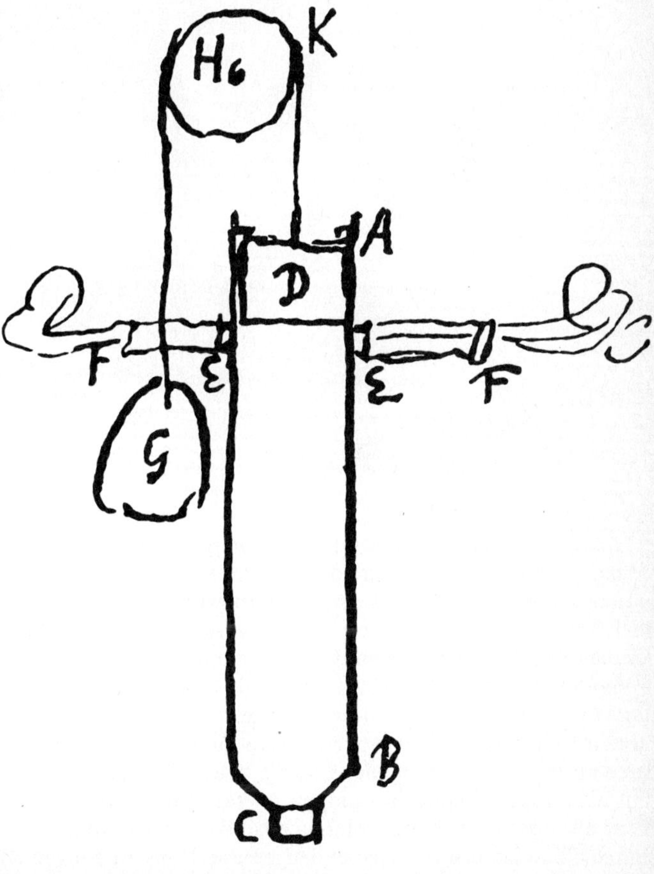

Fig. 5.27. La poudre à canon pour la paix : le moteur atmosphérique de Christian Huygens.

L'expérience réussit. Une toute petite charge de poudre à canon fut mise à feu dans un cylindre de 30 centimètres de diamètre. Le moteur souleva une charge d'environ 700 newtons sur une hauteur de 1,5 mètre. Ainsi naquit le premier *moteur atmosphérique,* et certains crurent à l'avènement d'une ère d'utilisation pacifique de la poudre à canon. Mais les grands espoirs fondés sur ces deux points s'avérèrent trop optimistes. Huygens écrit à propos de son moteur : « L'invention peut servir la ou on a besoin de grande force et de legeretè ensemble. Comme pour voler, qui ne doibt plus estre reputè impossible quoyqu'il y auroit encore bien de la facon a le mettre en effect. » Mais la poudre à canon se révéla une source d'énergie peu pratique et dangereuse. Il restait à inventer un autre type de moteur à combustion interne avant de pouvoir tenter le vol motorisé.

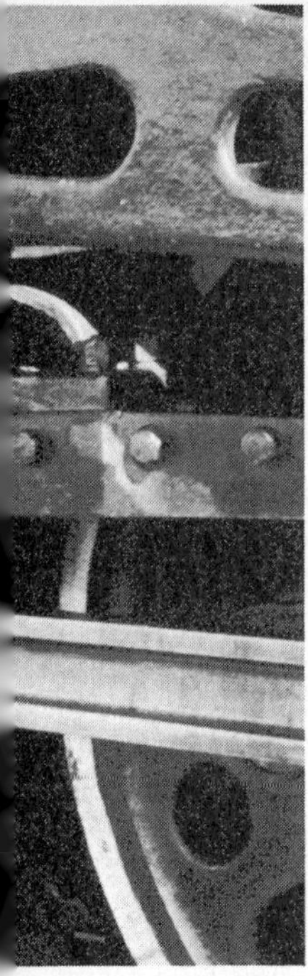

Fig. 5.28. Un siècle plus tard, la vapeur détrône la poudre à canon et va régner sans partage pendant encore cent cinquante ans.

Entre-temps, il vint à l'idée de l'assistant de Huygens, Denis Papin, que la condensation de la vapeur pourrait être un moyen plus efficace pour faire le vide dans un cylindre. En 1690, Papin déposa une petite quantité d'eau dans le cylindre et chauffa jusqu'à ébullition. La pression de vapeur força le piston jusqu'aux arrêts de fin de course en haut du cylindre. La suppression de la flamme permit au cylindre de refroidir. A mesure de la condensation de la vapeur, la pression dans le cylindre s'abaissa considérablement, et le piston fut repoussé vers le bas par la pression de l'atmosphère comme auparavant. A l'aide d'un petit cylindre, Papin pouvait lever et descendre une charge en appliquant et en éloignant successivement la source de chaleur.

Comme Huygens, Papin envisageait de grandes possibilités pour son invention. On pouvait l'appliquer à l'évacuation de l'eau au fond des mines, à la navigation contre le vent — et au lancement des bombes. Ce moteur ne s'avéra pas non plus très pratique, et Papin reste plus connu comme l'inventeur d'une sorte de marmite à pression.

Pourtant, l'idée d'utiliser la vapeur était bien fondée et conduisit finalement à l'invention de la machine à vapeur. Mais ni le moteur de Papin ni ses premiers perfectionnements par Newcomen et d'autres ne méritent à vrai dire le nom de machines à vapeur. Dans chacun d'eux, la vapeur n'était utilisée qu'en tant que moyen de faire le vide, tandis que le vrai travail d'élévation de la charge était effectué par la pression de l'atmosphère. Dans la machine à vapeur proprement dite, mise au point par James Watt, la pression de la vapeur est utilisée pour déplacer le piston dans les deux sens. Elle a, sous cette forme, révolutionné l'industrie et les transports (*fig. 5.28*).

Exemple

Lorsqu'il faut monter et descendre des bateaux sur des hauteurs considérables, mais dans une distance relativement courte, un ascenseur à bateaux remplace une série d'écluses ordinaires. L'ascenseur de Kirkfield, au Canada, élève et abaisse les bateaux dans deux bassins à flot sur une dénivellation de 15 mètres (*fig. 5.29*). Chaque bassin est soutenu par un énorme vérin hydraulique de 2,30 mètres de diamètre, semblable à ceux utilisés dans les stations-service pour lever les voitures. Les deux bassins sont disposés de sorte que l'un soit au niveau supérieur tandis que l'autre est au niveau inférieur. Lorsque les bassins sont en place, les portes sont abaissées pour les mettre en communication avec les biefs ; quand les bateaux sont à poste, les portes sont relevées pour fermer de façon étanche les bassins.

Le bassin supérieur s'arrête environ 30 centimètres sous le bief amont et reçoit donc environ 130 m^3 d'eau supplémentaire. Les deux vérins communiquent par un tuyau et fonctionnent en système hydraulique fermé ; le poids d'eau supplémentaire dans le bassin supérieur fournit ainsi la force nécessaire pour pousser l'autre vérin et soulever le bassin inférieur.

Fig. 5.29. L'ascenseur à bateaux : deux bassins à flot montent et descendent comme les plateaux d'une balance — qu'il y ait ou non des bateaux dedans.

Fig. 5-29. (Suite.)

L'installation fut terminée en 1907. Un journaliste qui observait le fonctionnement de l'ascenseur à bateaux le décrivit comme « un mécanisme aussi merveilleux que massif par lequel la simple loi naturelle de l'équilibre élève dans l'air comme un oiseau un vapeur avec une centaine de passagers, ou descend une péniche chargée de grain aussi délicatement qu'une touffe de duvet ».

Les deux bassins montent et descendent ainsi comme les plateaux d'une balance, leur mise en mouvement n'exigeant qu'une force relativement faible. Le fait le plus intéressant dans l'ascenseur à bateaux est que le poids d'un bassin est le même qu'il contienne son plein d'eau ou un « vapeur avec une centaine de passagers ». La quantité d'eau déplacée par le vapeur (ou tout autre bâtiment) lui est exactement égale en poids.

6. Un autre point de vue
Et de nouveaux aspects

Une loi commune — Le travail des forces — Les machines simples revues — Le principe de Torricelli — Le principe des travaux virtuels — La stabilité de l'équilibre — Exemple.

Une loi commune

Dans le chapitre 2, nous avons expliqué le fonctionnement de la poulie en tant que machine simple par analogie avec le levier. Stevin utilisait un point de vue différent, que nous présentons ici très brièvement et sous une forme modernisée.

Considérons le système de poulies de la *figure 6.1*. Quelle est la force **F** requise pour équilibrer et, avec juste un petit effort supplémentaire, lever la charge **B** ? L'analyse de Stevin est fondée sur le fait que la force tout au long de la corde qui passe autour des poulies reste la même, en supposant toujours que la corde est parfaitement flexible et qu'il n'y a pas de frottement.

Isolons la poulie mobile. Une force **B** tire la poulie vers le bas, à la place de la charge. Il y a trois forces de la part de la corde qui tirent aux coupures, vers le haut. Comme le corps est en équilibre, les trois forces de la corde doivent équilibrer la charge et, les trois forces étant les mêmes, leur grandeur doit être $F = B/3$. C'est la traction que la main doit exercer pour soutenir la charge.

L'application du diagramme du corps isolé signifie que, pour trouver l'effort requis pour équilibrer la charge, il suffit de compter le nombre de brins de corde qui soutiennent la (ou les) poulie(s) mobile(s) et de diviser ensuite la charge par ce nombre. La grandeur de la force **F** dans la *figure 6.2* est donc égale à B/4.

La poulie fixe du haut n'a d'autre fonction que de réorienter la force de la corde, puisqu'elle agit comme un levier à bras égaux.

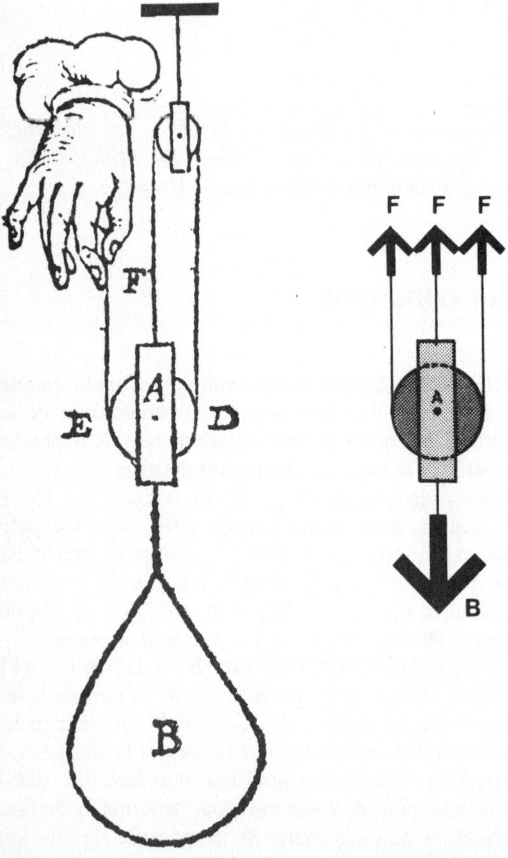

Fig. 6.1. Une poulie et son diagramme du corps isolé : F = B / 3.

L'addition d'une poulie fixe supplémentaire au système, comme sur la *figure 6.3* (où elle est désignée par N), ne change rien à l'équilibre de la machine. L'ensemble de poulies mobiles est encore soutenu par quatre forces de la corde, et la même force **F** est requise à l'extrémité libre de la corde. La poulie supplémen-

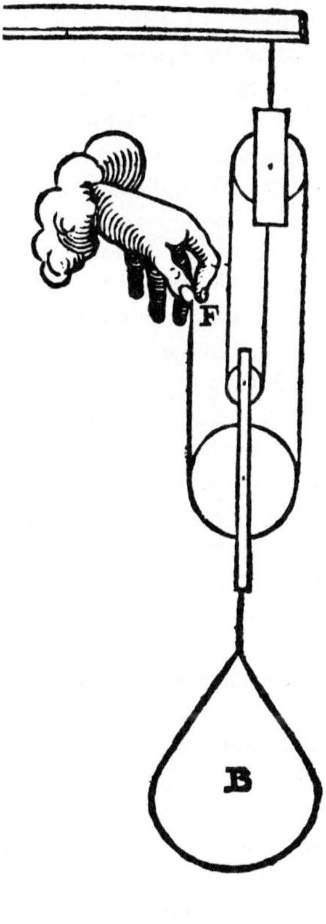

Fig. 6.2. Il n'y a qu'à compter les brins qui soutiennent la moufle mobile : dans ce cas, F = B / 4.

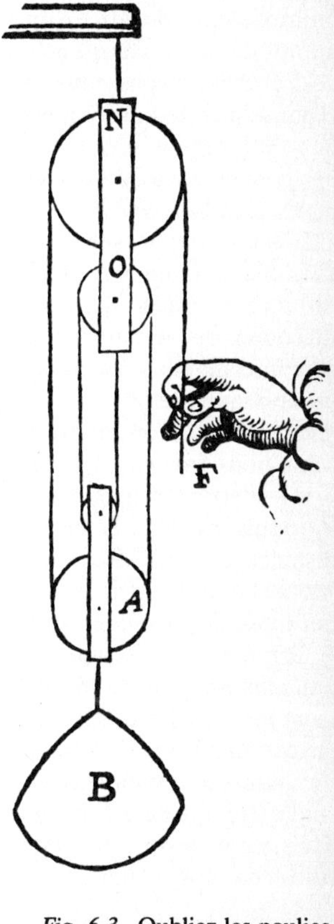

Fig. 6.3. Oubliez les poulies fixes. Elles ne font que changer la direction de traction : F = B / 4.

taire a un but essentiellement pratique : il est plus confortable de tirer une corde vers le bas que vers le haut. La *figure 6.4* montre deux moufles d'une grue mobile, l'une avec deux et l'autre avec quatre brins de câble pour soutenir le crochet. La plupart des grues à tour sont aussi équipées pour passer rapidement de deux à quatre brins, doublant ainsi leur capacité de levage.

En ajoutant d'autres poulies au système ou en combinant les poulies d'autres façons, on peut réaliser n'importe quel rapport de multiplication de force. En théorie du moins, on peut soulever n'importe quelle charge au moyen d'une force aussi petite qu'on le désire. Mais avons-nous obtenu quelque chose pour rien ? La réponse à cette question est contenue dans ce que Stevin appelle une « loi commune », qu'il mentionne au passage tout en discutant des poulies. La loi dit essentiellement : *ce qui est gagné en force est perdu en déplacement.*

Il est facile de vérifier la validité de cette loi. Prenons par exemple les poulies de la *figure 6.3*. Pour lever la charge **B** sur une distance d, chacun des brins soutenant la poulie mobile doit être raccourci de la hauteur d'élévation de la charge, soit d. Ce raccourcissement doit venir de l'extrémité de la corde où l'effort est appliqué par la main. Il faut tirer l'extrémité de la corde d'une distance 4 × d ou quatre fois plus que l'élévation de la charge. Mais nous savons déjà que, la charge étant portée par quatre brins, l'effort requis pour la soulever est égal à B/4. Nous introduisons dans la machine une petite force sur une grande distance et nous récupérons une grande force sur une distance proportionnellement plus petite. Ce qui est gagné en force est perdu en déplacement, comme le dit la loi.

Comme autre exemple, prenons une combinaison de poulies un peu plus compliquée (*fig. 6.5*). Supposons que la charge **B**, de 900 newtons, soit levée sur une distance de 1 centimètre. Pour cela, chacun des brins de suspension de la poulie mobile D doit être raccourci de 1 centimètre et la poulie mobile supérieure C, qui tire sur l'extrémité de la corde inférieure, doit monter de 3 centimètres. Mais, pour élever cette poulie de 3 centimètres, chacun de ses trois brins de suspension doit être raccourci de cette quantité,

⟶

Fig. 6.4. Pour augmenter la capacité de levage des grues, on peut utiliser une moufle à quatre brins au lieu de deux.

AK3 768
ONTARIO

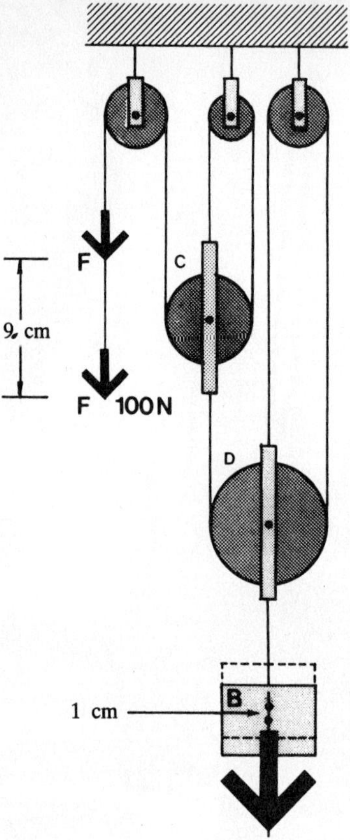

Fig. 6.5. La charge ne monte que de 1 centimètre tandis que la force **F** tire sur une distance de 9 centimètres.

et la force **F** à l'extrémité de la corde doit se déplacer sur une distance de 9 centimètres.

Quelle est la grandeur de la force **F** ? Traçons les diagrammes du corps isolé pour les deux poulies mobiles (*fig. 6.6*). Nous nous retrouvons avec la poulie de la *figure 6.1* reproduite en deux exemplaires. La force dans la corde à laquelle est suspendue la poulie inférieure est égale à B/3, soit 300 newtons. Cette même force est représentée en train de tirer vers le bas la poulie mobile supérieure dans le second diagramme de corps isolé (les deux poulies, par l'intermédiaire de la corde, se tirent mutuellement avec des forces égales et opposées). La force **F** dans la corde qui soutient la poulie supérieure vaut donc seulement 100 newtons, ou B/9. Nous trouvons que la charge de 900 newtons se déplace sur une distance de 1 centimètre, tandis que l'effort, valant seulement 100 newtons, s'exerce sur une distance de 9 centimètres.

Stevin n'a pas accordé beaucoup d'attention à sa loi commune.

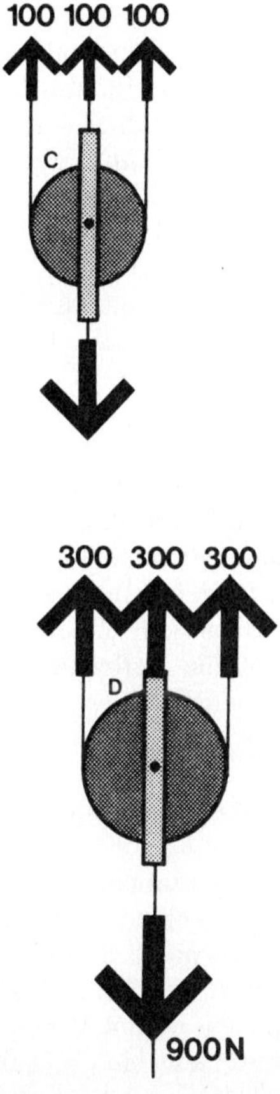

Fig. 6.6. Une force de 100 newtons suffit pour lever une charge de 900 newtons. Ce que l'on gagne en force, on le perd en distance, et vice versa.

Il la considérait, semble-t-il, comme un moyen pratique d'évaluation des machines simples, familier à la plupart des gens mais indigne des philosophes. Mais il y a là beaucoup plus. Dûment raffinée, cette loi est à la base d'une statique qui fait l'économie des concepts de moment et de triangle des forces.

Le travail des forces

La loi commune mentionnée par Stevin à propos des poulies peut être étendue aux autres machines simples. Considérons le levier ordinaire (*fig. 6.7*). Si ses bras sont dans le rapport de 4 à 1, alors la charge **B** sera quatre fois plus grande que l'effort **F**. Mais on peut facilement montrer, par la géométrie, qu'à une élévation d de la charge correspond nécessairement un déplacement de l'autre extrémité h = 4 d.

Stevin n'alla pas plus loin, mais Galilée, si. Il remarqua que le produit de la force par le déplacement était le même aux deux extrémités du levier :

$$B \times d = F \times h$$

Il en est de même pour toutes les poulies des exemples précédents et, comme on le verra, de toutes les machines. Étant donné son importance, on donne maintenant à ce produit de la force et de la distance un nom particulier : le *travail*. Une force tire ou pousse un corps dans une certaine direction. Si elle parvient effectivement à déplacer le corps dans cette direction, elle a effectué un travail dont la quantité est mesurée par le produit

$$\text{travail} = \text{force} \times \text{déplacement}$$

Les unités de base du travail sont les mêmes que celles du moment : les newton-mètres.

Un coup d'œil au plan incliné va aider à clarifier un peu plus le concept de travail (*fig. 6.8*). A première vue, il semble y avoir un désaccord. L'effort **F** et la charge **B** se déplacent de la même distance h même si, puisque la pente du plan est de 1 / 4, l'effort nécessaire pour équilibrer la charge est seulement de B/4 d'après la loi du plan incliné. Galilée comprit parfaitement bien ce qui

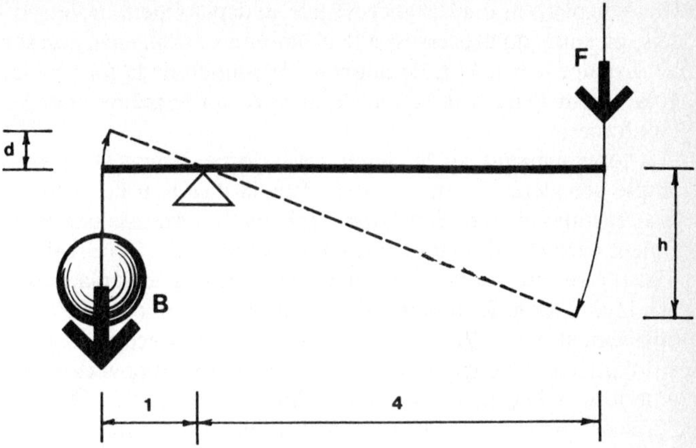

Fig. 6.7. La loi commune s'applique au levier.

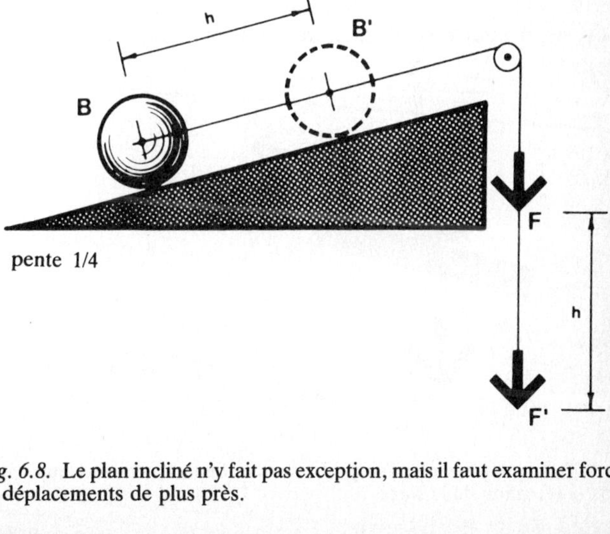

Fig. 6.8. Le plan incliné n'y fait pas exception, mais il faut examiner forces et déplacements de plus près.

arrivait dans ce problème : la charge elle-même, bien sûr, se meut le long du plan sur une distance h égale au déplacement de l'effort. Mais, au cours du processus, elle n'a monté *verticalement* que sur une distance d = h/4 et, de nouveau, le produit de la force et du déplacement dans la direction de la force est le même pour les deux forces.

La force agissant sur la charge est la force de gravité, et seul compte son déplacement vertical, dans la direction de la force. Cela est toujours vrai. Si le corps sur lequel est exercée une force se meut dans une direction différente de celle de la force, celle-ci ne peut être créditée de tout le déplacement. Seul le déplacement dans la direction de la poussée est pris en compte (*fig. 6.9*). Un déplacement est un vecteur — il a grandeur et direction — et on peut l'analyser en composantes au moyen de l'algèbre vectorielle. Seule compte la composante dans la direction de la force. De plus, le travail, bien qu'il soit le produit de deux vecteurs (force et déplacement), est lui-même une quantité scalaire. Il a seulement une grandeur, pas de direction.

Nous pouvons maintenant exprimer la loi commune de Stevin en termes de travail. Nous tirons d'une machine exactement autant de travail que nous y avons mis. La machine change simplement le rapport des deux facteurs qui entrent dans le travail. A un bout, nous mettons plus de déplacement et moins de force, et, à l'autre bout, nous récupérons la même quantité de

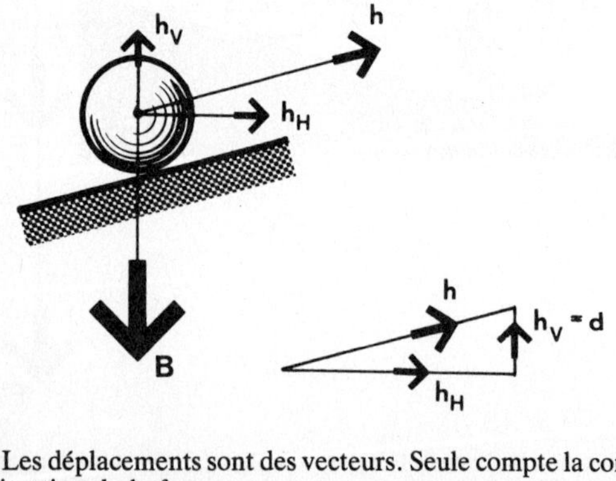

Fig. 6.9. Les déplacements sont des vecteurs. Seule compte la composante dans la direction de la force.

travail, mais sous forme de plus de force et proportionnellement moins de déplacement. Il faut autant de travail pour lever une charge avec ou sans machine. L'avantage de la machine est de nous permettre d'effectuer un travail dont nous serions incapables sans aide ; elle ne crée pas de travail. Une fois de plus, nous réalisons qu'il n'y a pas de « dons gratuits » dans la nature.

Le célèbre philosophe et mathématicien français René Descartes (*fig. 6.10*) vit là un principe fondamental de la nature qui

Fig. 6.10. Le philosophe René Descartes (1596-1650).

explique non seulement les circonstances de l'équilibre des forces sur une machine simple, mais aussi *pourquoi* elles sont en équilibre. C'est évidemment la même chose, dit Descartes, de lever une charge de 100 newtons à 2 mètres de hauteur que de lever 200 newtons à 1 mètre seulement ou 50 newtons à 4 mètres, etc. Revoyez par exemple la *figure 6.2*. La charge **B** est hissée sur une distance d ; la main hale l'extrémité de la corde sur une distance 4 × d, mais la force requise est B/4. Nous aurions aussi bien pu diviser la charge en quatre et lever chaque quart sur une hauteur d. Le résultat final — le travail total effectué — serait le même :

$$B \times d = B/4 \times 4d$$

Nous avons besoin de la machine lorsqu'il est impossible de diviser la charge en petites parties plus maniables.

Le bon sens nous dicte aussi que seule la composante du déplacement dans la direction de la force compte lorsque l'on évalue le travail effectué par cette force. Par exemple, si notre objectif est de soulever une grosse pierre à 2 mètres de hauteur, la tâche peut être facilitée en plaçant la charge dans une brouette que l'on pousse sur 10 mètres le long d'une pente d'un côté, puis encore de 10 mètres sur une autre rampe de retour à l'endroit désiré. Mais un individu plus athlétique se contenterait peut-être d'une rampe plus courte mais plus raide ou pourrait même soulever la charge directement. Dans tous les cas, le résultat est le même : la pierre est montée de 2 mètres.

Les machines simples revues

Dans le chapitre 2, nous avons vu les avantages pratiques du treuil et expliqué son fonctionnement en faisant appel à la loi du levier. Étudions maintenant ce qui se produit en marche (*fig. 6.11*). Quand la roue décrit un tour complet, il s'en déroule une longueur de corde égale à sa circonférence :

$$H = 2 \times \pi \times R$$

et le contrepoids **K**, attaché à la corde et qui représente en fait l'effort exercé sur la machine, s'abaisse de cette distance. La longueur de corde qui s'enroule en même temps sur le tambour est égale à la circonférence du tambour :

$$d = 2 \times \pi \times r$$

La charge **I** s'élève de la même distance d. Sachant que les deux forces ont à satisfaire la condition d'équilibre des moments, on en déduit facilement qu'il est aussi vrai que

$$K \times h = I \times d$$

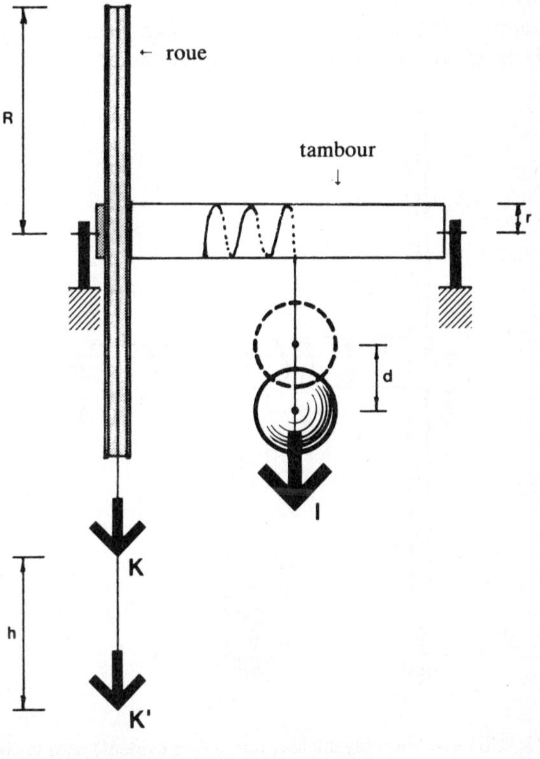

Fig. 6.11. Le treuil du point de vue du travail.

ou que le travail effectué par l'effort K en halant la corde sur une distance h est égal au travail effectué sur la charge **I** en la hissant d'une hauteur d plus courte.

Le treuil présente un avantage évident sur le simple levier, mais il a aussi ses propres limites. Désirant augmenter l'efficacité de cette machine, nous ne pouvons y parvenir que de deux façons : soit en agrandissant le rayon R de la roue, soit en diminuant le rayon r du tambour. En agrandissant la roue, la machine devient encombrante. Si, d'un autre côté, on réduit le tambour, sa résistance peut devenir inadaptée à la charge plus lourde qu'il est maintenant capable de soulever.

Ce dilemme a été résolu de façon particulièrement ingénieuse par le *treuil différentiel*. Le tambour est constitué de deux parties de diamètres différents, fixées ensemble (*fig. 6.12*). La corde à laquelle la charge est appliquée s'enroule sur le gros tambour

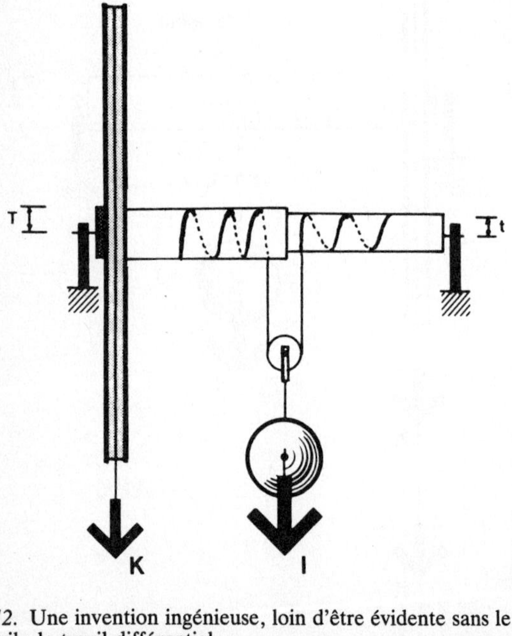

Fig. 6.12. Une invention ingénieuse, loin d'être évidente sans le concept de travail : le treuil différentiel.

(rayon T) dans un sens, descend passer autour d'une poulie à laquelle est accrochée la charge et remonte s'enrouler en sens inverse sur le petit tambour (rayon t). Il en résulte que, lorsque l'on fait tourner la roue, la corde se déroule d'un tambour pour s'enrouler sur l'autre, dénuant apparemment l'opération de tout intérêt.

Le principe de fonctionnement, simple mais efficace, de cette machine repose sur le travail des forces mises en jeu. Pour petite qu'elle soit, la différence de diamètre des deux parties du tambour différentiel existe. Il y a toujours plus de corde enroulée que déroulée, mais très peu. Par conséquent, la charge n'est levée que d'une très petite quantité, tandis que l'autre force, l'effort, doit franchir une grande distance pour aboutir à ce petit déplacement de la charge.

Par comparaison des distances parcourues par la charge et par l'effort, nous trouvons que le tambour différentiel est équivalent à un tambour ordinaire de rayon

$$n = T - t$$

La puissance de la machine ne dépend pas de la différence entre diamètres de la roue et du tambour, mais plutôt entre le diamètre de la roue et la petite différence (T — t). On peut adopter un tambour aussi gros que le nécessite sa résistance avec une différence (T — t) assez petite pour que la machine soit capable de n'importe quelle multiplication de la force.

La *poulie différentielle* est un développement moderne de cette idée. Il s'agit en fait du même système que celui que nous venons de décrire ; seul le tambour a été raccourci pour se muer en deux réas de diamètres différents, liés de façon à constituer une poulie double (*fig. 6.13*). Une chaîne sans fin passe deux fois sur la poulie supérieure de sorte que, en exerçant la force **P**, la chaîne s'enroule sur le plus grand réa (élevant ainsi la charge) et se déroule en même temps du petit réa (abaissant la charge). Bien sûr, la charge est toujours un peu plus levée qu'abaissée.

La presse hydraulique inventée par Pascal, d'apparence paradoxale, peut aussi illustrer le concept de travail. Le rapport des aires des deux pistons (A et B) dans la machine de l'exemple de Pascal est de 1 / 100. Ainsi, un homme pressant sur le piston A avec une force **P** peut équilibrer et soulever une charge **Q** 100 fois plus grande placée sur le piston B. Mais voyez les déplacements des deux pistons au cours du processus. Si notre homme abaisse le piston sur une distance d, un volume d'eau égal à

$$V = (\text{aire A}) \times d$$

est déplacé dans la machine et soulève le piston B. L'aire de celui-ci étant 100 fois plus grande, il ne monte que du 1/100 du déplacement du piston A pour laisser place au volume d'eau introduit dans le grand cylindre. Le travail des deux forces, **P** et **Q**, est le même.

A propos de cette machine, Pascal mentionne une autre explication « qui ne pourra être entendue que par les seuls géomètres, et peut-être passée par les autres ». L'explication est

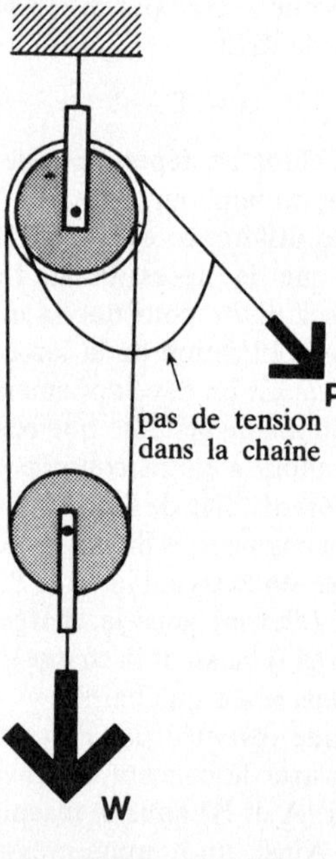

Fig. 6.13. La poulie différentielle moderne est un développement de l'ancien treuil différentiel. Elle est portative et moins encombrante.

instructive, même pour les non-géomètres, et nous l'étudions dans la section suivante ; nous verrons ensuite sa relation avec le concept de travail.

Le principe de Torricelli

L'explication de la presse hydraulique que Pascal pensait plaire aux esprits mathématiques est fondée sur une idée très simple : « Je prends pour principe, dit Pascal, que jamais un corps [1] ne se meut par son poids, sans que son centre de gravité descende. » En d'autres termes, si le centre de gravité d'un corps (où toute sa masse semble concentrée) est soutenu de sorte qu'il ne puisse s'abaisser, le corps lui-même ne peut non plus descendre sous l'effet de l'attraction gravitationnelle. Suivant l'habitude de l'époque, Pascal ne fait pas allusion à la publication antérieure de ce principe par Torricelli.

Prenant ce principe pour évident, Torricelli l'appliquait aux machines. Il raisonnait comme suit : lorsque deux corps pesants sont reliés par une machine simple, comme un levier (*fig. 6.14*), ils sont forcés de se comporter comme un seul corps : si l'un d'eux se déplace, l'autre aussi. Ils ne peuvent se mouvoir indépendamment que déconnectés de la machine. Si ce corps composé est en équilibre sous l'action de la gravité, la machine doit le soutenir de façon à empêcher la chute de son centre de gravité. La position relative des composants peut changer, mais l'ensemble du corps, représenté par son centre de gravité, ne peut descendre.

La véracité de cet énoncé est facile à vérifier dans les machines simples. Imaginons le levier et ses deux charges comme un seul corps rigide et supposons que la partie P du corps a deux fois la masse de Q, tandis que le levier lui-même a une masse nulle. Le centre de gravité du corps sera au point G qui divise le levier dans le rapport 1 : 2. C'est le point où nous devons placer le pivot. En toute autre position, le pivot n'empêcherait pas la chute du centre de gravité et l'équilibre serait impossible.

1. Noter qu'ici, contrairement au cas de la statique des solides discuté dès le chapitre 1, le mot corps désigne un système qui n'est plus nécessairement rigide (*NdT*).

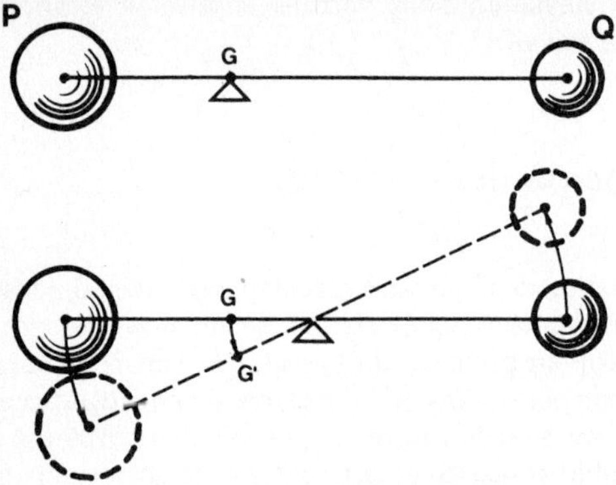

Fig. 6.14. Le principe de Torricelli : lorsque le levier est équilibré, le centre de gravité de l'ensemble ne peut pas descendre.

Reprenons les deux corps P et Q, et relions-les par un fil pour constituer un système soutenu par un plan incliné (*fig. 6.15*). Puisque P = 2 Q, la pente du plan doit être

$$BC / AB = 1 / 2$$

en vertu de la loi du plan incliné. Le centre de gravité du système divise le segment qui joint les deux corps (indiqué en trait interrompu) dans le rapport 1 / 2 comme précédemment. Déplaçons maintenant de sa position initiale le système sur le plan. Un des composants, P, monte, l'autre, Q, descend. En traçant de nouveau le segment qui les joint et en le divisant dans le rapport convenable 1 / 2, nous trouvons la nouvelle position du centre de gravité, décalée en G', mais sans déplacement vertical. Cela reste le cas pour tout déplacement du système sur le plan incliné, tant que les corps sont reliés et que la pente reste la même. Le système sur le plan incliné est soutenu de telle façon que son centre de gravité ne peut se déplacer vers le bas, mais seulement de côté.

Dans la *figure 6.16*, les deux mêmes corps P et Q sont posés sur les pistons dans deux cylindres communicants. Les sections des cylindres sont dans le rapport 1 / 2 et, si nous négligeons le poids

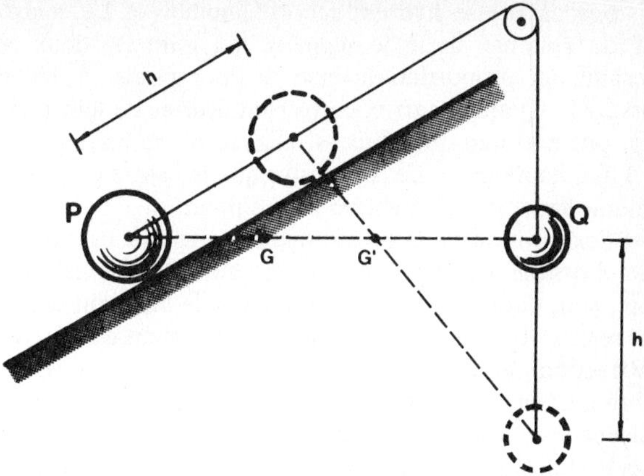

Fig. 6.15. Le centre de gravité du système ne peut se déplacer qu'horizontalement.

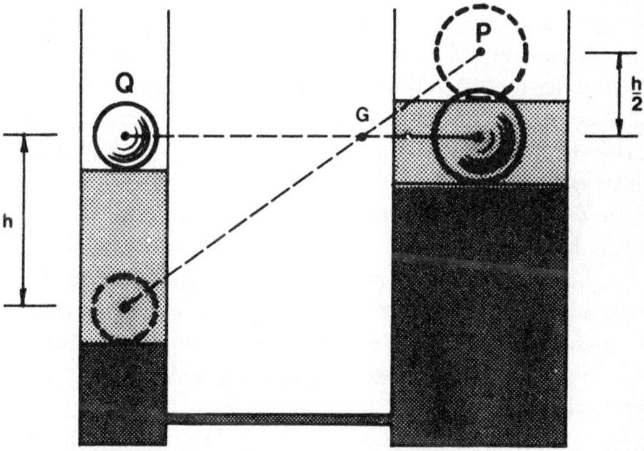

Fig. 6.16. Le centre de gravité du système posé sur une presse hydraulique reste fixe comme si les deux composants étaient reliés par un levier (aux bras extensibles — *NdT*).

des pistons, la presse hydraulique est équilibrée. Le centre de gravité du système divise le segment qui joint les deux corps composants en proportion inverse de leur poids, à savoir le rapport 2 / 1. Quand les deux corps sont écartés de leur position initiale, par exemple quand Q est abaissé d'une hauteur h et P élevé d'une hauteur moitié, on trouve que le centre de gravité G du système reste précisément au même point.

C'est l'explication de la presse hydraulique que Pascal avait à l'esprit. Lorsque les deux pistons, considérés comme un seul système, sont déplacés vers le haut ou vers le bas, leur centre de gravité reste stationnaire. Ainsi, aucun mouvement n'a lieu du fait de l'attraction de la gravité sur les pistons et la machine est équilibrée. C'est comme si les deux pistons étaient aux extrémités d'un levier avec le pivot au point G.

Pascal attachait une grande importance à ce principe. Il proclame fièrement : « J'ai démontré par cette méthode, dans un petit traité de mécanique, la raison de toutes les multiplications de forces qui se trouvent en tous les autres instruments de mécanique qu'on a jusqu'à présent inventés. Car je fais voir en tous que les poids inégaux qui se trouvent en équilibre par l'avantage des machines sont tellement disposés par la construction des machines, que leur centre de gravité commun ne saurait jamais descendre, quelque situation qu'ils prissent : d'où il s'ensuit qu'ils doivent demeurer en repos, c'est-à-dire en équilibre. » Nous avons donc ici un autre point de vue de la statique des machines qui, tout comme le principe de Descartes, vise à remplacer les lois du levier et du plan incliné ou le principe de l'équilibre des moments et le triangle des forces.

Les prétentions de Descartes et de Pascal étaient parfaitement justifiées. Ils construisaient leurs arguments sur des axiomes tout aussi fondamentaux que ceux qui nous ont donné les lois du levier et du plan incliné. Au début du XVIIIe siècle, le célèbre mathématicien suisse Jean Bernoulli a donné à ces principes la forme qui, d'explications des machines simples, en a fait des conditions générales d'équilibre.

Le principe des travaux virtuels

Un des principes auxquels Stevin adhérait fermement était de ne jamais mêler preuve scientifique et polémique. Il n'essayait nullement d'éviter les polémiques ; simplement, il les cantonnait, séparées dans un appendice « dans lequel, parmi d'autres choses, on réfute bien des erreurs sur les qualités des poids ». Parmi ces erreurs, il y a la tentative d'explication de l'équilibre en termes des déplacements qui se produisent lorsqu'une machine est mise en mouvement, à la base du principe du travail. Stevin réduisait à néant un tel raisonnement avec une logique écrasante : un système au repos ne se déplace pas et, où il n'y a pas déplacement, on ne peut utiliser des déplacements pour prouver quoi que ce soit.

Mais la logique peut être parfois un obstacle plutôt qu'une aide. Avec plus de pénétration, Jean Bernoulli, en 1717, fit des forces et de leurs déplacements la base d'un point de vue nouveau sur la statique. Il n'y a pas de déplacements lorsqu'un système est en équilibre. Stevin avait en cela indéniablement raison, mais Bernoulli se demanda ce qui arriverait *si* un déplacement devait se produire, un déplacement seulement imaginé et certainement pas causé par les forces appliquées au système. Un tel déplacement est appelé *déplacement virtuel.*

Prenons un exemple simple. L'homme de la *figure 6.17* pousse sur l'extrémité du levier avec une force **F** ; la gravité tire aussi vers le bas la charge avec une force **B**. Supposons les deux forces équilibrées ; imaginons ensuite que le levier est basculé de sorte que la force **F** descende d'une distance h, tandis que la charge s'élève d'une distance correspondante d. Nous avons trouvé que le travail effectué à une extrémité du levier est égal au travail à l'autre extrémité :

$$F \times h = B \times d$$

ou

$$F \times h - B \times d = 0$$

La seconde expression n'est qu'une réécriture de la première mais peut s'interpréter de nouvelle façon.

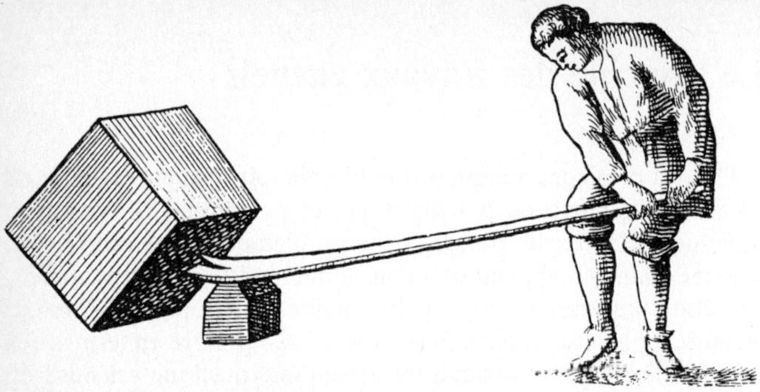

Fig. 6.17. Au cours d'un déplacement du levier, le travail total effectué par l'homme et par la charge est nul.

La force **F** (ou toute autre force) pousse sur son point d'application dans sa propre direction. Si elle réussit et déplace ce point depuis sa position initiale, dans la direction de la force, elle a effectué un travail *positif*. La charge sur le levier, la force **B**, tire aussi vers le bas, mais, au cours de la rotation du levier, le déplacement du point d'application de la force **B** est en sens opposé à la force. La force effectue encore un travail, mais en opposition au déplacement, cette fois. Cela compte comme un travail *négatif*. Ainsi, lorsque les deux forces sont équilibrées, le travail total effectué au cours du déplacement virtuel est nul.

Le levier est en équilibre, raisonnait Bernoulli, parce que les forces y sont en relation telle que si un déplacement devait se produire, tandis que l'une effectuerait un travail positif en tirant le corps dans sa direction, l'autre devrait effectuer un même travail négatif en s'opposant au déplacement. Il doit en être de même pour un nombre quelconque de forces.

C'est la condition générale d'équilibre perçue par Bernoulli : un système est en équilibre si la somme des travaux effectués par toutes les forces appliquées au système est nulle pour tout déplacement virtuel que l'on peut faire subir au système. Ce principe, dû à Bernoulli, est maintenant appelé le *principe des travaux virtuels*.

Pour illustrer les avantages de ce principe, prenons l'étrange

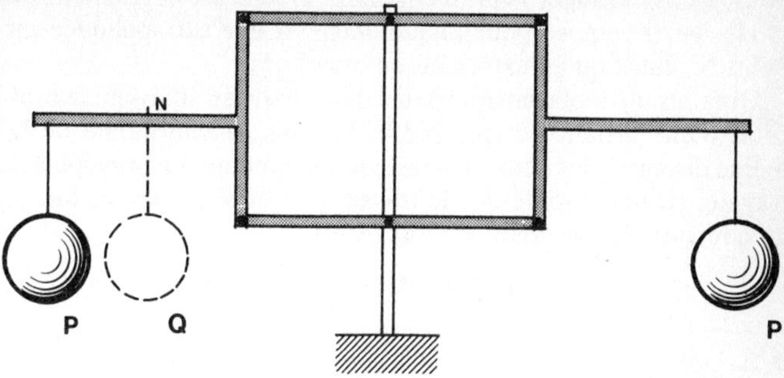

Fig. 6.18. Intuitivement, nous savons que les charges aux extrémités de cette balance doivent être égales pour qu'il y ait équilibre.

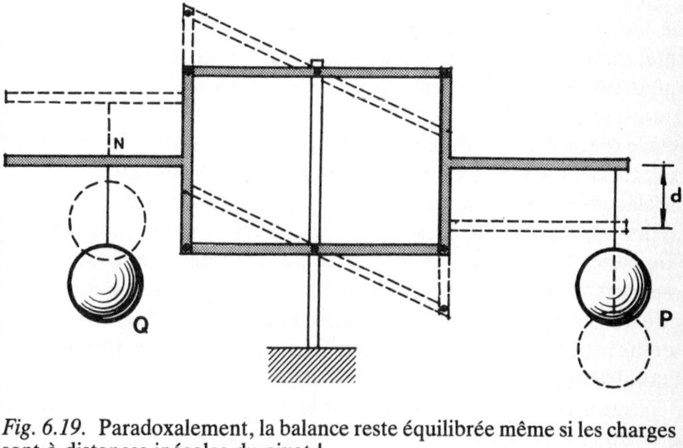

Fig. 6.19. Paradoxalement, la balance reste équilibrée même si les charges sont à distances inégales du pivot !

balance de la *figure 6.18*. Les bras de la balance sont libres de monter ou descendre. Nous savons intuitivement que les charges aux extrémités des bras doivent être égales à l'équilibre, et c'est ce que l'expérience confirme facilement. Nous nous doutons aussi, intuitivement, qu'en plaçant une des charges plus près du support nous allons déranger l'état d'équilibre. Quelle est la grandeur de la charge **Q** requise pour l'équilibrage, si elle est appliquée au point N plutôt qu'à l'extrémité du bras ?

Opérons un déplacement virtuel du système en abaissant le bras droit d'une distance d (*fig. 6.19*). Le bras gauche monte de la même distance ; les deux bras restent horizontaux. Le principe des travaux virtuels stipule que le travail total effectué par les forces au cours du déplacement est nul. Ainsi

$$P \times d - Q \times d = 0$$

et

$$Q = P$$

Paradoxalement, il se trouve que la charge **Q**, beaucoup plus proche du support, assurera l'équilibre de la balance si elle a la même grandeur que la charge **P** appliquée tout au bout du bras opposé. De plus, les distances respectives des charges au support ne figurent même pas dans l'équation. Force nous est de conclure que, tant qu'elles ont même grandeur, les forces s'équilibrent quels que soient les points des bras où nous avons choisi de les appliquer.

L'expérience confirme cette conclusion inattendue. Le principe des travaux virtuels en donne l'explication. Notez que dans un déplacement quelconque les bras de la balance se déplacent de la même distance dans des sens opposés et restent horizontaux. Chacune des forces effectue la même quantité de travail quelle que soit sa position sur le bras de la balance. Pour une force qui effectue un travail positif en descendant, l'autre doit effectuer une même quantité de travail négatif en montant. Les forces sont équilibrées.

Nous n'avons rien découvert par le principe des travaux virtuels que nous n'étions capables d'élucider d'une autre façon, par le principe des moments. Simplement, pour ce problème particulier, le principe des travaux virtuels donne une réponse plus rapidement et plus directement. Une caractéristique particulièrement pratique de cette méthode est que nous n'avons à considérer que les forces actives et non les réactions des appuis, qui ne travaillent pas au cours du déplacement du système.

Il y a d'autres avantages. Pour comprendre notre balance, nous n'avons même pas besoin de connaître son mécanisme : il pourrait

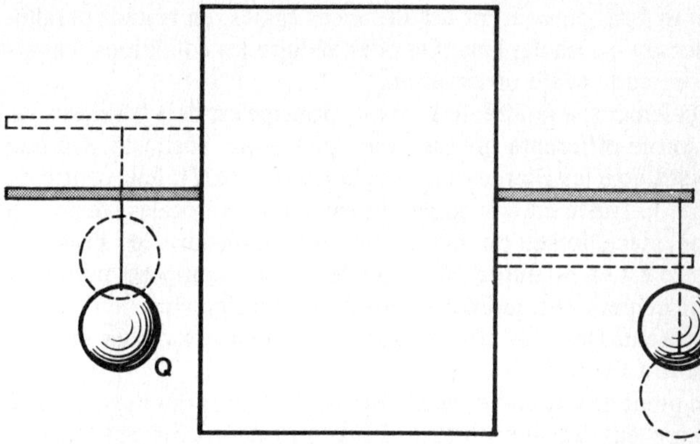

Fig. 6.20. Le principe du travail nous permet d'analyser l'équilibre même lorsque le mécanisme est caché.

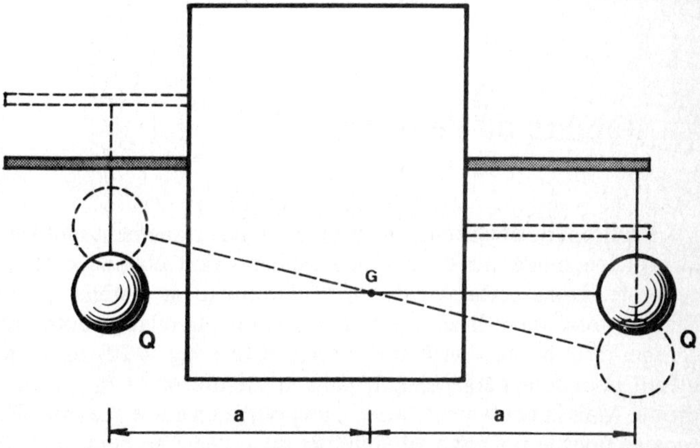

Fig. 6.21. Le principe de Torricelli en fait autant et n'est finalement qu'une autre forme du principe du travail.

être logé dans une boîte dont seuls sortiraient les deux bras, comme dans la *figure 6.20* — nous avons juste besoin de noter que les deux bras parcourent des distances égales, en restant parallèles, lorsqu'on les déplace. On peut déduire les conditions d'équilibre de cette seule observation.

Finalement, il faut réaliser que ce principe est déjà familier sous une forme différente qui lui a été donnée par Torricelli. Où que puissent être les charges sur la balance (*fig. 6.21*), leur centre de gravité G (juste en leur milieu lorsqu'elles sont égales) reste à la même place lorsqu'on fait monter ou descendre les bras. La balance est en équilibre parce que le système composé qui lui est confié ne peut descendre au cours d'un déplacement, bien que ses composants (les deux charges égales) puissent se mouvoir l'un par rapport à l'autre.

Le point de vue de Torricelli est peu différent pour l'essentiel du principe des travaux virtuels. Le centre de gravité est le point d'application de la force de pesanteur sur un système. Si le système a un support tel que son centre de gravité ne descende pas lorsqu'un déplacement virtuel lui est communiqué, le travail effectué par la résultante des forces de pesanteur au cours du déplacement est nul. Mais c'est précisément la condition d'équilibre fondée sur le travail virtuel.

La stabilité de l'équilibre

Le concept de déplacement virtuel exige un raffinement subtil si le principe fondé sur de tels déplacements doit être de portée générale. Dans certains cas, un déplacement du système peut changer totalement la situation. Par exemple, la relation entre la charge **W** et la traction **F** sur le plan incliné (*fig. 6.22*) reste la même pour tout déplacement, dans la mesure où la rampe est droite. Mais la pente peut varier d'un point à un autre. La force **F** requise pour le maintien en équilibre du système au point où les rampes droite et incurvée ont la même pente sera ou trop grande ou trop petite si le système est déplacé vers le haut ou vers le bas de la rampe.

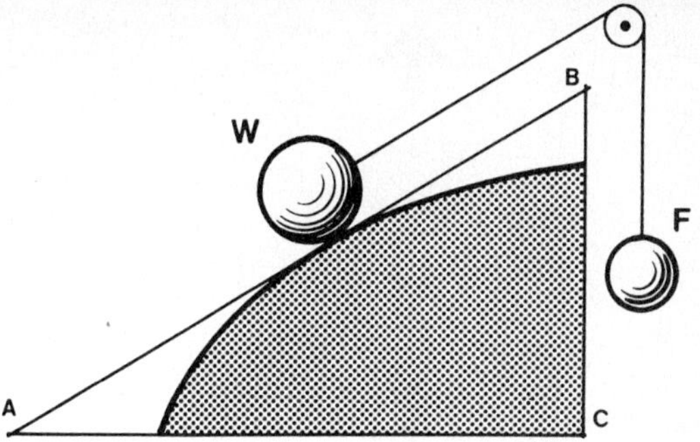

Fig. 6.22. Le système sur une pente variable : bouger ou ne pas bouger ?

Nous voilà confrontés à un dilemme : il faut un déplacement pour tâter l'équilibre — mais un tel déplacement fausse le tableau. René Descartes fut le premier à réaliser le problème et à suggérer une réponse. Nous ne devrions pas envisager un déplacement, dit Descartes, mais seulement ce qui arrive au moment où le système *commence* à se déplacer. Bernoulli, qui disposait de mathématiques plus abstraites, imposait au déplacement virtuel d'être *infiniment* petit. Cette velléité de mouvement, le déplacement infiniment petit, est maintenant défini avec précision dans les mathématiques actuelles.

Au cours d'un déplacement réel, le travail des forces appliquées au système équilibré peut ne pas être nul. Les forces peuvent effectuer une quantité de travail soit positif, soit négatif. Cela nous apporte une information supplémentaire sur l'état d'équilibre d'un système.

Imaginons deux tiges identiques, l'une posée sur une articulation au point A et l'autre suspendue par une articulation au point B (*fig. 6.23*). Chacun de ces corps est soumis à deux forces : la force de pesanteur **W** et la réaction **R** de l'appui articulé. Si nous communiquons à chaque tige un déplacement infiniment petit — en d'autres termes, si nous considérons ce qui se produit lorsque la tige commence juste à bouger —, nous trouvons que la force de pesanteur est déplacée horizontalement, tandis que la réaction

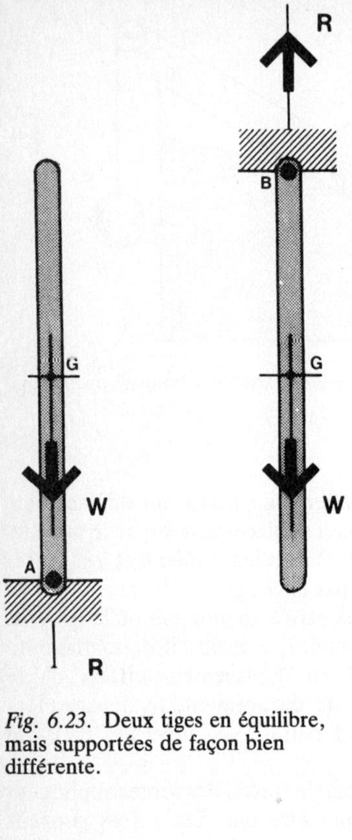

Fig. 6.23. Deux tiges en équilibre, mais supportées de façon bien différente.

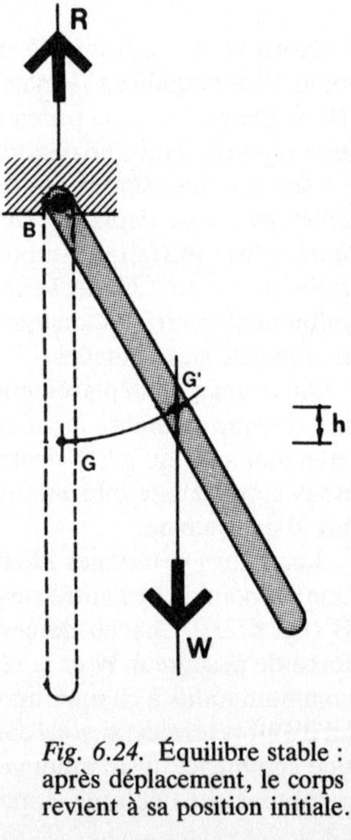

Fig. 6.24. Équilibre stable : après déplacement, le corps revient à sa position initiale.

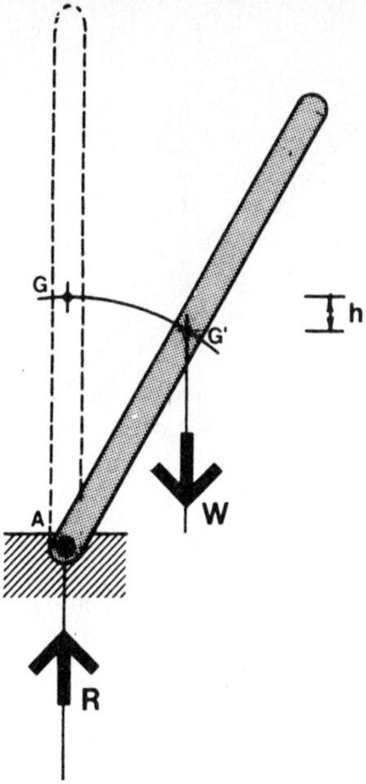

Fig. 6.25. Équilibre instable: le corps choit lorsqu'il est écarté de sa position d'équilibre.

n'est pas déplacée du tout. Aucun travail n'est effectué, le corps est en équilibre.

Au cours d'un déplacement réel, toutefois, il ne se produit pas la même chose pour les deux tiges. Examinons d'abord la tige suspendue au point B (*fig. 6.24*). Quand la tige tourne, le centre de gravité G, où s'applique la pesanteur, décrit une courbe ascendante. Un tel déplacement signifie un travail négatif et la force s'y oppose. La tige va donc revenir à sa position initiale lorsque aura cessé l'influence perturbatrice qui causait le déplacement. Le corps est en *équilibre stable*.

La tige de la *figure 6.25* a un comportement différent. Au cours d'un déplacement infinitésimal, les forces n'effectuent aucun travail. Elles sont égales et opposées, et donc équilibrées. Mais

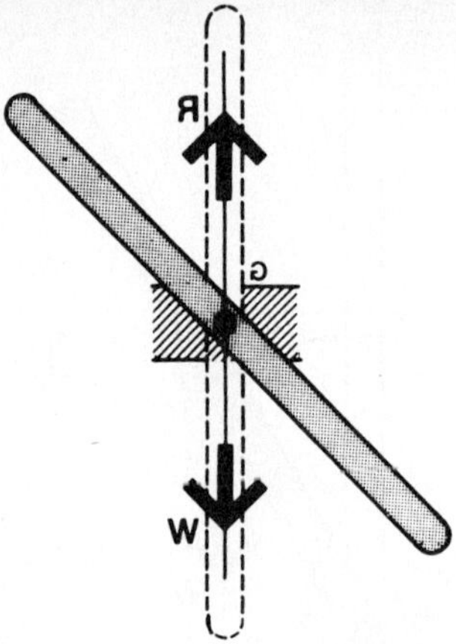

Fig. 6.26. Équilibre indifférent : le corps conserve son déplacement.

dans un déplacement réel, lorsque la tige tourne d'un angle fini, la force de pesanteur décrit à nouveau une courbe et, cette fois, le déplacement vertical du centre de gravité est dans la direction de la force. La force effectue un travail positif et (à la différence des travailleurs humains) continuera à fournir tout le travail positif qui lui est possible. En d'autres termes, la plus petite perturbation causera la chute de la tige. L'équilibre de la tige est *instable*.

On obtient la même réponse en prenant les moments des forces par rapport au point d'appui, lorsque le corps est déplacé. Dans la *figure 6.24*, le moment du poids tend à ramener la tige dans sa position initiale, tandis que, dans la *figure 6.25*, le moment de la même force entraîne une rotation qui va augmenter le déplacement et ne cessera qu'à la rencontre de la tige avec le sol.

Finalement, supportons la tige par une articulation juste au centre de gravité (*fig. 6.26*). Le travail total effectué par les forces est maintenant nul, que l'on donne à la tige une rotation grande ou infiniment petite, puisque leur point d'application reste fixe. Quel que soit l'angle dont on tourne le corps, il va rester à sa nouvelle position, n'essayant pas plus de poursuivre son excursion que de revenir à sa position initiale. Du point de vue des moments, les deux forces passent par le centre de gravité et leurs moments par rapport à ce point sont donc nuls. Le corps est en *équilibre indifférent*.

Tournez la tige à l'horizontale et suspendez des charges égales à ses extrémités. Le corps — on peut maintenant l'appeler un levier — est encore en équilibre indifférent. La plupart des machines simples sont, de par leur conception, en équilibre indifférent, et c'est la raison pour laquelle on peut leur appliquer le principe du travail (tel qu'énoncé par exemple dans la loi commune de Stevin) pour des déplacements réels. Le travail total effectué par les forces sur la machine en équilibre indifférent est nul pour tout déplacement, petit ou grand.

Exemple

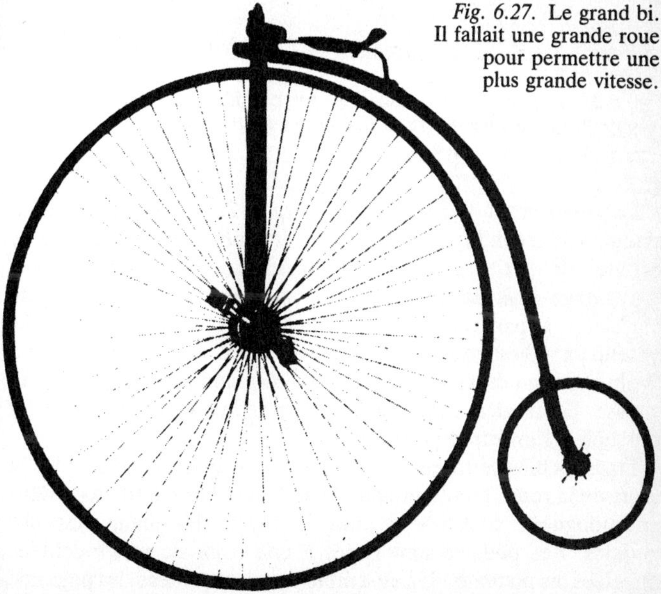

Fig. 6.27. Le grand bi. Il fallait une grande roue pour permettre une plus grande vitesse.

Fig. 6.28. Les bicyclettes modernes ont ce qu'il faut pour changer à volonté le rapport de la force à la distance parcourue.

Le grand bi, en vogue vers 1870 (*fig. 6.27*), fonctionnait sur le principe du treuil inversé : l'effort était appliqué à la manivelle de pédale, de petit rayon, pour tourner la grande roue avant. L'avantage était de produire ainsi un grand déplacement de la bicyclette à partir d'un petit déplacement de la pédale pour obtenir la vitesse recherchée. La roue avant de cette bicyclette a évolué vers un diamètre de plus en plus grand pour augmenter la vitesse. Un modèle avait une roue si grande que le cycliste devait s'asseoir à l'intérieur pour pédaler.

Dans les bicyclettes modernes (*fig. 6.28*), au lieu d'augmenter la taille de la roue, on réduit la taille du « tambour » tout en gardant une longueur confortable pour le rayon des manivelles des pédales. Les pédales sont fixées à une paire de roues dentées appelées les plateaux. Un ensemble de roues dentées, les pignons, est fixé à la roue arrière. Dans le grand rapport, la chaîne relie le plus grand des deux plateaux avec le plus petit des pignons arrière [1]. Si le plateau a, par exemple, trois fois plus de dents que le pignon, alors, pour chaque tour complet du plateau, la roue arrière est entraînée à faire trois tours.

Le principe du travail nous assure que la force appliquée à la pédale finit, à l'autre bout de la machine, en poussée sur le sol, réduite en rapport avec la distance de déplacement accrue. Cette réduction considérable rend difficile le démarrage sur le plus grand rapport, et pratiquement impossible la montée d'une pente. La bicyclette à 10 vitesses offre donc 10 rapports différents, adaptés à chaque circonstance. Pour les pentes raides, on utilise le rapport le plus court, où la chaîne est sur le petit plateau et le plus grand pignon.

1. Les rapports extrêmes ne sont pas utilisables en pratique, car le déport de la chaîne augmente par trop les frottements (*NdT*).

[illegible] ouverts. Si la place [illegible] la présence [illegible] entre [illegible] que trop tard.

[illegible]

[illegible]

7. Résumé et problèmes
Ou toute la statique sur un timbre-poste

Le corps rigide — Le système composé — Les forces intérieures — L'hydrostatique — La méthode du travail — La stabilité.

Le corps rigide

Le levier de la figure 7.1 est semblable au croquis d'un des carnets de Léonard de Vinci. Une charge de 10 newtons est suspendue au bras droit du levier, tandis qu'une charge inconnue **P** *est attachée au bras gauche par un fil passé sur une poulie sous le pivot du levier. Quelle est la charge nécessaire pour équilibrer le levier ? Puisqu'elle est sous le pivot, cette charge peut-elle en fait équilibrer l'autre charge ?*

Le levier est un corps rigide en contact avec d'autres corps — les charges et l'appui. La première chose à faire est de tracer un diagramme du corps isolé représentant le corps étudié et les forces qui agissent dessus (*fig. 7.2*). Le levier est d'abord séparé des autres corps. Il devient ainsi un corps isolé. Ensuite, les corps supprimés par l'opération d'isolement sont remplacés par les forces qu'ils exercent sur le corps isolé.

La charge à l'extrémité du bras droit du levier tire vers le bas avec une force de 10 newtons. Le corps est en contact avec le pivot ; il doit donc aussi y avoir une force en ce point. Nous en ignorons grandeur et direction. Il nous faut pourtant représenter cette force. La direction de la flèche est une pure conjecture, comme nous l'indiquons par le tortillon sur la hampe. Nous

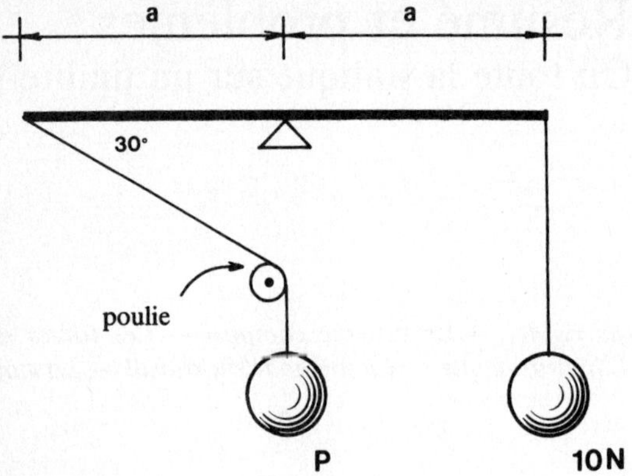

Fig. 7.1. Problème 1 : Quelle est la charge **P** nécessaire pour maintenir l'équilibre du levier ? Est-ce réalisable si la charge est suspendue juste sous le pivot ?

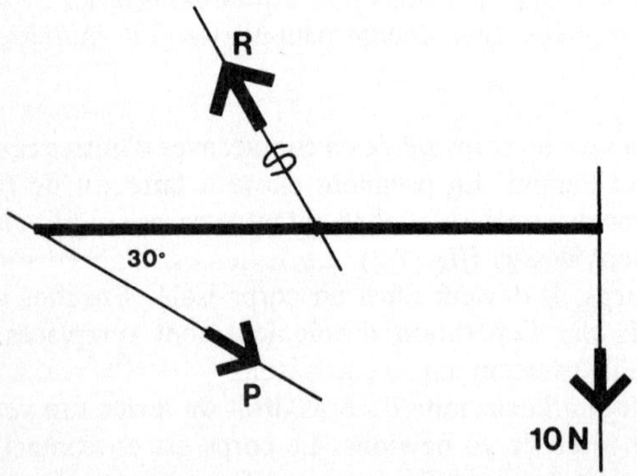

Fig. 7.2. Le diagramme du corps isolé pour le levier. La poulie n'était qu'une diversion.

désignons sa grandeur par R. Pour isoler le corps, nous avons dû détacher le fil à l'extrémité gauche du levier. Ce fil exerce, suivant sa direction, une traction sur le corps, de grandeur égale à P. Nous négligeons dans ce problème le poids du levier lui-même. Les informations spécifiant la disposition des forces (la longueur des bras du levier, l'angle du fil) complètent le diagramme du corps isolé.

Le diagramme du corps isolé règle déjà une partie de la question. La force **P** peut-elle équilibrer la charge alors que la poulie et la charge **P** elle-même sont juste sous le pivot ? L'emplacement de la poulie n'a bien sûr rien à voir : elle ne fait même pas partie du diagramme du corps isolé. Seule compte la traction du fil au point d'attache sur le corps. La poulie n'est qu'une diversion.

Le corps isolé est en équilibre, les forces appliquées ont donc à satisfaire les conditions d'équilibre. Nous sommes dans un cas particulier : le levier est un corps à trois forces. Les trois forces ont un moment résultant nul, elles doivent donc être concourantes (*fig. 7.3*). Deux des forces (les deux charges) ont des directions connues, et leurs lignes d'action se coupent au point J. La troisième force, la réaction inconnue du pivot, doit aussi passer par ce point, ce qui fixe sa direction. La résultante des trois forces est nulle, elles forment donc un triangle vectoriel en se suivant à la queue leu leu, et en commençant par la force de 10 newtons tracée à une échelle pratique. On n'a plus qu'à mesurer sur le diagramme les grandeurs des forces inconnues. Nous trouvons ainsi non seulement la force requise dans le fil, mais aussi la réaction du pivot.

Une méthode plus générale ignorerait la particularité du levier d'être un corps à trois forces. Traçons à nouveau le diagramme du corps isolé pour le levier, mais en analysant cette fois-ci toutes les forces appliquées en composantes verticales et horizontales. La force sur le bras droit n'a qu'une composante verticale. La réaction du pivot est inconnue et nous la représentons donc par deux composantes de grandeurs inconnues. Que cette réaction se trouve être purement horizontale ou purement verticale, et l'une des composantes aura une grandeur nulle. Le sens des flèches est conjectural — on le corrigera dans la solution si la conjecture se révèle être fausse. Finalement, on indique à l'extrémité gauche du levier les composantes de la traction du fil (*fig. 7.4*).

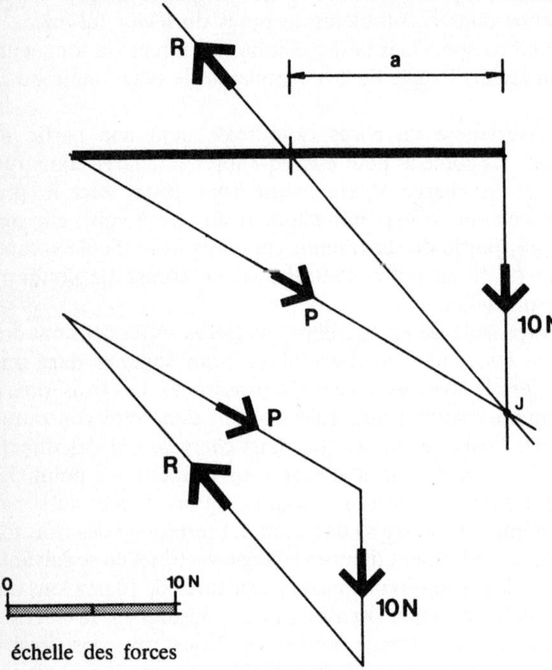

Fig. 7.3. La solution, première méthode.

Nous exprimons encore les conditions d'équilibre. La somme des moments par rapport à un point quelconque doit être nulle. Prenons les moments par rapport au pivot. Trois des composantes n'ont aucun moment par rapport à ce point, car leurs lignes d'action passent par le pivot de sorte que leur bras de levier soit nul. Les deux forces restantes (la charge de 10 newtons et la composante verticale de la force du fil, $\mathbf{P}_v$) ont même bras de levier et doivent donc avoir même grandeur (P_v = 10 newtons).

Connaissant la composante verticale de la force du fil, nous pouvons reconstruire la force elle-même, et sa composante horizontale, à l'aide de la somme vectorielle

$$\mathbf{P}_v + \mathbf{P}_h = \mathbf{P}$$

représentée dans la *figure 7.4*. Nous trouvons P_h = 17 newtons et la traction du fil P = 20 newtons.

On peut maintenant déterminer la réaction **R** du pivot à l'aide de la condition d'équilibre restante qui stipule que la résultante des forces appliquées doit être nulle. Il y a deux forces verticales de 10 newtons chacune, qui tirent vers le bas aux extrémités du levier ; pour les compenser, la réaction du pivot doit avoir une composante verticale de 20 newtons poussant vers le haut (R_v = 20 newtons). Une force horizontale agit à l'extrémité gauche du corps ; elle doit être compensée par une réaction égale et opposée de l'appui (R_h = 17 newtons). Nous obtenons ainsi les composantes de la réaction d'appui du pivot et en déduisons aisément la direction et la grandeur de la force **R** elle-même.

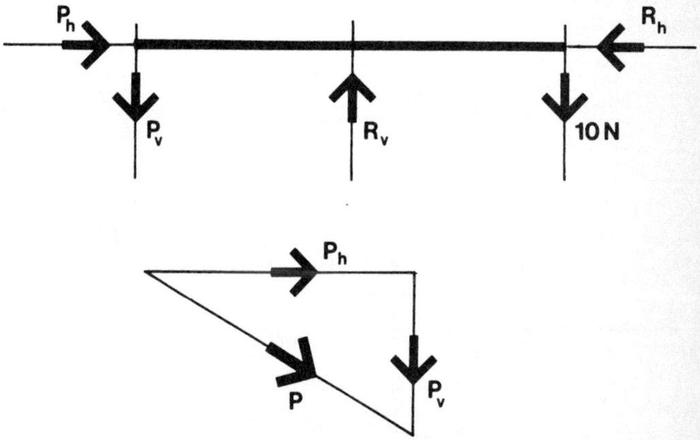

Fig. 7.4. La solution, deuxième méthode. Pour la clarté du dessin, la composante horizontale de la réaction est déplacée de côté, le long de sa ligne d'action. Cela n'en change pas l'effet.

Le système composé

Le pont sur un canal hollandais de la figure 7.5 est conçu pour être levé par une personne qui hale la corde attachée à la potence. Le poids du tablier du pont est de 20 kilonewtons et l'on peut supposer qu'il s'applique au milieu du pont. On négligera le poids des autres éléments de la structure, ainsi que les frottements. Un contrepoids de 15 kilonewtons est fixé à la potence. Quelle est la traction sur la corde **P** *requise pour commencer à lever le pont ? Quelle est la tension de la corde* **T** *?*

Le pont est constitué de plusieurs corps reliés entre eux et exerçant des forces les uns sur les autres. Commençons par tracer un diagramme du système isolé pour l'ensemble de la structure. Cela nous permet de nous concentrer sur les caractéristiques essentielles du problème, en éliminant les détails internes (*fig. 7.6*). Ce qui se passe à l'intérieur du système isolé, entre les corps

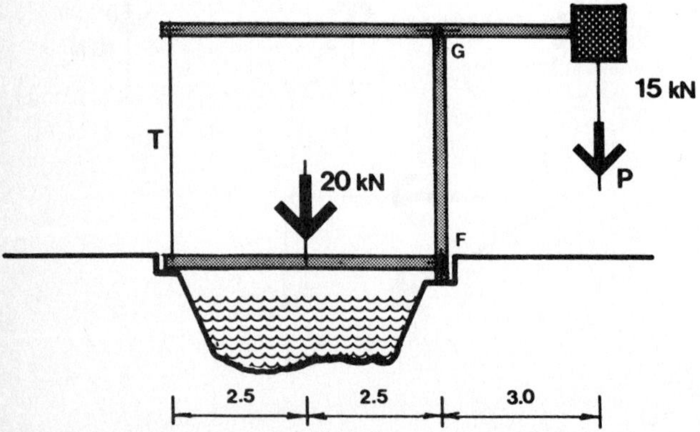

Fig. 7.5. Problème 2 : Le pont sur un canal hollandais. Quelle est la traction **P** nécessaire pour lever le pont ?

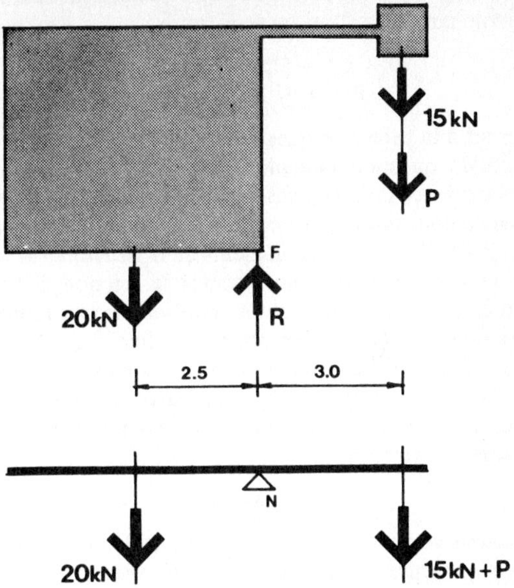

Fig. 7.6. Le diagramme du système isolé pour l'ensemble.

composants, ne change rien à l'équilibre du système que nous avons isolé, puisque les forces intérieures interviennent par paires. Par exemple, la corde **T** tire vers le haut le tablier du pont et vers le bas la poutre supérieure — l'effet global sur le pont considéré comme un tout est nul. Le diagramme du système isolé n'indique que les forces extérieures : l'attraction de la gravité sur le tablier et sur le contrepoids connue, et la traction **P** inconnue sur la corde.

Lorsque le pont est juste soulevé de sa position horizontale, il n'est plus appuyé que sur le pivot au point F. Le corps isolé est équilibré par rapport à ce point et ne diffère en rien (excepté sa forme) du levier AB appuyé en N, représenté en dessous. Nous cherchons une force extérieure, la traction P sur la corde. La condition d'équilibre en rotation exige la nullité de la somme de tous les moments par rapport à un point quelconque. En prenant les moments par rapport au point F (ou N),

$$20 \times 2{,}5 - (15 + P) \times 3 = 0$$
$$P = 1{,}67 \text{ kilonewton}$$

Cela répond à la première question.

La seconde question demande plus de travail. On ne peut mettre en évidence la force dans la corde **T** dans le diagramme du système isolé pour toute la structure. C'est une force intérieure. Il nous faut isoler l'un des deux éléments de la structure sur lesquels elle agit et nous pourrons alors traiter la traction de la corde comme une force extérieure. Nous représentons sur la *figure 7.7* les diagrammes du corps isolé pour le tablier et pour la poutre supérieure. Prenons d'abord le tablier. Nous n'avons même pas à écrire les conditions d'équilibre pour trouver la force de la corde **T**. Puisque son bras de levier au pivot est deux fois le bras de levier de la charge, la traction

$$T = 10 \text{ kilonewtons}$$

Nous pouvons vérifier cette réponse en considérant l'équilibre de la poutre supérieure du pont isolément. En prenant les moments

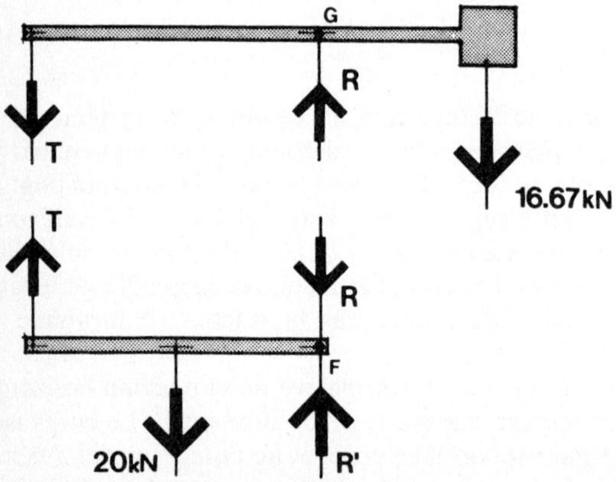

Fig. 7.7. Ce n'est qu'en décomposant le corps en éléments que l'on peut trouver les forces intérieures entre ces éléments.

par rapport au pivot de ce levier, nous avons

$$10 \times 5 - 15 \times 3 - 1,67 \times 3 = 0$$

Comme il se devait, le corps est en équilibre.

Le diagramme du corps isolé de la poutre supérieure nous permet de trouver la réaction **R** au point G. Cela vient de la condition de nullité de la résultante des forces sur le corps, soit, puisque toutes les forces appliquées au corps sont verticales, la nullité de la somme des forces verticales :

$$- 10 - 15 - 1,67 + R = 0$$

où l'on attribue le signe négatif aux forces dirigées vers le bas, opposées à celles dirigées vers le haut qui reçoivent le signe positif. La grandeur de la réaction est R = 26,67 kilonewtons. C'est la force exercée par le poteau sur la poutre. La poutre réagit par une force égale et opposée sur le poteau, le mettant ainsi en compression. En pratique, il y a deux poteaux supportant chacun la poutre supérieure, et deux cordes pour soutenir le tablier. Cela signifie que les forces que nous venons de calculer doivent être divisées par deux.

De nombreuses considérations pratiques, très importantes dans

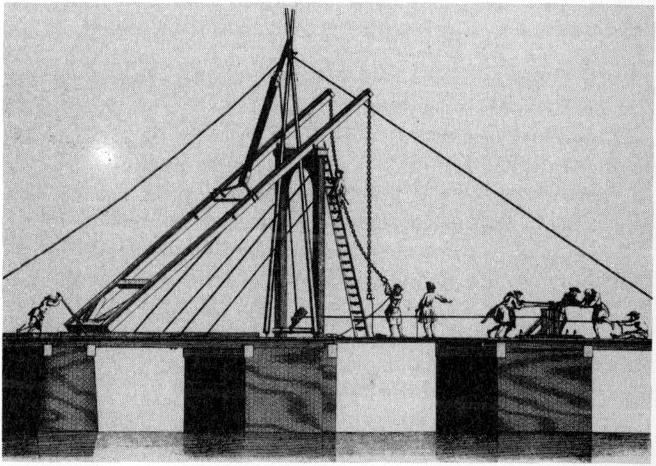

Fig. 7.8. L'aspect pratique de la construction d'un pont.

la construction effective du pont, sont complètement hors de portée de notre analyse mathématique. Nous voyons par exemple, dans la *figure 7.8*, que l'on dresse la lourde structure du pont au moyen d'un cabestan — une application du levier. Avec suffisamment d'informations, nous pouvons calculer les moments exercés par les hommes en poussant sur les barres du cabestan. Mais comment justifier le fait (qui n'a pas échappé à l'attention de l'auteur du dessin) que les hommes actionnant le cabestan doivent enjamber la corde *deux fois* par tour complet de la machine ?

Les forces intérieures

SALVIATI : *(...) par exemple, si, voulant briser un bâton, nous le prenions avec les mains à chaque extrémité et l'appuyions sur le genou par son milieu, la même force qui permettait de le briser de cette manière suffirait-elle encore si le genou appuyait non au milieu, mais en un point plus près de l'une des extrémités ?*

SAGREDO : *A première vue il semblerait que oui, attendu que les deux leviers conservent d'une certaine façon le même moment, l'un s'allongeant dans la mesure même où l'autre se raccourcit.*

Ce dialogue est extrait du livre de Galilée, *Deux Nouvelles Sciences*. Sagredo a-t-il raison ?

Traduisons le dialogue de Galilée en problème de structure. Le bâton correspond à une *poutre* chargée sur deux appuis (*fig. 7.9*). La charge représente la poussée du genou, tandis que les deux appuis de la poutre (opposés à la charge) assurent la même fonction que la traction des mains aux deux extrémités du bâton. Sagredo pense que le *moment fléchissant* dû à la charge reste le même quelle que soit la position de la charge sur la poutre : si la charge s'approche de l'appui B, le bras de levier de la *réaction d'appui* en B devient plus court, mais le bras de levier de la réaction en A s'allonge d'autant, et vice versa.

Galilée a besoin de deux pages de raisonnement ingénieux pour montrer que cela est incorrect. Nous pouvons rapidement en faire autant, sans prendre le temps de vraiment réfléchir. Le procédé est toujours le même.

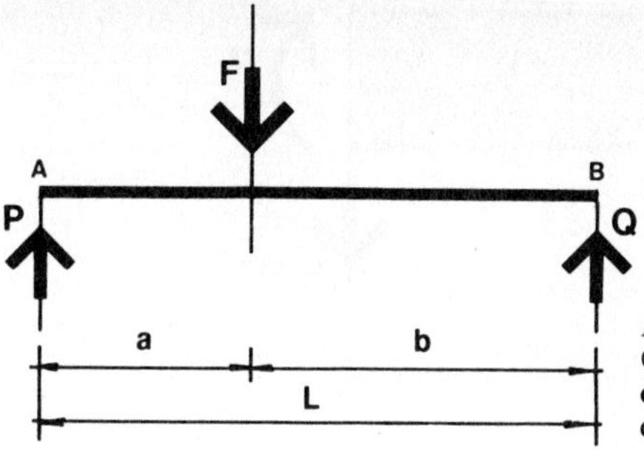

Fig. 7.9. Problème 3 : Comment casser du bois ou éviter la rupture d'une poutre ?

Il nous faut d'abord déterminer les forces extérieures appliquées à la structure. La poutre est en équilibre et les conditions doivent en être satisfaites. Si nous prenons donc les moments par rapport au point B

$$-P \times L + F \times b = 0$$
$$P = F \times b/L$$

nous obtenons la réaction de l'appui A pour toute position de la charge sur la poutre. En prenant les moments par rapport au point A, nous trouvons la réaction à l'autre extrémité

$$Q = F \times a/L$$

Les réactions varient quand la charge est déplacée sur la poutre (quand les distances a et b changent). Lorsqu'elle est exactement au milieu de la portée, alors a = b et les réactions

$$P = Q = F/2$$

Le moment fléchissant, juste sous la charge, varie aussi avec la position de cette charge. C'est une réaction intérieure et, pour en apprendre quelque chose, il nous faut imaginer une coupure dans la poutre et en isoler une portion du reste. D'une certaine façon, la poutre est traitée comme un système composé constitué d'éléments collés ensemble pour révéler les forces intérieures entre eux. Puisque nous cherchons le moment fléchissant sous la charge [1],

1. L'auteur admet implicitement que le moment fléchissant est maximal (et donc le bâton plus sollicité à la rupture) juste sous la charge. Le lecteur pourra vérifier que tel est bien le cas (*NdT*).

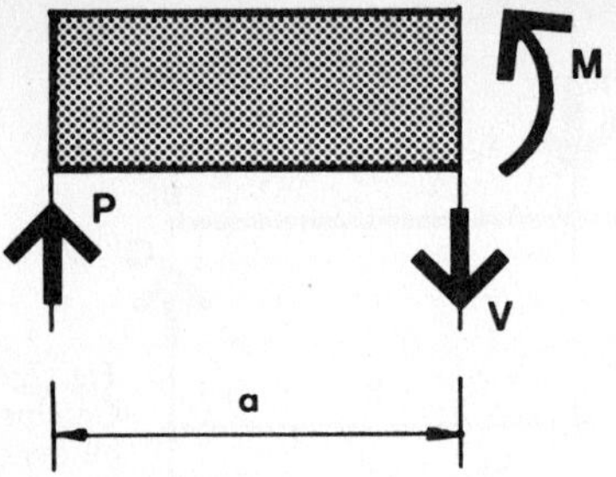

Fig. 7.10. Le diagramme du corps isolé pour une partie de la poutre, indiquant les forces intérieures.

coupons la poutre juste à gauche de celle-ci et isolons la partie gauche. Dans la *figure 7.10*, nous voyons le diagramme du corps isolé de cette partie dessiné à plus grande échelle pour la clarté. Le corps est en équilibre, il doit donc y avoir un effort tranchant agissant sur la section

$$V = P$$

pour qu'il n'y ait pas de force verticale résultante sur le corps. L'autre condition d'équilibre impose au moment du couple créé par la réaction P et l'effort tranchant V d'être compensé par un couple à la coupure — le moment fléchissant. Ainsi, le moment fléchissant

$$M = P \times a$$

ou

$$M = (F \times b/L) \times a = F \times ab/L$$

quand on substitue l'expression $(F \times b/L)$ pour la réaction P. Nous avons maintenant une formule qui nous donne le moment fléchissant quel que soit l'emplacement de la charge sur la poutre. Le couple consiste en une force de compression dans le haut de la section de la poutre et une traction en bas.

La formule clôt la discussion entre Sagredo et Salviati. Il est vrai qu'en déplaçant la charge sur la poutre le bras de levier d'une des réactions diminue comme l'autre augmente. Cela ne signifie nullement que le moment fléchissant sous la charge reste le même. Il varie d'un minimum lorsque a = 0 ou b = 0 (à savoir lorsque la charge est directement au-dessus d'un appui) à un maximum lorsque a = b = L/2. En ce point, lorsque la charge est à mi-portée, le moment fléchissant a sa valeur maximale

$$M = F \times L/4$$

Salviati, le porte-parole de Galilée dans le dialogue, parvient à la même conclusion, mais dans sa discussion il utilise la géométrie plutôt que l'algèbre. Complètement convaincu par les démonstrations géométriques de Salviati, Sagredo s'exclame : « Ne convient-il pas d'avouer que la géométrie est le plus puissant de tous les instruments pour aiguiser l'esprit et pour le mettre en mesure de raisonner et d'analyser de la meilleure façon ? Platon n'avait-il pas grandement raison quand il désirait que ses élèves eussent d'abord de solides bases mathématiques ? »

L'hydrostatique

Empruntons à Stevin une balance avec un récipient partiellement rempli d'eau à la place du plateau habituel d'un côté (fig. 7.11). On trouve que le poids de l'eau est de 10 newtons tandis que le poids du récipient est négligeable. Ensuite, on dépose dans l'eau, au fond du récipient, un morceau de plomb attaché à un fil. L'équilibre de la balance requiert maintenant un poids de 43 newtons dans le plateau. Quel sera le poids mesuré par la balance si on soulève (en tirant le fil) le morceau de plomb au-dessus du fond du récipient, tout en le maintenant complètement immergé dans l'eau ? La densité du plomb est 11 fois celle de l'eau.

Isolons le morceau de plomb (*fig. 7.12*). La balance nous dit que le morceau de plomb pèse 33 newtons. Cette force est compensée par la traction du fil et la *force de flottabilité*. La force de flottabilité est égale au poids de l'eau déplacée par le corps immergé et, puisque le plomb est 11 fois plus dense que l'eau, nous avons

$$B = 33/11 = 3 \text{ newtons}$$

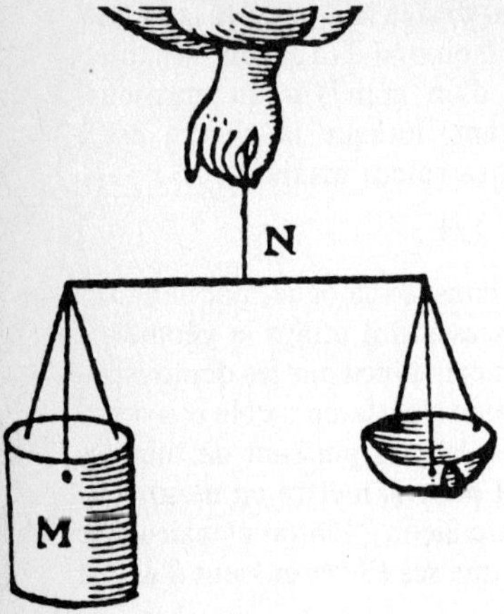

Fig. 7.11. Problème 4 : Expériences avec un récipient d'eau sur une balance.

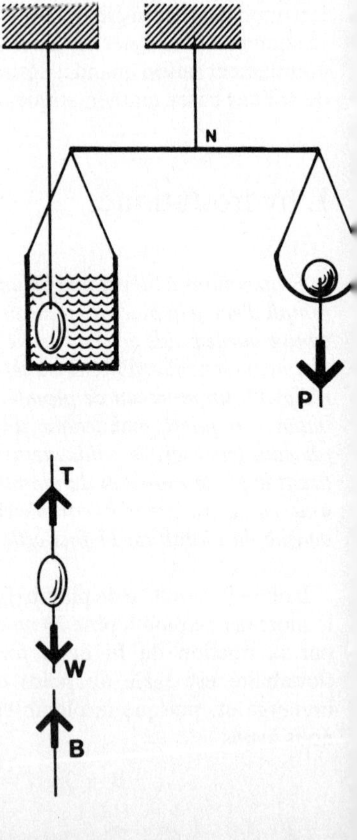

Fig. 7.12. Un morceau de plomb suspendu par un fil et immergé dans l'eau.

C'est à la traction du fil d'assurer les 30 newtons restants, nécessaires à l'équilibre.

La flottabilité est la force exercée par l'eau sur le corps immergé. Le corps exerce une force égale et opposée sur l'eau. C'est donc un supplément de 3 newtons qui pousse le récipient vers le bas, et l'équilibre exige maintenant un contrepoids de 13 newtons dans le plateau de l'autre côté. La force totale nécessaire pour maintenir le morceau de plomb et l'eau du récipient est toujours égale à 43 newtons : le fil en supporte 30 et la balance 13.

Ce problème simple permet d'accepter plus facilement une expérience suggérée par Stevin pour illustrer le *paradoxe hydrostatique* (*fig. 7.13*). Le paradoxe réside dans le fait que la pression d'un fluide ne dépend que de la hauteur de fluide et pas du tout de la quantité qu'il y a dans le récipient.

Le récipient sur la balance est rempli d'eau à ras bords et on trouve qu'il pèse 100 newtons. En d'autres termes, il faut placer un contrepoids de 100 newtons de l'autre côté de la balance pour préserver l'équilibre. Le bloc cylindrique solide soutenu par le support rigide, représenté sur le dessin, est maintenant introduit dans le récipient de sorte que la plus grande partie de l'eau déborde et qu'il n'en reste qu'une petite quantité au fond du récipient et autour du cylindre. L'eau restante pèse, disons, seulement 10 newtons. Quel est le contrepoids nécessaire pour l'équilibre ?

La hauteur d'eau dans le récipient n'a pas changé, nous dit Stevin, la pression au fond du récipient (qui ne dépend que de la hauteur et pas de la quantité de fluide) n'a donc pas varié non plus. Il s'ensuit logiquement qu'il faut encore 100 newtons de l'autre côté de la balance pour maintenir en équilibre un poids d'eau considérablement réduit. C'est de la bonne logique, mais l'acceptation intuitive peut en présenter quelques difficultés.

Un retour au problème du morceau de plomb devrait aider à surmonter ce blocage. La balance ne supporte plus seulement une masse d'eau. Le cylindre est poussé *vers le haut* avec une force égale au poids d'eau qu'il déplace, qui est de 90 newtons ; la même force pousse *vers le bas* sur le récipient en plus du poids de l'eau.

Pourquoi, dans le premier exemple, fallait-il plus de contre-

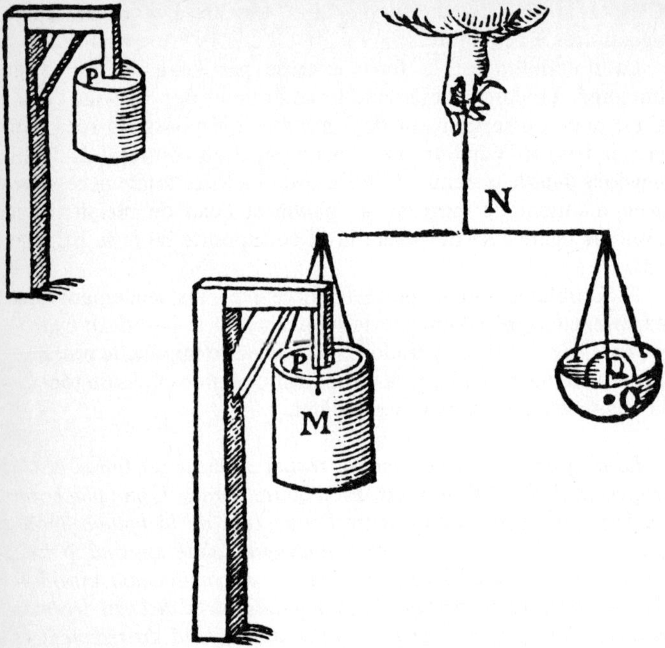

Fig. 7.13. L'expérience de Stevin : un bloc solide introduit dans le récipient et n'y laissant qu'une petite quantité d'eau.

poids avec le morceau de plomb suspendu dans l'eau que sans morceau de plomb ? Souvenez-vous que, dans ce cas, nous n'avions pas laissé déborder l'eau du récipient. Le niveau de l'eau y avait monté après que le plomb y eut été plongé. En fait, le niveau s'était élevé d'une quantité correspondant exactement au volume du corps immergé ; la pression additionnelle sur le fond du récipient était la même que si une quantité d'eau correspondante avait été ajoutée à celle qui s'y trouvait déjà.

Dans le second cas, le récipient est rempli à ras bords et toute l'eau en excédent s'écoule (comme dans l'ascenseur à bateaux discuté dans le chapitre 5). La pression au fond n'a pas varié. Notez finalement que, si l'eau devait geler, la flottabilité disparaîtrait et 10 newtons suffiraient pour équilibrer l'eau solidifiée.

La méthode du travail

Le système de la figure 7.14 est similaire au cric en losange usuel pour les automobiles et se retrouve, sous des formes variées, dans de nombreuses machines. Les deux barres du haut FD et FE sont articulées aux barres DB et EA de longueur 2 L. Ces barres sont reliées par une articulation en leur milieu, au point C. Quand la partie inférieure de notre cric est serrée par une paire de forces égales et opposées **Q**, *il prend la forme indiquée en trait interrompu et soulève la charge* **P** *à la partie supérieure. Quel est le rapport de l'effort* **Q** *à la charge* **P** *?*

Voyons d'abord comment nous pouvons résoudre ce problème par les méthodes révisées jusqu'à présent. La *figure 7.14* peut servir de diagramme du système isolé pour l'ensemble. Nous en concluons que chacune des réactions verticales aux points A et B doit être égale à P/2. Ce diagramme ne nous dit rien sur les forces **Q** égales et opposées : elles peuvent avoir n'importe quelle grandeur sans affecter en quoi que ce soit l'équilibre du système.

On procède en décomposant ce système en éléments. Nous commençons par le haut et isolons l'articulation F (*fig. 7.15*). Le triangle vectoriel montre les forces appliquées au joint. Des forces identiques doivent s'exercer aux points D et E sur les barres qui soutiennent le nœud. Nous les décomposons en composantes verticales et horizontales.

Les forces appliquées à la barre AE (isolée à son tour) au nœud E sont égales et opposées à celles que cette barre exerce sur la barre EF. Notez que l'on ne peut procéder par la *méthode des nœuds*, car les barres entrecroisées agissent l'une sur l'autre au point C. Une troisième force s'exerce donc sur elles, à la différence des barres FD et FE qui tirent ou poussent à leurs extrémités articulées, agissant soit en tension, soit en compression. La troisième force signifie que notre barre AE est aussi en flexion et que les forces qu'elle exerce ne sont pas suivant sa longueur.

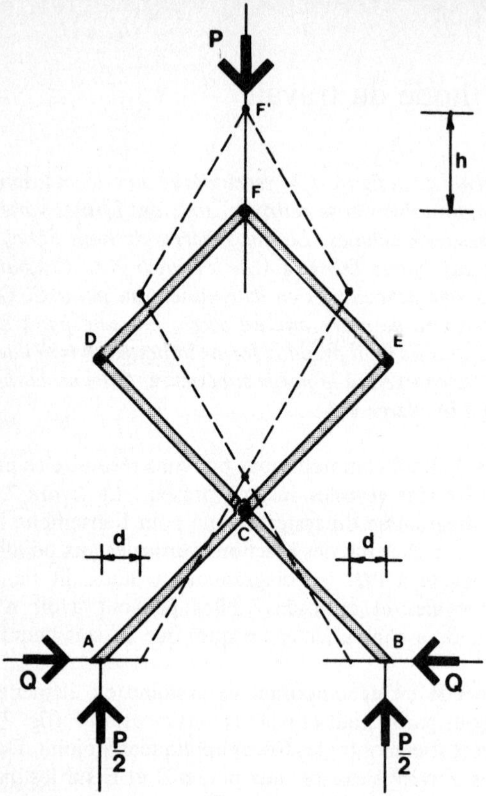

Fig. 7.14. Problème 5 : Le cric en losange. Quelles sont les forces requises pour lever une charge donnée **P** ?

La barre AE est équilibrée. En prenant les moments par rapport au point C, nous avons

$$- 3 \times P/2 \times a + Q \times a = 0$$

et

$$Q = 1{,}5\ P$$

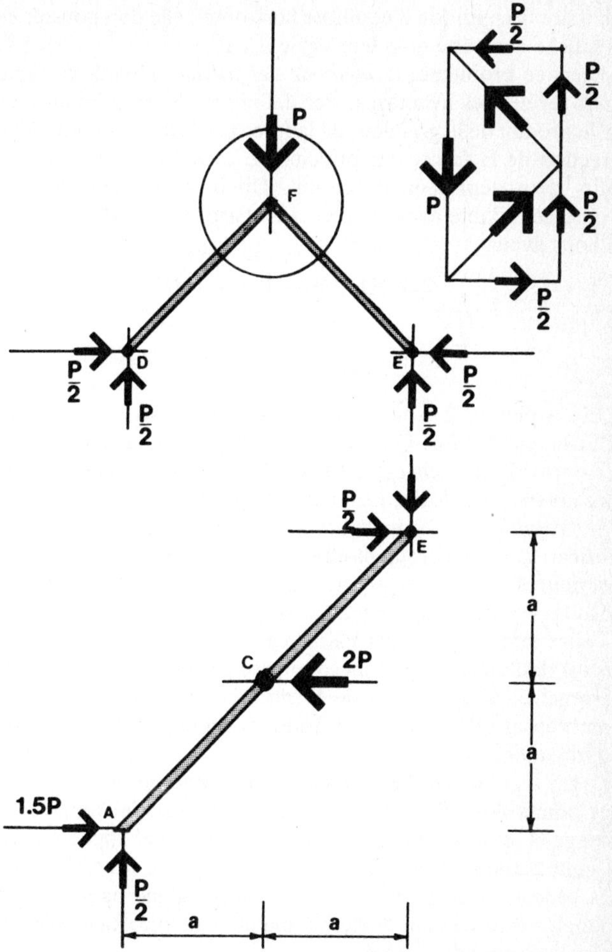

Fig. 7.15. Diagrammes de corps isolés des éléments constituants.

Pour que la somme des forces verticales soit nulle, il faut que la force appliquée au nœud C soit purement horizontale. Pour satisfaire la condition d'équilibre horizontal, elle doit pousser vers la gauche avec une grandeur égale à 2 P.

Dans ce problème, la *méthode des travaux virtuels* va rapidement révéler ses avantages. Par définition, le *travail* d'une force est le produit de la grandeur de la force par le déplacement dans la direction de la force. Par principe, le travail total des forces au cours d'un déplacement est nul. Donc, si les deux forces **Q** progressent d'une distance d et si la charge s'élève d'une hauteur h, nous avons

$$2 \times (Q \times d) - P \times h = 0$$

ct

$$Q = P/2 \times h/d$$

Il n'y a plus qu'à trouver le rapport h/d. Nous obtenons donc directement la force **Q** nécessaire pour lever la charge.

Le travail de la charge est négatif, car le déplacement h est en sens inverse de la force. Les réactions verticales des appuis en A et B n'entrent pas en ligne de compte — il n'y a pas de déplacement vertical, aussi n'effectuent-elles aucun travail. Toutes les forces intérieures aux articulations que nous avons laborieusement dévoilées par les diagrammes de corps isolés sont laissées de côté — elles interviennent par paires égales et opposées, et le travail positif de l'une est toujours compensé par le travail négatif de sa partenaire. Si les barres de la machine étaient beaucoup plus nombreuses, l'économie de cette méthode serait encore plus impressionnante.

Il n'y a qu'un hic. Le moment où nous opérons le déplacement des points A et B requis pour cette méthode, la forme du cric change et les forces ne sont plus celles qui étaient appliquées dans la configuration originale. N'examinons que le nœud F : l'angle des barres a changé en élevant la charge d'une hauteur h et le triangle vectoriel nous donnerait maintenant une valeur différente pour les forces des barres.

La solution de ce dilemme est, bien sûr, dans un *déplacement virtuel*, un déplacement aussi imaginaire qu'infiniment petit. On ne peut naturellement représenter un tel déplacement sur le dessin. Il faut donc calculer l'élévation h. Nous gagnons du temps en nous passant d'analyser tous ces corps isolés, mais nous avons maintenant un peu d'ouvrage mathématique avec des déplacements infiniment petits. Cela fait appel à des mathématiques simples et nous ne l'indiquons pas ici.

Si le déplacement d des points A et B est infiniment petit, on trouve que le nœud C monte de la même quantité d. Les déplacements verticaux s'accumulent lorsque nous montons : les nœuds D et E s'élèvent de 2 d et le sommet de h = 3 d. Donc

$$2\,Q \times d = P \times 3\,d$$

et

$$Q = 1{,}5\,P$$

comme précédemment. La méthode des travaux virtuels ne fournit pas de résultats différents, mais seulement de nouvelles perspectives. Nous n'avons pas besoin de passer par tous les calculs pour acquérir une compréhension qualitative du cric. Un coup d'œil sur la configuration déformée du système lorsque l'on applique le serrage (trait interrompu dans la *figure 7.14*) nous apprend immédiatement que la force n'y est pas multipliée : la charge est plus déplacée que l'effort. Ce cric soulève la charge rapidement, mais au prix d'un effort accru.

La stabilité

Le centre de gravité d'une chaîne suspendue entre deux supports au même niveau est un point équidistant des deux supports par raison de symétrie. Nous ne pouvons préjuger de la position exacte de ce point sur l'axe de symétrie, mais il n'est pas sur la chaîne elle-même. Supposons maintenant que nous abaissions l'un des supports de sorte qu'il n'y a plus d'axe de symétrie (fig. 7.16). Le centre de gravité C est-il maintenant plus proche du support A ou du support B ?

Considérons la chaîne comme un système isolé. Chaque support exerce une traction sur la chaîne, représentée par les forces **P** et **Q**. Ces réactions doivent être alignées avec la chaîne aux points A et B (pour être précis, elles sont tangentes à la courbe de la chaîne en

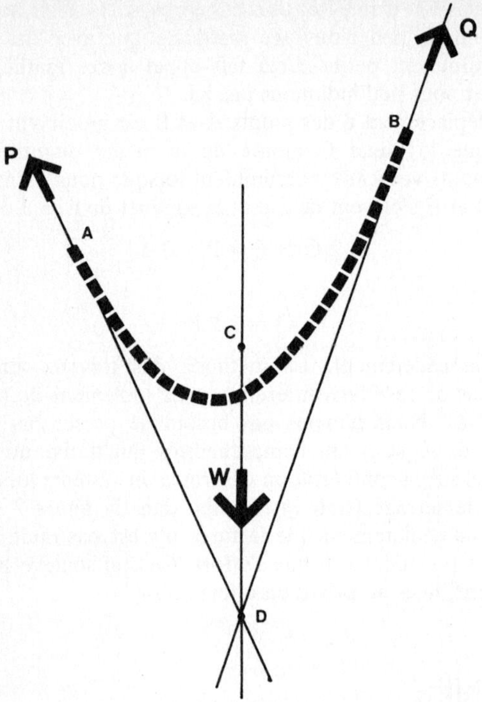

Fig. 7.16. Problème 6 : Une chaîne suspendue à deux supports est un système à trois forces. Les trois forces doivent être concourantes.

ces points). Une autre force agit sur le système : l'attraction de la gravité, une force verticale **W** passant par le point C. La chaîne est donc un système à trois forces et les trois forces doivent être concourantes. Les lignes d'action des forces **P** et **Q** sont données et se coupent au point D. La force de pesanteur doit passer par le même point. Nous ne connaissons pas encore la position verticale du centre de gravité, mais nous pouvons voir qu'il est plus près du support B.

La forme de la chaîne nous donne les directions des deux réactions — mais comment savoir la forme que va prendre la chaîne ? Ernst Mach, dans sa *Mécanique*, relate l'histoire suivante : « Jean et Jacques Bernoulli se promenant un jour à Bâle et discutant de sujets mathématiques, se demandèrent quelle est la forme que prend une chaîne librement suspendue par ses deux extrémités. Ils arrivèrent rapidement et sans peine à voir que la forme d'équilibre de la chaîne est celle pour laquelle son centre de gravité se trouve le plus bas possible. »

La chaîne est en équilibre *stable*. Le test de la stabilité consiste à examiner ce qui se produit lorsque l'équilibre d'un système est dérangé d'une façon ou d'une autre. Si, après suppression de la perturbation, le système revient à sa configuration initiale, l'équilibre est stable. S'il reste dans la nouvelle configuration, l'équilibre est *indifférent*. Si le déplacement du système continue sous l'action des forces auxquelles il est soumis, sans autre influence extérieure, on a affaire à un équilibre *instable*.

Nous pouvons tester très facilement la stabilité de notre chaîne en tirant un point — c'est un déplacement virtuel (*fig. 7.17*). La forme de la chaîne change, mais elle reviendra à la forme initiale

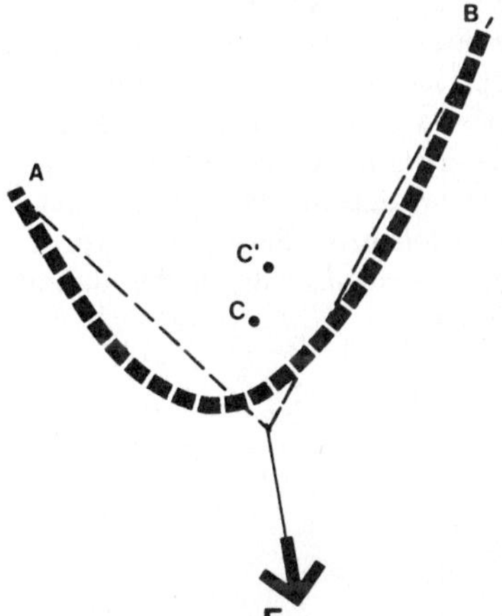

Fig. 7.17. Une traction vers le bas élève en fait la chaîne. La chaîne est en équilibre stable.

dès que la traction perturbatrice sera supprimée, ce qui nous indique que l'équilibre est stable. Même en tirant *vers le bas*, le centre de gravité de la forme perturbée est en fait déplacé *vers le haut* par la traction. Le changement de forme imposé à la chaîne fait effectuer à la force de pesanteur agissant sur le système un travail négatif en s'opposant au déplacement de son centre de gravité.

Mach continue : « En fait, on comprend que l'équilibre subsiste quand tous les chaînons sont descendus aussi bas que possible, lorsque aucun ne peut plus tomber sans provoquer à cause des liaisons la montée d'une masse correspondante à une hauteur égale ou supérieure. Lorsque le centre de gravité est tombé aussi bas que possible, lorsque tout ce qui pouvait s'accomplir s'est accompli, l'équilibre stable subsiste. Ici se termine la partie *physique* du problème. La détermination de la courbe de longueur donnée entre deux points A et B, et dont le centre de gravité est à une hauteur minimale, n'est plus qu'une question purement *mathématique*. »

La courbe prise, sous l'action de son poids propre, par une chaîne suspendue est appelée une *chaînette* et se trouve en fait complètement définie dans les manuels de mathématiques.

Mach ajoute finalement un commentaire applicable à tout ce que nous avons discuté dans ce livre : « Remarquons enfin que le principe des déplacements virtuels, ainsi que tout principe général, apporte, par la conception qu'il procure, à la fois de la *désillusion* et de la *clarté :* de la désillusion en tant que nous ne reconnaissons en lui que des faits connus depuis longtemps et instinctivement découverts ; de la clarté, car il nous permet de retrouver partout ces mêmes faits simples, au travers des rapports les plus compliqués. »

Bibliographie

F.P. Beer et E. Russel Jr., *Mécanique à l'usage des ingénieurs, statique,* Montréal, Mc Graw-Hill, 1981 (trad. fr. par J. Serre).

H. Bouasse, *Statique, statique graphique,* Paris, Delagrave, 1920.

R. Dugas, *Histoire de la mécanique,* Neuchâtel, Éd. du Griffon, 1950.

P. Duhem, *Les Origines de la statique,* Paris, Hermann, 1905.

G. Galilée, *Discours et Démonstrations mathématiques concernant deux sciences nouvelles,* Paris, Librairie Armand Colin, 1970 (trad. fr. par M. Clavelin).

C. Huygens, *Œuvres complètes de Christian Huygens, publiées par la Société hollandaise des sciences,* La Haye, Martinus Nijhoff, 1897, t. VII et XXII.

J.-P. Larralde, *Mécanique statique,* Paris, Masson, 1981, 2 vol.

E. Mach, *La Mécanique, exposé historique et critique de son développement,* Paris, Hermann, 1904 (trad. fr. par E. Bertrand).

B. Pascal, *Œuvres complètes,* Paris, Gallimard, « Bibl. de la Pléiade », 1954.

S. Stevin, *The Principal Works of Simon Stevin,* t. I, *General Introduction Mechanics,* « The element of the Art of Weighting », Amsterdam, C. V. Sweets & Zeitlinger, 1955 (trad. angl. par C. Dikshoorn).

Index

Table

IMPRESSION : NORMANDIE ROTO IMPRESSION S.A.S. À LONRAI
DÉPÔT LÉGAL : NOVEMBRE 1983. N° 6635-5 (103402)
IMPRIMÉ EN FRANCE

Collection Points

SÉRIE SCIENCES

dirigée par Jean-Marc Lévy-Leblond et Nicolas Witkowski

S1. La Recherche en biologie moléculaire
ouvrage collectif
S2. Des astres, de la vie et des hommes
par Robert Jastrow (épuisé)
S3. (Auto)critique de la science
par Alain Jaubert et Jean-Marc Lévy-Leblond
S4. Le Dossier électronucléaire
par le syndicat CFDT de l'Énergie atomique
S5. Une révolution dans les sciences de la Terre
par Anthony Hallam
S6. Jeux avec l'infini, *par Rózsa Péter*
S7. La Recherche en astrophysique, *ouvrage collectif* (nouvelle édition)
S8. La Recherche en neurobiologie *(épuisé)* (voir nouvelle édition, S 57)
S9. La Science chinoise et l'Occident
par Joseph Needham
S10. Les Origines de la vie, *par Joël de Rosnay*
S11. Échec et Maths, *par Stella Baruk*
S12. L'Oreille et le Langage
par Alfred Tomatis (nouvelle édition)
S13. Les Énergies du Soleil, *par Pierre Audibert en collaboration avec Danielle Rouard*
S14. Cosmic Connection ou l'Appel des étoiles
par Carl Sagan
S15. Les Ingénieurs de la Renaissance, *par Bertrand Gille*
S16. La Vie de la cellule à l'homme, *par Max de Ceccatty*
S17. La Recherche en éthologie, *ouvrage collectif*
S18. Le Darwinisme aujourd'hui, *ouvrage collectif*
S19. Einstein, créateur et rebelle, *par Banesh Hoffmann*
S20. Les Trois Premières Minutes de l'Univers
par Steven Weinberg
S21. Les Nombres et leurs mystères
par André Warusfel
S22. La Recherche sur les énergies nouvelles
ouvrage collectif
S23. La Nature de la physique, *par Richard Feynman*
S24. La Matière aujourd'hui, *par Émile Noël* et al.
S25. La Recherche sur les grandes maladies
ouvrage collectif

S26. L'Étrange Histoire des quanta
par Banesh Hoffmann et Michel Paty
S27. Éloge de la différence, *par Albert Jacquard*
S28. La Lumière, *par Bernard Maitte*
S29. Penser les mathématiques, *ouvrage collectif*
S30. La Recherche sur le cancer, *ouvrage collectif*
S31. L'Énergie verte, *par Laurent Piermont*
S32. Naissance de l'homme, *par Robert Clarke*
S33. Recherche et Technologie
Actes du Colloque national
S34. La Recherche en physique nucléaire
ouvrage collectif
S35. Marie Curie, *par Robert Reid*
S36. L'Espace et le Temps aujourd'hui
ouvrage collectif
S37. La Recherche en histoire des sciences
ouvrage collectif
S38. Petite Logique des forces, *par Paul Sandori*
S39. L'Esprit de sel, *par Jean-Marc Lévy-Leblond*
S40. Le Dossier de l'Énergie
par le Groupe confédéral Énergie (CFDT)
S41. Comprendre notre cerveau
par Jacques-Michel Robert
S42. La Radioactivité artificielle
par Monique Bordry et Pierre Radvanyi
S43. Darwin et les Grandes Énigmes de la vie
par Stephen Jay Gould
S44. Au péril de la science ?, *par Albert Jacquard*
S45. La Recherche sur la génétique et l'hérédité
ouvrage collectif
S46. Le Monde quantique, *ouvrage collectif*
S47. Une histoire de la physique et de la chimie
par Jean Rosmorduc
S48. Le Fil du temps, *par André Leroi-Gourhan*
S49. Une histoire des mathématiques
par Amy Dahan-Dalmedico et Jeanne Peiffer
S50. Les Structures du hasard
par Jean-Louis Boursin
S51. Entre le cristal et la fumée, *par Henri Atlan*
S52. La Recherche en intelligence artificielle
ouvrage collectif
S53. Le Calcul, l'Imprévu, *par Ivar Ekeland*
S54. Le Sexe et l'Innovation, *par André Langaney*
S55. Patience dans l'azur, *par Hubert Reeves*
S56. Contre la méthode, *par Paul Feyerabend*
S57. La Recherche en neurobiologie
ouvrage collectif

S58. La Recherche en paléontologie
ouvrage collectif
S59. La Symétrie aujourd'hui, *ouvrage collectif*
S60. Le Paranormal, *par Henri Broch*
S61. Petit Guide du ciel, *par A. Jouin et B. Pellequer*
S62. Une histoire de l'astronomie
par Jean-Pierre Verdet
S63. L'Homme re-naturé, *par Jean-Marie Pelt*
S64. Science avec conscience, *par Edgar Morin*
S65. Une histoire de l'informatique
par Philippe Breton
S66. Une histoire de la géologie, *par Gabriel Gohau*
S67. Une histoire des techniques, *par Bruno Jacomy*
S68. L'Héritage de la liberté, *par Albert Jacquard*
S69. Le Hasard aujourd'hui, *ouvrage collectif*
S70. L'Évolution humaine, *par Roger Lewin*
S71. Quand les poules auront des dents
par Stephen Jay Gould
S72. La Recherche sur les origines de l'univers
par La Recherche
S73. L'Aventure du vivant, *par Joël de Rosnay*
S74. Invitation à la philosophie des sciences
par Bruno Jarrosson
S75. La Mémoire de la Terre, *ouvrage collectif*
S76. Quoi ! C'est ça, le Big-Bang ?
par Sidney Harris
S77. Des technologies pour demain, *ouvrage collectif*
S78. Physique quantique et Représentation du monde
par Erwin Schrödinger
S79. La Machine univers, *par Pierre Lévy*
S80. Chaos et Déterminisme, *textes présentés et réunis par A. Dahan-Dalmedico, J.-L. Chabert et K. Chemla*
S81. Une histoire de la raison, *par François Châtelet (entretiens avec Émile Noël)*
S82. Galilée, *par Ludovico Geymonat*
S83. L'Age du capitaine, *par Stella Baruk*
S84. L'Heure de s'enivrer, *par Hubert Reeves*
S85. Les Trous noirs, *par Jean-Pierre Luminet*
S86. Lumière et Matière, *par Richard Feynman*
S87. Le Sourire du flamant rose
par Stephen Jay Gould
S88. L'Homme et le Climat, *par Jacques Labeyrie*
S89. Invitation à la science de l'écologie, *par Paul Colinvaux*
S90. Les Technologies de l'intelligence, *par Pierre Lévy*
S91. Le Hasard au quotidien, *par José Rose*
S92. Une histoire de la science grecque, *par Geoffrey E. R. Lloyd*
S93. La Science sauvage, *ouvrage collectif*

S94. Qu'est-ce que la vie ?, *par Erwin Schrödinger*
S95. Les Origines de la physique moderne
par I. Bernard Cohen
S96. Une histoire de l'écologie, *par Jean-Paul Deléage*
S97. L'Univers ambidextre, *par Martin Gardner*
S98. La Souris truquée, *par William Broad et Nicholas Wade*
S99. A tort et à raison, *par Henri Atlan*
S100. Poussières d'étoiles, *par Hubert Reeves*
S101. Fabrice ou l'École des mathématiques, *par Stella Baruk*
S102. Les Sciences de la forme aujourd'hui, *ouvrage collectif*
S103. L'Empire des techniques, *ouvrage collectif*
S104. Invitation aux mathématiques, *par Michael Guillen*
S105. Les Sciences de l'imprécis, *par Abraham A. Moles*
S106. Voyage chez les babouins, *par Shirley C. Strum*
S107. Invitation à la physique, *par Yoav Ben-Dov*
S108. Le Nombre d'or, *par Marguerite Neveux*
S109. L'Intelligence de l'animal, *par Jacques Vauclair*
S110. Les Grandes Expériences scientifiques, *par Michel Rival*
S111. Invitation aux sciences cognitives, *par Francisco J. Varela*
S112. Les Planètes, *par Daniel Benest*
S113. Les Étoiles, *par Dominique Proust*
S114. Petites Leçons de sociologie des sciences
par Bruno Latour
S115. Adieu la Raison, *par Paul Feyerabend*
S116. Les Sciences de la prévision, *collectif*
S117. Les Comètes et les Astéroïdes
par A.-Chantal Levasseur-Legourd
S118. Invitation à la théorie de l'information
par Emmanuel Dion
S119. Les Galaxies, *par Dominique Proust*
S120. Petit Guide de la Préhistoire, *par Jacques Pernaud-Orliac*
S121. La Foire aux dinosaures, *par Stephen Jay Gould*
S122. Le Théorème de Gödel, *par Ernest Nagel / James R. Newman*
Kurt Gödel / Jean-Yves Girard
S123. Le Noir de la nuit, *par Edward Harrison*
S124. Microcosmos, Le Peuple de l'herbe
par Claude Nuridsany et Marie Pérennou
S125. La Baignoire d'Archimède
par Sven Ortoli et Nicolas Witkowski
S126. Longitude, *par Dava Sobel*
S127. Petit Guide de la Terre, *par Nelly Cabanes*
S128. La vie est belle, *par Stephen Jay Gould*
S129. Histoire mondiale des sciences, *par Colin Ronan*
S130. Dernières Nouvelles du cosmos.
Vers la première seconde, *par Hubert Reeves*
S131. La Machine de Turing
par Alan Turing et Jean-Yves Girard

S132. Comment fabriquer un dinosaure
par Rob DeSalle et David Lindley
S133. La Mort des dinosaures, *par Charles Frankel*
S134. L'Univers des particules, *par Michel Crozon*
S135. La Première Seconde, *par Hubert Reeves*
S136. Au hasard, *par Ivar Ekeland*
S137. Comme les huit doigts de la main
par Stephen Jay Gould
S138. Des grenouilles et des hommes, *par Jacques Testart*
S139. Dialogue sur les deux grands systèmes du monde
par Galileo Galilée
S140. L'Œil qui pense, *par Roger N. Shepard*
S141. La Quatrième Dimension, *par Rudy Rucker*
S142. Tout ce que vous devriez savoir sur la science
par Harry Collins et Trevor Pinch
S143. L'Éventail du vivant, *par Stephen Jay Gould*
S144. Une histoire de la science arabe, *par Ahmed Djebbar*
S145. Niels Bohr et la Physique quantique
par François Lurçat
S146. L'Éthologie, *par Jean-Luc Renck et Véronique Servais*
S147. La Biosphère, *par Wladimir Vernadsky*
S148. L'Univers bactériel, *par Lynn Margulis et Dorion Sagan*
S149. Robert Oppenheimer, *par Michel Rival*
S150. Albert Einstein
textes choisis et commentés par Françoise Balibar
S151. La Sculpture du vivant, *par Jean Claude Ameisen*
S152. Impasciences, *par Jean-Marc Lévy-Leblond*
S153. Ni Dieu ni gène, *par Jean-Jacques Kupiec, Pierre Sonigo*
S154. Oiseaux, merveilleux oiseaux, *par Hubert Reeves*
S155. Savants et Ignorants, *par J. Jacques / D. Raichvarg*
S156. Le Destin du mammouth, *par Claudine Cohen*
S157. Des atomes dans mon café crème, *par Pablo Jensen*

Collection Points

SÉRIE ESSAIS

DERNIERS TITRES PARUS

179. Clefs pour l'Imaginaire ou l'Autre Scène
par Octave Mannoni
180. La Sociologie des organisations, *par Philippe Bernoux*
181. Théorie des genres, *ouvrage collectif*
182. Le Je-ne-sais-quoi et le Presque-rien
3. La volonté de vouloir, *par Vladimir Jankélévitch*

183. Le Traité du rebelle, *par Ernst Jünger*
184. Un homme en trop, *par Claude Lefort*
185. Théâtres, *par Bernard Dort*
186. Le Langage du changement, *par Paul Watzlawick*
187. Lettre ouverte à Freud, *par Lou Andreas-Salomé*
188. La Notion de littérature, *par Tzvetan Todorov*
189. Choix de poèmes, *par Jean-Claude Renard*
190. Le Langage et son double, *par Julien Green*
191. Au-delà de la culture, *par Edward T. Hall*
192. Au jeu du désir, *par Françoise Dolto*
193. Le Cerveau planétaire, *par Joël de Rosnay*
194. Suite anglaise, *par Julien Green*
195. Michelet, *par Roland Barthes*
196. Hugo, *par Henri Guillemin*
197. Zola, *par Marc Bernard*
198. Apollinaire, *par Pascal Pia*
199. Paris, *par Julien Green*
200. Voltaire, *par René Pomeau*
201. Montesquieu, *par Jean Starobinski*
202. Anthologie de la peur, *par Éric Jourdan*
203. Le Paradoxe de la morale, *par Vladimir Jankélévitch*
204. Saint-Exupéry, *par Luc Estang*
205. Leçon, *par Roland Barthes*
206. François Mauriac
 1. Le sondeur d'abîmes (1885-1933), *par Jean Lacouture*
207. François Mauriac
 2. Un citoyen du siècle (1933-1970), *par Jean Lacouture*
208. Proust et le Monde sensible, *par Jean-Pierre Richard*
209. Nus, Féroces et Anthropophages, *par Hans Staden*
210. Œuvre poétique, *par Léopold Sédar Senghor*
211. Les Sociologies contemporaines, *par Pierre Ansart*
212. Le Nouveau Roman, *par Jean Ricardou*
213. Le Monde d'Ulysse, *par Moses I. Finley*
214. Les Enfants d'Athéna, *par Nicole Loraux*
215. La Grèce ancienne, tome 1
 par Jean-Pierre Vernant et Pierre Vidal-Naquet
216. Rhétorique de la poésie, *par le Groupe μ*
217. Le Séminaire. Livre XI, *par Jacques Lacan*
218. Don Juan ou Pavlov
 par Claude Bonnange et Chantal Thomas
219. L'Aventure sémiologique, *par Roland Barthes*
220. Séminaire de psychanalyse d'enfants, tome 1
 par Françoise Dolto
221. Séminaire de psychanalyse d'enfants, tome 2
 par Françoise Dolto
222. Séminaire de psychanalyse d'enfants
 tome 3, Inconscient et destins, *par Françoise Dolto*

223. État modeste, État moderne, *par Michel Crozier*
224. Vide et Plein, *par François Cheng*
225. Le Père : acte de naissance, *par Bernard This*
226. La Conquête de l'Amérique, *par Tzvetan Todorov*
227. Temps et Récit, tome 1, *par Paul Ricœur*
228. Temps et Récit, tome 2, *par Paul Ricœur*
229. Temps et Récit, tome 3, *par Paul Ricœur*
230. Essais sur l'individualisme, *par Louis Dumont*
231. Histoire de l'architecture et de l'urbanisme modernes
1. Idéologies et pionniers (1800-1910), *par Michel Ragon*
232. Histoire de l'architecture et de l'urbanisme modernes
2. Naissance de la cité moderne (1900-1940)
par Michel Ragon
233. Histoire de l'architecture et de l'urbanisme modernes
3. De Brasilia au post-modernisme (1940-1991)
par Michel Ragon
234. La Grèce ancienne, tome 2
par Jean-Pierre Vernant et Pierre Vidal-Naquet
235. Quand dire, c'est faire, *par J. L. Austin*
236. La Méthode
3. La Connaissance de la Connaissance, *par Edgar Morin*
237. Pour comprendre *Hamlet*, *par John Dover Wilson*
238. Une place pour le père, *par Aldo Naouri*
239. L'Obvie et l'Obtus, *par Roland Barthes*
240. Mythe et société en Grèce ancienne
par Jean-Pierre Vernant
241. L'Idéologie, *par Raymond Boudon*
242. L'Art de se persuader, *par Raymond Boudon*
243. La Crise de l'État-providence, *par Pierre Rosanvallon*
244. L'État, *par Georges Burdeau*
245. L'Homme qui prenait sa femme pour un chapeau
par Oliver Sacks
246. Les Grecs ont-ils cru à leurs mythes ?, *par Paul Veyne*
247. La Danse de la vie, *par Edward T. Hall*
248. L'Acteur et le Système
par Michel Crozier et Erhard Friedberg
249. Esthétique et Poétique, *collectif*
250. Nous et les Autres, *par Tzvetan Todorov*
251. L'Image inconsciente du corps, *par Françoise Dolto*
252. Van Gogh ou l'Enterrement dans les blés
par Viviane Forrester
253. George Sand ou le Scandale de la liberté, *par Joseph Barry*
254. Critique de la communication, *par Lucien Sfez*
255. Les Partis politiques, *par Maurice Duverger*
256. La Grèce ancienne, tome 3
par Jean-Pierre Vernant et Pierre Vidal-Naquet
257. Palimpsestes, *par Gérard Genette*

258. Le Bruissement de la langue, *par Roland Barthes*
259. Relations internationales T. 1
par Philippe Moreau Defarges
260. Relations internationales
2. Questions mondiales, *par Philippe Moreau Defarges*
261. Voici le temps du monde fini, *par Albert Jacquard*
262. Les Anciens Grecs, *par Moses I. Finley*
263. L'Éveil, *par Oliver Sacks*
264. La Vie politique en France, *ouvrage collectif*
265. La Dissémination, *par Jacques Derrida*
266. Un enfant psychotique, *par Anny Cordié*
267. La Culture au pluriel, *par Michel de Certeau*
268. La Logique de l'honneur, *par Philippe d'Iribarne*
269. Bloc-notes, tome 1 (1952-1957), *par François Mauriac*
270. Bloc-notes, tome 2 (1958-1960), *par François Mauriac*
271. Bloc-notes, tome 3 (1961-1964), *par François Mauriac*
272. Bloc-notes, tome 4 (1965-1967), *par François Mauriac*
273. Bloc-notes, tome 5 (1968-1970), *par François Mauriac*
274. Face au racisme
1. Les moyens d'agir
sous la direction de Pierre-André Taguieff
275. Face au racisme
2. Analyses, hypothèses, perspectives
sous la direction de Pierre-André Taguieff
276. Sociologie, *par Edgar Morin*
277. Les Sommets de l'État, *par Pierre Birnbaum*
278. Lire aux éclats, *par Marc-Alain Ouaknin*
279. L'Entreprise à l'écoute, *par Michel Crozier*
280. Nouveau Code pénal
présentation et notes de Me Henri Leclerc
281. La Prise de parole, *par Michel de Certeau*
282. Mahomet, *par Maxime Rodinson*
283. Autocritique, *par Edgar Morin*
284. Être chrétien, *par Hans Küng*
285. A quoi rêvent les années 90 ?, *par Pascale Weil*
286. La Laïcité française, *par Jean Boussinesq*
287. L'Invention du social, *par Jacques Donzelot*
288. L'Union européenne, *par Pascal Fontaine*
289. La Société contre nature, *par Serge Moscovici*
290. Les Régimes politiques occidentaux
par Jean-Louis Quermonne
291. Éducation impossible, *par Maud Mannoni*
292. Introduction à la géopolitique
par Philippe Moreau Defarges
293. Les Grandes Crises internationales et le Droit
par Gilbert Guillaume
294. Les Langues du Paradis, *par Maurice Olender*

295. Face à l'extrême, *par Tzvetan Todorov*
296. Écrits logiques et philosophiques, *par Gottlob Frege*
297. Recherches rhétoriques, Communications 16
ouvrage collectif
298. De l'interprétation, *par Paul Ricœur*
299. De la parole comme d'une molécule, *par Boris Cyrulnik*
300. Introduction à une science du langage
par Jean-Claude Milner
301. Les Juifs, la Mémoire et le Présent
par Pierre Vidal-Naquet
302. Les Assassins de la mémoire, *par Pierre Vidal-Naquet*
303. La Méthode
4. Les idées, *par Edgar Morin*
304. Pour lire Jacques Lacan, *par Philippe Julien*
305. Événements I
Psychopathologie du quotidien, *par Daniel Sibony*
306. Événements II
Psychopathologie du quotidien, *par Daniel Sibony*
307. Les Origines du totalitarisme
Le système totalitaire, *par Hannah Arendt*
308. La Sociologie des entreprises, *par Philippe Bernoux*
309. Vers une écologie de l'esprit 1.
par Gregory Bateson
310. Les Démocraties, *par Olivier Duhamel*
311. Histoire constitutionnelle de la France, *par Olivier Duhamel*
312. Droit constitutionnel, *par Olivier Duhamel*
313. Que veut une femme ?, *par Serge André*
314. Histoire de la révolution russe
1. Février, *par Léon Trotsky*
315. Histoire de la révolution russe
2. Octobre, *par Léon Trotsky*
316. La Société bloquée, *par Michel Crozier*
317. Le Corps, *par Michel Bernard*
318. Introduction à l'étude de la parenté
par Christian Ghasarian
319. La Constitution, *introduction et commentaires*
par Guy Carcassonne
320. Introduction à la politique
par Dominique Chagnollaud
321. L'Invention de l'Europe, *par Emmanuel Todd*
322. La Naissance de l'histoire (tome 1), *par François Châtelet*
323. La Naissance de l'histoire (tome 2), *par François Châtelet*
324. L'Art de bâtir les villes, *par Camillo Sitte*
325. L'Invention de la réalité
sous la direction de Paul Watzlawick
326. Le Pacte autobiographique, *par Philippe Lejeune*
327. L'Imprescriptible, *par Vladimir Jankélévitch*

328. Libertés et Droits fondamentaux
sous la direction de Mireille Delmas-Marty et Claude Lucas de Leyssac
329. Penser au Moyen Age, *par Alain de Libera*
330. Soi-Même comme un autre, *par Paul Ricœur*
331. Raisons pratiques, *par Pierre Bourdieu*
332. L'Écriture poétique chinoise, *par François Cheng*
333. Machiavel et la Fragilité du politique
par Paul Valadier
334. Code de déontologie médicale, *par Louis René*
335. Lumière, Commencement, Liberté
par Robert Misrahi
336. Les Miettes philosophiques, *par Søren Kierkegaard*
337. Des yeux pour entendre, *par Oliver Sacks*
338. De la liberté du chrétien *et* Préfaces à la Bible
par Martin Luther (bilingue)
339. L'Être et l'Essence
par Thomas d'Aquin et Dietrich de Freiberg (bilingue)
340. Les Deux États, *par Bertrand Badie*
341. Le Pouvoir et la Règle, *par Erhard Friedberg*
342. Introduction élémentaire au droit, *par Jean-Pierre Hue*
343. La Démocratie politique, *par Philippe Braud*
344. Science politique
2. L'État, *par Philippe Braud*
345. Le Destin des immigrés, *par Emmanuel Todd*
346. La Psychologie sociale, *par Gustave-Nicolas Fischer*
347. La Métaphore vive, *par Paul Ricœur*
348. Les Trois Monothéismes, *par Daniel Sibony*
349. Éloge du quotidien. Essai sur la peinture hollandaise du XVIIIe siècle, *par Tzvetan Todorov*
350. Le Temps du désir. Essai sur le corps et la parole
par Denis Vasse
351. La Recherche de la langue parfaite dans la culture européenne
par Umberto Eco
352. Esquisses pyrrhoniennes, *par Pierre Pellegrin*
353. De l'ontologie, *par Jeremy Bentham*
354. Théorie de la justice, *par John Rawls*
355. De la naissance des dieux à la naissance du Christ
par Eugen Drewermann
356. L'Impérialisme, *par Hannah Arendt*
357. Entre-Deux, *par Daniel Sibony*
358. Paul Ricœur, *par Olivier Mongin*
359. La Nouvelle Question sociale, *par Pierre Rosanvallon*
360. Sur l'antisémitisme, *par Hannah Arendt*
361. La Crise de l'intelligence, *par Michel Crozier*
362. L'Urbanisme face aux villes anciennes
par Gustavo Giovannoni

363. Le Pardon, *collectif dirigé par Olivier Abel*
364. La Tolérance, *collectif dirigé par Claude Sahel*
365. Introduction à la sociologie politique
par Jean Baudouin
366. Séminaire, livre I : les écrits techniques de Freud
par Jacques Lacan
367. Identité et Différence, *par John Locke*
368. Sur la nature ou sur l'étant, la langue de l'être ?
par Parménide
369. Les Carrefours du labyrinthe, I, *par Cornelius Castoriadis*
370. Les Règles de l'art, *par Pierre Bourdieu*
371. La Pragmatique aujourd'hui,
une nouvelle science de la communication
par Anne Reboul et Jacques Moeschler
372. La Poétique de Dostoïevski, *par Mikhaïl Bakhtine*
373. L'Amérique latine, *par Alain Rouquié*
374. La Fidélité, *collectif dirigé par Cécile Wajsbrot*
375. Le Courage, *collectif dirigé par Pierre Michel Klein*
376. Le Nouvel Age des inégalités
par Jean-Paul Fitoussi et Pierre Rosanvallon
377. Du texte à l'action, essais d'herméneutique II
par Paul Ricœur
378. Madame du Deffand et son monde
par Benedetta Craveri
379. Rompre les charmes, *par Serge Leclaire*
380. Éthique, *par Spinoza*
381. Introduction à une politique de l'homme,
par Edgar Morin
382. Lectures 1. Autour du politique
par Paul Ricœur
383. L'Institution imaginaire de la société
par Cornelius Castoriadis
384. Essai d'autocritique et autres préfaces, *par Nietzsche*
385. Le Capitalisme utopique, *par Pierre Rosanvallon*
386. Mimologiques, *par Gérard Genette*
387. La Jouissance de l'hystérique, *par Lucien Israël*
388. L'Histoire d'Homère à Augustin
préfaces et textes d'historiens antiques
réunis et commentés par François Hartog
389. Études sur le romantisme, *par Jean-Pierre Richard*
390. Le Respect, *collectif dirigé par Catherine Audard*
391. La Justice, *collectif dirigé par William Baranès*
et Marie-Anne Frison Roche
392. L'Ombilic et la Voix, *par Denis Vasse*
393. La Théorie comme fiction, *par Maud Mannoni*
394. Don Quichotte ou le roman d'un Juif masqué
par Ruth Reichelberg

395. Le Grain de la voix, *par Roland Barthes*
396. Critique et Vérité, *par Roland Barthes*
397. Nouveau Dictionnaire encyclopédique des sciences du langage *par Oswald Ducrot et Jean-Marie Schaeffer*
398. Encore, *par Jacques Lacan*
399. Domaines de l'homme, *par Cornelius Castoriadis*
400. La Force d'attraction, *par J.-B. Pontalis*
401. Lectures 2, *par Paul Ricœur*
402. Des différentes méthodes du traduire *par Friedrich D. E. Schleiermacher*
403. Histoire de la philosophie au XXe siècle *par Christian Delacampagne*
404. L'Harmonie des langues, *par Leibniz*
405. Esquisse d'une théorie de la pratique *par Pierre Bourdieu*
406. Lc XVIIe siècle des moralistes, *par Bérengère Parmentier*
407. Littérature et Engagement, de Pascal à Sartre *par Benoît Denis*
408. Marx, une critique de la philosophie, *par Isabelle Garo*
409. Amour et Désespoir, *par Michel Terestchenko*
410. Les Pratiques de gestion des ressources humaines *par François Pichault et Jean Mizet*
411. Précis de sémiotique générale, *par Jean-Marie Klinkenberg*
412. Écrits sur le personnalisme, *par Emmanuel Mounier*
413. Refaire la Renaissance, *par Emmanuel Mounier*
414. Droit constitutionnel, 2. Les démocraties *par Olivier Duhamel*
415. Droit humanitaire, *par Mario Bettati*
416. La Violence et la Paix, *par Pierre Hassner*
417. Descartes, *par John Cottingham*
418. Kant, *par Ralph Walker*
419. Marx, *par Terry Eagleton*
420. Socrate, *par Anthony Gottlieb*
421. Platon, *par Bernard Williams*
422. Nietzsche, *par Ronald Hayman*
423. Les Cheveux du baron de Münchhausen *par Paul Watzlawick*
424. Husserl et l'Énigme du monde, *par Emmanuel Housset*
425. Sur le caractère national des langues *par Wilhelm von Humboldt*
426. La Cour pénale internationale, *par William Bourdon*
427. Justice et Démocratie, *par John Rawls*
428. Perversions, *par Daniel Sibony*
429. La Passion d'être un autre, *par Pierre Legendre*
430. Entre mythe et politique, *par Jean-Pierre Vernant*
431. Entre dire et faire, *par Daniel Sibony*

432. Heidegger. Introduction à une lecture, *par Christian Dubois*
433. Essai de poétique médiévale, *par Paul Zumthor*
434. Les Romanciers du réel, *par Jacques Dubois*
435. Locke, *par Michael Ayers*
436. Voltaire, *par John Gray*
437. Wittgenstein, *par P.M.S. Hacker*
438. Hegel, *par Raymond Plant*
439. Hume, *par Anthony Quinton*
440. Spinoza, *par Roger Scruton*
441. Le Monde morcelé, *par Cornelius Castoriadis*
442. Le Totalitarisme, *par Enzo Traverso*
443. Le Séminaire Livre II, *par Jacques Lacan*
444. Le Racisme, une haine identitaire, *par Daniel Sibony*
445. Qu'est-ce que la politique ?, *par Hannah Arendt*
447. Foi et Savoir, *par Jacques Derrida*
448. Anthropologie de la communication, *par Yves Winkin*
449. Questions de littérature générale, *par Emmanuel Fraisse et Bernard Mouralis*
450. Les Théories du pacte social, *par Jean Terrel*
451. Machiavel, *par Quentin Skinner*
452. Si tu m'aimes, ne m'aime pas, *par Mony Elkaïm*
453. C'est pour cela qu'on aime les libellules *par Marc-Alain Ouaknin*
454. Le Démon de la théorie, *par Antoine Compagnon*
455. L'Économie contre la société *par Bernard Perret, Guy Roustang*
456. Entretiens Francis Ponge Philippe Sollers *par Philippe Sollers - Francis Ponge*
457. Théorie de la littérature, *par Tzvetan Todorov*
458. Gens de la Tamise, *par Christine Jordis*
459. Essais sur le Politique, *par Claude Lefort*
460. Événements III, *par Daniel Sibony*
461. Langage et Pouvoir symbolique, *par Pierre Bourdieu*
462. Le Théâtre romantique, *par Florence Naugrette*
463. Introduction à l'anthropologie structurale *par Robert Deliège*
464. L'Intermédiaire, *par Philippe Sollers*
465. L'Espace vide, *par Peter Brook*
466. Étude sur Descartes, *par Jean-Marie Beyssade*
467. Poétique de l'ironie, *par Pierre Schoentjes*
468. Histoire et Vérité, *par Paul Ricoeur*
469. Une charte pour l'Europe *Introduite et commentée par Guy Braibant*
470. La Métaphore baroque, d'Aristote à Tesauro *par Yves Hersant*
471. Kant, *par Ralph Walker*
472. Sade mon prochain, *par Pierre Klossowski*

473. Freud, *par Octave Mannoni*
474. Seuils, *par Gérard Genette*
475. Système sceptique et autres systèmes, *par David Hume*
476. L'Existence du mal, *par Alain Cugno*
477. Le Bal des célibataires, *par Pierre Bourdieu*
478. L'Héritage refusé, *par Patrick Champagne*
479. L'Enfant porté, *par Aldo Naouri*
480. L'Ange et le Cachalot, *par Simon Leys*
481. L'Aventure des manuscrits de la mer Morte
par Hershel Shanks (dir.)
482. Cultures et Mondialisation
par Philippe d'Iribarne (dir.)
483. La Domination masculine, *par Pierre Bourdieu*
484. Les Catégories, *par Aristote*
485. Pierre Bourdieu et la théorie du monde social
par Louis Pinto
486. Poésie et Renaissance, *par François Rigolot*
487. L'Existence de Dieu, *par Emanuela Scribano*
488. Histoire de la pensée chinoise, *par Anne Cheng*
489. Contre les professeurs, *par Sextus Empiricus*
490. La Construction sociale du corps, *par Christine Detrez*
491. Aristote, le philosophe et les savoirs
par Michel Crubellier et Pierre Pellegrin
492. Écrits sur le théâtre, *par Roland Barthes*
493. La Propension des choses, *par François Jullien*
494. La Mémoire, l'Histoire, l'Oubli, *par Paul Ricœur*
495. Un anthropologue sur Mars, *par Oliver Sacks*
496. Avec Shakespeare, *par Daniel Sibony*
497. Pouvoirs politiques en France, *par Olivier Duhamel*
498. Les Purifications, *par Empédocle*
499. Panorama des thérapies familiales
collectif sous la direction de Mony Elkaïm
500. Juger, *par Hannah Arendt*
501. La Vie commune, *par Tzvetan Todorov*
502. La Peur du vide, *par Olivier Mongin*
503. La Mobilisation infinie, *par Peter Sloterdijk*
504. La Faiblesse de croire, *par Michel de Certeau*
505. Le Rêve, la Transe et la Folie, *par Roger Bastide*
506. Penser la Bible, *par Paul Ricoeur et André LaCocque*
507. Méditations pascaliennes, *par Pierre Bourdieu*
508. La Méthode t. V, *par Edgar Morin*
509. Élégie érotique romaine, *par Paul Veyne*
510. Sur l'interaction, *par Paul Watzlawick*
511. Fiction et Diction, *par Gérard Genette*
512. La Fabrique de la langue, *par Lise Gauvin*
513. Il était une fois l'ethnographie, *par Germaine Tillion*
319. La Constitution, *par Guy Carcassonne*